KB269088

함정임 소설
버스, 지나가다

함정임 소설

버스, 지나가다

민음사

차례

버스, 지나가다

물음과 응답

67번 버스가 지나갔다. 버스가 일으킨 바람결 때문인지 길가에 서 있던 나무에서 잎사귀 하나가 벽을 스치며 바닥으로 떨어지고 있다. 다섯시에서 여섯시 사이, 십일월의 해가 지는 중이다. 여자는 우편취급소 유리창 너머로 나뭇잎의 느린 유동을 바라보고 있다. 나뭇잎은 수직으로 곧바로 떨어지지 않고 유영하듯 공중을 날더니 옆으로 길게 기울어져서는 공기 속을 흐른다. 그것은 팔 초 정도 지속된다. 여자는 나뭇잎을 보는 순간 속으로 세다가 여덟에서 그친다. 한 남자가 유리문을 밀치고 들어온다. 여자는 남자를 알고 있다. 「홍콩까지 얼마나 걸립니까?」 길쯤한 사각의 흰 봉투를 내미는 그의 다른 한 손에 방금 떨어지던 나뭇잎과 같은 것이 들려 있다. 갈색으로 변색된 플라타너스 낙엽이다. 남자도 여자를 알고 있다. 여자는 책상 귀퉁이에 있던 국제 우편 시각표를 뒤적인다. 남자를 세워두고 그렇게 시각표를 뒤적인 것이 한두 번이 아니다. 여자가 앉아 있는 등뒤의 벽에는 일정한 간격으로 창이 네 개 나 있고, 유리창마다 노란 은행잎들이 부딪쳐 흔들리고 있다. 바람이 제법 세게 불고 있다. 여자는 홍콩 시각표를 볼펜 끝으로 찾아 줄을 그으며 남자에게 저울을 가리킨다. 남자는 흰 봉투를 저울 위에 올려놓는다. 여자는 저울 위로 봉투를 올려놓는 남자의 희디흰 손을 쳐다본다. 손은 크기도 한데 뼈가 살 밖으로 도드라지도록 야위어 가까스로 붙여놓은 공룡 화석의 가슴뼈 같다. 「거긴, 사 일 걸립니다」 여자는 저울 위의 무게를 눈으로 확인하며 무덤덤하게 대답한다. 수신인란을 얼핏 스쳐본다. 이름의 끝 두 글자가 눈에 들어온다. 寶榮. 「사 일이라……」 남자는 말끝을 흐리고는 손에 들고 있던 나뭇잎을 빙그르르 돌리더니 저울 위에 얹혀 있던 봉투를 집어들고 돌아선다. 여자는 문을 밀치고 나가는 남자의 등을 멀뚱히 건너다보다가 봉투 대신 저울 위에 놓인 마른 잎을 집어든다.

홍콩 편지

남자는 두 정거장째 걷고 있다. 아니, 남자는 두 달째 그렇게 걷고 있다. 두 정거장이라고 해봐야 아래로 철길이 지나는 육교를 건너기 전과 후를 가리킨다. 육교 직전은 새도시의 끝이고 육교를 건넌 후부터는 구읍의 시작이다. 새도시 입구에 사는 남자는 구읍과 신촌을 오가는 67번 버스를 타고 오다 육교 전에 내려서, 북쪽을 향해 달려가는 기차의 꼬리를 바라보며 육교를 건너 구도로가 시작되는 울퉁불퉁한 이차선 도로로 들어서서는, 그 첫 길목에 있는 우편취급소에 들어갔었다. 남자의 손에는 여전히 부치려다 만 편지가 들려 있다. 남자는 한번에 편지를 부치는 일이 없다. 그러나 이틀을 넘기지는 않는다. 다음날이 될 때는 수신지가 바뀌고, 그 다음날일 때는 수신지가 그대로인 경우가 많다. 홍콩에는 남자가 아는 사람이 없다. 그럼에도 그는 수신인란을 홍콩에 있을 것 같은 누군가로 메웠다. 남자의 할머니는 그가 초등학교에 다니던 이십 년 전 「홍콩 아가씨」라는 노래를 곧잘 부르곤 했다. 당시 남자는 다른 사람에게서 그 노래를 들어보지 못했다. 남자는 엄마를 모르고 자랐다. 얼굴조차 본 적이 없었다. 아버지는 사진이 한 장 있기는 했다. 그러나 남자와는 전혀 닮은 구석이 없었다. 남자에게서는 오히려 할머니의 얼굴 윤곽과 뼈대가 뚜렷이 드러났다. 자연스러운 일이었지만 남자는 고등학교를 다닐 때까지만 해도 어쩌면 자신이 할머니의 아들일지도 모른다는 생각을 여러 번 했었다. 그러나 그러기에는 할머니가 늙어도 너무 늙어서 그 생각을 이내 지워버렸었다. 남자가 일곱 살이 되던 해, 그러니까 베트남이 공산당 손에 넘어가 난민들이 바다를 표류하는 이야기가 연일 신문 지상에 오르내리던 그해에 할머니는 구읍의 시장통에서 순대 장사를 하기 시작했는데, 순대 장사치고는 화장을 너무 요란하게 해서, 아니 「홍콩 아가씨」라는 노래를 입에 달고 살아서, 저잣거리의 장사치들은 할머니를 홍콩 마담이라고 불렀다. 할머니는 그 호칭에 별 불만이 없는 것 같았고, 오히려 기꺼워하는 표정으로 양 눈썹이 귀밑까지 밀려내려 가도록 이를 드러내고는 배시시 웃으며 수줍게 돌아서곤 했다. 그와 동시에 등허리를 요사스럽게 흔들었는데 입에서는 어김없이 콧소리가 들어간 아리따운 목소리가 딸려나왔다. 별들이 수군대는 홍콩의 바암거어리. 탈바가지처럼 주름이 잡혔지만 그때만은 할머니 얼굴이 활짝 핀 꽃 같았다. 시장통으로 들어서던 열두어 살의 남자는 그런 할머니를 먼 발치에서 보게 되면 자신이 울긋불긋한 네온사인이 꿈틀거리는 홍콩의 밤거리에 서 있는 듯 주변을 두리번거리곤 했다. 얼마 전 우연히 여행사 광고에서 홍콩을 샹캉(香港)이라 표기하는 것을 보고는, 할머니가 풍기던 홍콩의 아리까리한 냄새가 그의 기억 속에서 출렁거렸다. 그때 남자는 이번의 수신지를 홍콩으로 정했다. 지난번 수신지는 코르시카였다. 외신란에서 〈코르시카, 프랑스로부터 독립 투쟁 움직임〉이라는 기사를 접하고서였다. 우체국 여자는 남자의 매주 바뀌는 수신지 물음에 꽤 참을성 있게 응답해 주었다. 그것은 여자의 업무이기도 했지만, 우편물이 전달되는 데 걸리는 시간을 일일이 묻지 않는 사람이 더 많은 터라 반드시 업무가 되지 않기도 했으므로 성질 사나운 여자 같았으면 그의 계속되는 똑같은 물음을 무시하거나 골을 냈을 수도 있다. 하긴 여자가 앉아 있는 우편취급소의 그 자리도 언제 떨려날지 모를 판이니 여자는 거기나마 지키려면 아주 하찮은 업무라도 성의를 다해야 할 것이었다. 그것이야 어쨌든 남자가 일주일에 한 번, 열 평 남짓한 우편취급소를 들르는 이유가 있긴 하다. 「무조건 주변을 어슬렁거리다가 이상한 게 포착되면 아무때나 연락해 주시오」 남자는 두 달 전부터 서울의 유력한 기획사 카피라이터에게 아이디어를 제공하는 아르바이트를 하고 있다. 남자는 그 카피라이터를 인터넷 바둑 사이트에서 알게 됐다. 〈바둑이나 한 수〉라는 아이디를 가진 그 카피라이터는 남자의 〈어슬렁〉이란 아이디에 접근해서 한 판 신청해 왔는데, 바둑 실력이나 매너가 그다지 좋은 편은 아니었다. 그는 일종의 아이디 사냥꾼으로, 그때그때 호기심을 끄는 아이디가 걸리면 이리 꾹 저리 꾹 눌러보는 식이었다. 카피라이터는 현재 한창 힘을 받고 있는 복고풍의 광고 경향을 주도한 것이 바로 자신이라고 떠벌렸다. 그는 도시 외곽지에 흐르는 일상의 균열 부위를 문어발식으로 흡수하는 중이었고, 남자는 어쩌다가 그 문어의 일개 발이 되어 있었다. 수신인 없는 편지질은 그때부터 시작되었다.

아버지 기념일

   침침한 형광등불 아래, 여자는 아버지의 사진을 바라보고 있다. 십년째 매년 단 하룻밤 열시경이면 마주하는 얼굴이다. 올해는 십일월 2일, 그러니까 음력 시월 초이레다. 입동이 머지않은 밤, 하늘엔 상현달이 떠 있다. 여자의 새어머니는 기도를 준비하고, 예술전문학교에 다니는 그 딸은 아직 귀가 전이다. 새어머니가 품행이 단정치는 못해도 아버지 기념일만은 잊은 적이 없다. 아버지가 죽고 일년 후 상가 꼭대기에 들어선 교회의 충실한 신자가 된 새어머니는 여자를 불러 제사를 지내는 것보다 기념일로 하자고 했다. 죽은 걸 기념하는 날. 어디서 그런 발상이 연유했는지 모를 일이었으나 여자는 특별히 반대할 이유가 없었다. 죽은 아버지를 버리지 않은 것만으로 다행이라 여겨야 했다. 여자가 새어머니와 그 딸과 함께 살기 시작한 것은 그녀가 일곱 살 때였다. 그때까지 여자는 아버지와 단둘이 살았다. 여자를 낳은 엄마에 대해서는 들은 게 없었다. 새어머니를 만나기 전, 아버지는 떠돌이 목수였고, 여자는 아버지의 떠돌이 생활에서 얻은 하나의 부속품이었다. 크면서 여자는 어쩌면 자신이 아버지의 딸이 아닐지도 모른다는 생각을 자주 했었다. 아버지는 여자를 낳은 엄마 이야기 대신 전국에 얼마나 많은 집들을 그의 손으로 지었는가를 자랑하기 바빴다. 아버지가 구읍에 정착하고 여자에게 새어머니와 동생이 생기던 날, 여자는 몹시 기뻤던 것 같다. 그러나 여자는 곧 차별되었다. 새어머니의 치맛자락은 마술 보자기 같았다. 안은 파랗고 밖은 빨간 겹보자기. 여자와 동생은 치맛자락의 이쪽과 저쪽으로 분리되었다. 보자기의 실체를 서서히 알게 되면서 여자는 그 어머니를 어머니, 라 불렀고, 그 딸은 엄마, 라 부르고 있는 현실을 깨달았다. 아버지도 마찬가지였다. 여자는 아버지를 아버지, 라 불렀고, 그 딸은 아빠, 라 불렀다. 그렇게 이십 년이 흘렀다. 그리고 그 중 십년 동안 여자는 아버지를 부른 적이 없었다. 여자는 여고 2학년 때 가출, 아니 아버지의 가족으로부터 독립을 하였고, 여자가 최초로 방을 갖던 그날 공교롭게도 아버지가 죽었다. 그래서 여자는 예정보다 일주일 뒤에나 새 방으로 들어갈 수 있었다. 붉은 한자체로 北京飯店이라 씌어진 간판이 세로로 내걸린 삼층 건물의 이층에 여자의 방이 있었다. 구읍의 신설 주택단지에 있는 그 방에 사는 이 년 동안 여자는 온갖 종류의 중국 음식 냄새를 터득했다. 밤낮없이 밀려드는 점액질의 냄새를 몰아내기 위해 여자는 향이 독한 꽃을 사다 꽂거나, 방향제를 모으기 시작했다. 여자는 꽃을 내다버리는 일이 없었다. 계약이 만료되어 그 방에서 나가게 되었을 때, 방은 온통 마른 꽃들과 향이 다 빠져나간 빈 방향제 병들로 가득했고, 여자는 북경반점에서 올라오는 냄새에 따라 요리의 종류를 알아맞히는 데 도통했다. 일주일에 한 번 여자의 방문을 열고 들어오는 남자가 있었다. 여자는 여고 1학년 때부터 그와 알고 지냈다. 구읍에 살던 여자는 육교 건너에 있는 새 도시 여고에 다녔는데, 그의 핸드폰 번호가 적힌 종이 쪽지가 육교 난간에 붙어 너덜거리고 있었다. 〈둥지 필요한 새 연락하세여.〉 여자는 고개를 푹 꺾고서 난간에 붙은 쪽지를 오래 들여다보았다. 그때까지 여자는 아버지와 어머니의 집을 나갈 생각을 한 적이 없었다. 쪽지는 한동안 여자의 수첩에 끼워져 있었다. 연락은 금방 취해지지 않았다. 어쩌다 공중전화 부스에서 걸 때면 통화 중이거나 연결 불가 안내가 나왔다. 여자는 곧 그 쪽지를 잊었다. 해가 바뀌어 여자가 수첩을 정리하려고 할 때 새삼스럽게 그 쪽지가 수첩 날개에서 끌려나왔다. 여자는 그 쪽지를 버리지 않고 새 수첩 날개에 끼워

넣었다. 봄바람이 정강이를 후리는 어느 날 여자는 육교를 내려오다가 공중 전화 부스에 들어가 쪽지의 번호를 눌렀다. 육교를 오를 때까지 예상치 못한 행동이었다. 이번엔 한번에 남자와 접촉이 되었다. 남자는 아담한 체격으로 언제나 쥐색 양복 속에 흰 셔츠를 받쳐 입고 새도시 상가 건물 이층에 있는 지점 은행으로 출근하는 은행의 중견 간부였다. 그는 여자와 첫 관계 후 자신이 여자의 첫 남자라는 사실을 발견하고는 어린 애인을 위해 방을 얻어주겠다고 약속했다. 자기의 방이라는 말을 듣는 순간 여자는 아버지의 얼굴을 떠올렸다. 그리고 새어머니와 그 딸의 얼굴도 덩달아 떠올렸다. 자신은 그들에게 무엇인가. 여자는 그때까지 자기의 방을 가져본 적이 없었다. 따로 가질 수 있는 방이 없기도 했지만 여자는 처음부터 그들과 가족이 아니었다. 여자는 그렇게 생각하고 살았다. 여자는 즉시 좋아라 하지는 않았지만, 마음은 곧 기대로 차올랐다. 두 달 후 여자에게 방이 생겼다. 남자는 언제나 금요일 밤 아홉시에서 열한시 사십분까지만 여자와 함께했다. 그리고 자정 전에 육교 건너 새도시에 있는 집으로 돌아갔다. 남자는 은행원 생활을 오래 한 사람답게 매사가 시계 바늘처럼 정확했다. 여자는 달이 달빛을 풀어내듯이 남자를 맞이하는 것이 자연스러웠다. 그러는 가운데 남자의 얼굴이 조금씩 붉어지기 시작하더니 일년도 못 가서 허옇던 얼굴이 완전히 칙칙한 구릿빛으로 변색되었다. 나중에 안 남자의 병명은 성기내에 난 악성 종양이 원인인 애디슨병이었다. 자신의 희귀한 병명을 말하면서 남자는 여자의 진짜 이름을 물었다. 남자가

여자를 부르던 이름은 미요(美妖)였다. 예쁜 요귀라는 뜻이라
고 했다. 여자는 아무래도 괜찮았다. 여자에게 이름을 붙여주
며 남자는 자신의 성기를 그녀의 질 속에 들이미는 대신 그녀
의 손에 쥐여주었었다. 남자의 그것은 여자의 작은 손에 꽉찼
는데, 열여덟 살의 여자에게 그것은 생각보다 징그럽지 않았
고 애벌레처럼 부드러웠으며 귀엽기까지 했다. 병증으로 저
혈압에다 무기력증에 시달리고 있던 남자는 아흐, 하고는 몇
번 강아지처럼 엉덩이짓을 하고는 여자를 품에 안고 잠을 잤
다. 섹스는 없었다. 연이에요. 송연. 남자의 이름은 만수, 강만
수였다. 남자는 마흔넷이 머지않은 날 죽고 여자는 일년 더 그
방에 머물렀다. 일년 전 여자의 아버지가 마흔다섯을 겨우 넘
기고 죽었었다. 여자는 아버지의 죽음보다 그의 죽음을 진심
으로 아파했다. 여자는 남자가 죽기 전 마지막 말을 했다. 나
도 늙기 전에 죽을 거예요. 그 말에 만족했는지 남자는 온 힘
을 다해서 여자를 껴안았다. 그가 힘을 주어 껴안을수록 여자
에게서는 무언지 모를 힘이 빠져나갔다. 여자는 남자의 마지
막 힘에 의지해 눈물을 흘렸다. 여자는 처음으로 사랑을 느꼈
다. 그리고 동시에 슬픔을 느꼈다. 사랑이 시작될 때는 이미
끝이 기다리고 있다는 것을. 남자는 여자가 모르는 시간에 죽
었다. 누구도 여자에게 남자의 죽음을 말하지 않았으나 여자
는 그가 죽었다는 것을 직감적으로 알았다. 햇빛 눈부신 가을
날 아침, 붉어가는 단풍나무 아래를 걷다가 홀연히 불안에
휩싸였다. 자고 있던 바람이 쌩 불어서는 여자가 걸어가던 발
치로 사정없이 낙엽을 끌어다댔다. 때아닌 폭풍이 몰아치는

것 같았다. 떼지어 굴러가는 낙엽을 바라보며 여자는 자기도 모르게 몸을 떨었다. 그가 출퇴근하던 은행으로 저절로 발길이 옮겨졌다. 몇 안 되는 직원들의 자리가 비어 있었다. 남은 사람들의 입에서 그의 죽음이 흘러나왔다. 여자는 죽은 남자를 찾아가지 않았다. 남자의 죽은 몸이 이 지상에 남아 있는 사흘 동안 여자는 두 팔로 두 무릎을 감싸 최대한으로 몸을 작게 해서 남자가 얻어준 방구석에 틀어박혀 꼼짝하지 않았다. 남자가 여자를 끌어안아 주었던 것처럼 여자는 누구도 아닌 자신이 자신을 부둥켜안고 있었다. 남자는 어디인지 모를 낯선 대륙의 낯선 부족의 일원으로 돌아간 것으로 여겨졌다. 두 팔을 풀었을 때 여자의 몸은 그대로 바닥에 나뒹굴었다. 그때 남자의 몸은 화장되고 있었다. 허기와 빈혈 속에 여자의 의식은 하염없이 몽고의 초원으로 내달리고 있었다. 그는 몽고로부터 와서 몽고로 돌아간 것 같았다. 바람 불고 풀들 자잘하게 흔들리는 초원 위를 말을 타고 힘차게 달려갔을 것 같았다. 처음 비롯된 곳으로 돌아간 것 같았다. 자리에서 일어나며 여자는 몽고에 가리라 마음먹었다. 그의 몸과 마찬가지로 남자가 여자에게 가져다준 많은 것들이 불에 태워졌다. 그 중에 9급 공무원 대비 수험서가 있었다. 그것이 아니었으면 여자는 비록 간이 취급소이기는 하지만 그나마 우체국에 일자리를 갖지도 못했을 것이다. 그러므로 여자에게 아버지 기념일은 그녀에게 최초의 방을 갖게 해준, 게다가 최초의 일자리로 이끌어준 만수를 기억하는 날이 되었다. 여자가 아버지 사진과 그토록 오래 마주할 수 있는 것은 거기에서 몽고 벌판을 달리는 만수의 얼굴을 보기 때문이다. 그 환영을 좇아 여자는 매년 한 번 몽고에 갈 날짜를 세어본다. 시간이 지날수록 형광등 불빛은 여자의 머리 위에서 점점 더 희미해지고, 새어머니는 침침해진 눈으로 천국의 문을 두드리기 위한 찬송가를 뒤적인다.

입구, 입구들

남자는 〈파라다이스〉라 씌어진 새로 지어진 오층짜리 모텔의 입구에 멈추어 선다. 시장통 골목, 구불구불 좁고 어두운 길 끝, 옛날 남자의 할머니가 순대를 팔던 가게 자리다. 그는 여자의 우편취급소에 들러서 보냈던 수신지들만큼이나 색다른 이름들을 가진 입구들을 지나왔다. 곰팡이 핀 구토 찌꺼기들이 드문드문 악취를 풍기는 길, 침묵과 발자국 소리가 그의 뒤를 따랐고, 간혹 얼굴을 까맣게 분칠한 열댓 살의 삐끼 애들이 어둠 속에서 튀어나와 은근히 그의 팔짱을 껴왔다. 어느덧 이슥한 시간이었다. 그애들에 이끌려 여러 번 입구들 앞에 섰지만 용케도 남자는 그중 한 군데도 들어가지 않았다. 그애들에게 끌려간 것은 순전히 그의 팔에 힘이 없어서였다. 남자는 두 달째 오른쪽 팔을 사용하지 못하고 있다. 팔보다도 손가락 마비증이 심하다. 그 증세는 삼 년 전부터 있어 왔다. 최근 그의 정형외과 담당 의사는 결정적으로 그에게 직업을 떠나라고 했다. 그는 출판 기획 대행사 소속 전문 번역가이다. 일어와 영어가 남자가 접하는 주종인데, 그가 직접 선택해서 번역해 낸 것은 한 권도 없다. 그러니까 그는 대행사에

매인 일종의 패키지 상품과 같다. 그가 소속된 대행사는 저작권 중개를 성사시키면서 번역자까지 제공하는 조건으로 거래하는 출판사나 번역자에게 일정한 수수료를 챙기는 곳이다. 학연이나 그 계통의 인맥이 전혀 없는 그로서는 큰 불만이 없다. 직접 나서서 일거리를 구하러 다니지 않아도 되니 오히려 다행이라 생각한다. 그의 전공은 영어지만 일의 양으로는 단연 일어가 많다. 일어 번역물은 전문 학술서나 이론서가 아니고 수박겉핥기식으로 흥미로운 주제를 가지고 변죽만 울리면서 포장된 일종의 트렌드 상품이어서 번역에 그다지 어려움이 없다. 게다가 그는 어떠한 내용이라도 거절하는 일이 없고 마감일을 어기지 않아 대행사나 출판사로부터 환영을 받아왔다. 처음 일년은 꽤 이름 있는 번역자의 넘치는 일을 하청받아 초벌 번역을 했는데, 관계했던 출판사들 중 규모가 제일 작은 출판사의 젊은 여사장의 눈에 들어 정식 번역자로 나선 것이 이 년째다. 그때부터 그의 이름을 달고 나온 책자만 해도, 질과 양에 상관없이, 수십 권에 달한다. 한 달에 적어도 원고지 천 매는 그의 손을 거쳐 번역되어 나와야 그럭저럭 그의 생활과 할머니 거둠손 비용을 충당하는데, 그는 두 달째 손을 놓고 있다. 그의 할머니는 만성 무릎 관절염으로 앉은뱅이가 된 것이 사 년이 넘었는데, 이제는 아예 자리보전을 해서 양로원의 공동 간병인의 손에 맡겨져 있다. 시장통 사람들에게 즐거움을 주었던 홍콩 마담 특유의 활짝 웃음은 이제 어디에서도 만날 수 없다. 한때는 실룩이는 허리춤을 못 보게 된 장사치들이 그녀를 아쉬워했지만, 시나브로 사람들도 바

뀌고 들락거리는 손님들도 바뀌면서 그녀를 기억하는 사람은
더 이상 없다. 파라다이스 모텔 입구에 어정쩡하게 서 있는 그
앞으로 67번 버스가 멈춰 선다. 버스에서 한 여자가 내린다.
여자는 양손에 각각 가방을 들고 있다. 여자가 내린 버스가 모
텔 뒤쪽 공터에서 방향을 돌려나온다. 휑하게 텅 빈 버스 안에
서 운전자가 그를 보고 소리친다.「막찬데, 안 탈 거요!」남자
는 설풋 이어지던 꿈에서 깨어나듯 으스스를 치며 뒤늦게 버스
로 올라선다. 버스 문이 닫히는 중에 어디선가 찬송가 소리가
들린다. 벌어진 입처럼 검은 속을 드러내고 있는 파라다이스
모텔의 입구가 남자를 태운 버스의 등뒤에서 멀어진다.

가족 기도

새어머니의 딸이 아버지 방으로 들어서면서 여자에게 못
보던 가방을 내민다. 여자는 상 위에서 아버지 사진을 걸어내
고 있는 중이었다.「웬 가방이냐?」찬송가 책을 덮고 난 새어
머니가 가방을 가리키며 여자 대신 묻는다. 새어머니 딸의 손
에는 똑같이 생긴 가방 하나가 더 있다. 그 딸은 여자보다 두
살 어린데, 여자한테 언니라 부르지 않는다. 그렇다고 이름
을 부르지도 않는다. 둘은 서로 호칭 없이 지낸다.「루이뷔이
똥이야」가방은 여자의 손에 들려 있는데 대화는 새어머니와
그 딸이 한다.「그게 이름이냐, 뭐냐?」새어머니 딸의 이름은
희다. 송희. 성씨로 보나 아버지로 보나 희는 여자의 동생이
틀림없다. 그러나 닮은 구석이라고는 눈을 씻고 찾아봐도 없
다. 희는 여자와는 달리 제법 값나가는 옷을 입고 있다. 예술

전문학교에 들어가자마자 유럽 배낭 여행을 목적으로 패스트 푸드점에서 밤낮없이 아르바이트를 하더니, 배낭 여행을 다녀와서는 어떻게 된 일인지 아르바이트를 하는 일도 없이 방학만 되면 비행기를 타고 밖으로 나가기 바쁘다. 희가 등록금이나 용돈을 위해 그 엄마나 여자에게 손을 벌리는 일은 없다. 지난 여름 딸의 정체를 알 수 없어 하던 새어머니는 여행 가방 손잡이에 매달린 수하물 표시 티켓을 보고는 희가 일본으로 몸팔러 다니는 천하의 화냥년이라며 울고 불고 생난리를 쳤는데, 알고 보니 상대가 일본이긴 했는데, 희가 관계한 것은 몸이 아니라 가방이었다. 일본은 희가 유럽으로 갈 때 들르는 중간 경유지였다. 「좋지? 좋은지 모르겠어?」희가 여자에게 묻는다. 여자의 눈에 루이뷔이똥이라는 가방이 뭐가 얼마나 좋은지 모르지만, 잘 휘어지지 않고 탄력이 있는 게 좋아 보이기는 하다. 「이게 일본에 건너가면 얼마짜린 줄 알아?」여자는 사실 루이뷔이똥이 어느 나라 말인지 정확하게 알지 못한다. 이탈리아 말 같다. 「걔들, 프랑스 거라면 사족을 못 쓰잖아, 왜」희의 말을 들어보니 프랑스 말인가 보다. 희는 인상을 팍 찡그리며 연극을 하듯 두 손을 허공으로 뻗어 올리며 소리친다. 「오, 샹젤리제! 오, 오, 루이뷔이똥! 하핫!」여자는 도무지 희가 무슨 말을 지껄이는지는 몰라도 희가 예술전문대학에 들어간 것만은 적성에 맞게 참 잘한 일이라고 생각한다. 「쌍제리고 비똥이고 아버지 기념일에 기도는 해야지!」새어머니가 희의 버둥거리는 팔을 잡아채어 희를 바닥에 앉히고는 여자의 손에 들려 있던 아버지의 사진을 도로

상 위에 올려놓는다. 「하늘에 계신 우리 아버지……」 기도중
에도 희의 머릿속은 온통 파리의 샹젤리제에 가 있다. 겨울
방학이 머지않았다. 희는 다시 한번 다짐한다. 이번이 마지막
이다. 지난 여름엔 서울에서 가방 장사 애들이 떼로 몰려와
하마터면 프랑스 경찰들한테 덜미를 잡힐 뻔했다. 특파원들
도 급증한 가방 심부름꾼들에 대한 제보가 빗발쳐 서울로 경
고성 기사를 타전하기도 했다. 한번 터지면 국가가 대망신을
당할 위험에 이른 것이었다. 희가 거기까지 깊이 들여다보는
통찰력을 갖추지는 못했더라도, 김포에 입국하면서는 겨울
방학 때에도 그 일을 할 것인가 심각하게 고민했었다. 「기쁠
때나 슬플 때나 우리와 함께하시고……」 그러나 2학기를 더할
수 없이 풍족하게 보내면서 그때의 고민은 점차 유약해지고
지금 희의 감은 눈 앞에는 기모노를 입고 이른 아침부터 샹젤
리제 거리를 활보하는 일본 아줌마들의 뒤뚱이는 이동이 펼
쳐질 뿐이다. 이 년 전 여름 샹젤리제 거리 중간쯤에 있는 리
도 극장 앞에서 기모노 일행 중 한 아줌마가 불쑥 튀어나와
희의 팔목을 잡았었다. 「가방 좀 안 사갈래요?」 희에게 물어오
던 한국말이 그때처럼 낯설게 느껴지던 때가 없었다. 가방 하나
를 사면 가방 두 개가 희에게 떨어졌다. 그 두 개의 값을 합치면
희의 2학기 등록금이었다. 일년 내내 패스트푸드점과 24시간 편
의점을 오가면서 시간과 노동을 바쳐야 겨우 비행기 티켓을 얻
었던 배낭족들은 샹젤리제 아줌마의 유혹을 뿌리치기가 쉽지
않았다. 「어떠한 어려움에도 굴하지 않고……」 마지막으로 이
번 겨울 출국을 결심한 희로서는 엄마의 기도 소리가 자신을

위한 송가로 들린다. 이번에도 무사히! 희는 모았던 두 손을 스스로 꽉 움켜쥔다. 여자는 아버지 기념일에 모처럼 기도다운 기도를 올리고 있는 희에게 새삼 자매애를 느낀다.

우연과 필연

호암 갤러리 한시. 백남준 비디오 아트전. 남자는 〈바둑이나 한 수〉가 지정한 「TV 정원」 안에 서 있다. 〈바둑이나 한 수〉는 아직 모습을 보이지 않고 있다. 약속 시간보다 일찍 도착한 남자는 이층으로 나누어진 전시회장을 두 번이나 돌았다. 「TV 정원」에는 앉을 데가 없다. 줄기 무성한 식물들 속에 모니터들이 우주의 혹성들처럼 박혀 깜빡이고 있다. 「TV 정원」 앞에 그렇게 와서 서 있기 전 남자는 이층에 있는 「참여 TV」에 꼼짝없이 붙잡혀 있었다. 신호 확성기와 마이크로 조작된 TV인데, 가수처럼 마이크 앞에 서서 소리를 내면 모니터 화면에 소리가 그리는 모양이 나타났다. 남자는 마치 자신이 그 작품의 일부인 양 마이크와 소리와 화면의 변화를 연출하며 다음 작품으로 이동할 생각을 하지 않았다. 한번 정도 시험해보고 고개를 끄덕이고 지나가면 될 것을 남자는 처음 게임에 빠진 어린아이처럼 떠날 생각을 하지 않고 같은 동작을 반복했다. 시계 방향으로 천천히 발을 끌며 전시물을 관람하던 관객들도 소리를 작게 했다가 크게 했다가 부드럽게 했다가 급격하게 토해 내는 남자의 행위를 보고는 저마다 다가와서는 한번씩 남자처럼 참여해 보고 지나갔다. 「아, 미안, 내가 이동을 했어요. 근처 로댕 미술관으로 와줘야겠는데? 괜찮다면 말이지. 지금 정각 오 분 전이니까 건물 밖으로 나와서, 그러니까 회전문으로 나와서 오른쪽으로 올라가면 셔틀 버스가 있어. 그걸 타면 재깍이지. 아니면 골목으로 살살 걸어와도 되고. 그럼 기다리겠수. 아, 이번엔 어디로 할까. 그래 미술관 안으로 들어오면 작품 중에 천막이 있거든. 제목은 모르겠고. 아무튼 몽고에서 가져온 천막 앞에서 봅시다. 그럼 이십 분 후에!」 남자가 「TV 정원」 사이에 나 있는 좁은 길로 들어서던 찰나에 〈바둑이나 한 수〉가 핸드폰으로 연락을 해왔는데, 핸드폰을 끊고 나니 남자는 어느새 〈바둑이나 한 수〉가 지적한 셔틀 버스 정차장에 닿아 있다. 〈바둑이나 한 수〉와는 오늘이 첫 대면이다. 남자는 그 동안 〈바둑이나 한 수〉를 의심해 본 적이 없다. 그가 정말 유력한 기획사의 카피라이터인지, 방금 남자가 회전문을 밀치고 빠져나온 암적색 건물 9층에 근무하는지, 또 그가 약속 장소를 바꾼 로댕 미술관이라는 데에 가면 그가 다른 일을 보다가 나타날 것인지 등등. 어쨌든 약속 장소가 변경되기는 했지만, 〈바둑이나 한 수〉를 의심하기에는 그가 제시한 첫 장소인 「TV 정원」이라는 데가 존재했고, 또 그의 말대로 건물에서 나와 비탈진 도로를 올라가 오른쪽으로 꺾으니 셔틀 버스 정차장이 나왔다. 그리고 정확하게 셔틀 버스가 정각 출발을 위해 대기중이다. 셔틀 버스를 보는 순간 남자의 머리카락이 쭈뼛 곤두서며 머리통이 뒤로 젖혀진다. 남자는 갑자기 누군가 자기의 머리채를 뒤로 확 끌어당기는 듯한 당혹감에 휩싸인다. 저 앞에 서서 기다리고 있는 것이 셔틀 버스가 아니라 〈바둑이나 한 수〉가 서 있는 듯하다. 우연과 필연이 동시에 작용하는 정체 불명의 비행체 속으로 자신이 걸어들어가고 있는 기분이다. 셔틀 버스 안은 몇 명의 미술관 순회 관람객들이 타고 있다. 운전석은 비어 있다. 남자가 탈까 말까 망설이는 듯 보이는지 버스에 올라탄 운전자가 핸들에 두 손을 올려놓고는 따분한 눈빛으로 남자에게 탈 것인지 말 것인지를 묻는다. 남자는 엉겁결에 버스에 올라타서는 운전자와 나란히 입구 쪽에 놓인 의자에 앉는다. 남자의 얼굴에 투명한 햇살이 내리쬔다. 도시의 나무들은 아직 가을이다. 남자는 여전히 〈바둑이나 한 수〉를 의심할 생각이 없다. 그를 의심하거나 문제 삼기에는 이상하게 모든 것이 정확하게 돌아가고 있다. 마치 이 세상은 온통 부조리 투성이라고 단정짓고 나서 가만히 돌아보면 각각이 한치의 오차도 없이 제자리를 지키고 있는 것처럼. 그런 경우는 그가 살아온 서른한 해의 생애에서 허다하게 많았는데, 버스에 몸을 맡기고 있는 그 순간 역시 자신만이 세상에서 떨어져 나와 혼자 뒹굴고 있는 아주 하찮은 돌덩어리 같다는 기분을 떨쳐버릴 수 없다. 그러거나 말거나 버스는 고층 건물들 사이, 휴지 하나 떨어지지 않은 응달진 뒷골목, 구불구불 이어지는 골목길을 타고 내려간다. 남자는 어젯밤 길을 떠올린다. 파라다이스 모텔에 이른 길. 별들이 소곤대는 홍콩의 바암거어리. 길은 곧 끝이 난다. 남자는 맨 나중에 버스에서 내린다. 버스에서 내린 사람들은 행렬을 짓듯이 정차장 맞은편, 광장 왼쪽에 있는 미술관 입구로 향한다. 검게 칠해진 두 짝으로 된 미술관 문은 여는 간격의 힘으로 닫히게 되어 있다. 사람들이 하

24

나씩 문 안으로 빨려들어간다. 남자는 그 광경을 지켜보면서
진공청소기를 떠올린다. 사람들이 먼지가 되어 진공청소기의
흡입구로 서둘러 빨려들어가고 있다. 모든 것은 순서대로 진
행된다. 남자 혼자 남아 광장 가운데를 차지하고 있는 여덟
대의 지난 시대의 자동차 유물들을 바라보고 있다. 공휴일의
도심은 보행자도 버스도 모두 한가하게 흘러가고 흘러드는
것처럼 보인다. 남자는 원형으로 배치된 자동차들을 하나하
나 점검하며 천천히 걸음을 뗀다. 차와 바퀴가 온통 하얗게
페인트 칠이 되어 있다. 바퀴는 엉겨붙은 페인트 때문에 더
이상 달릴 수가 없다. 원점으로 돌아와 제목을 본다. 「20세기
를 위한 진혼곡」. 남자는 시큰둥하게 웃고는 조금 전 사람들
이 빨려들어간 미술관 입구 쪽으로 걸어간다. 어두운 입구를
통과해 역시 어두운 우주처럼 연출해 놓은 방을 지나 다른 방
으로 들어가자 〈바둑이나 한 수〉의 말처럼 몽고에서 가져다
놓은 천막이 정말 놓여 있다. 한 무리의 사람들이 마이크를
든 안내자 앞에 모여 있다. 안내자는 계속 질문을 한다. 천막
안에는 무엇이 있을까요. 천막에 비친 상(像)은 누구일까요.
그 사람은 무슨 말을 하고 있을까요. 모두 조용히 천막에 비
친 그 사람의 말에 귀를 기울인다. 그러나 알아들으려고 하면
할수록 더 알아듣지 못한다. 그 사람은 소리를 낼 뿐 말을 하
고 있지 않다. 들으려는 사람이나 들려주고 있는 사람이나 모
두 답답하게 보인다. 그래도 응답자는 있게 마련이다. 혼잣말
이오. 모두 싱겁게 웃는다. 남자는 무리에서 떨어져서 벽 쪽
으로 뒷걸음질쳐 간다. 벽은 터널처럼 수족관으로 이어져 있

다. 손톱 크기의 가는 물고기들이 화살촉처럼 물속을 투사한
다. 백남준과 그 사람은 친구지간인데, 작가에게 정신적인
영감을 많이 주었답니다. 생판 다른 삶을 살다가 생판 다른
곳에서 만났는데 그렇게 동지애를 발휘할 수 있는 힘은 어디
에서 올까요. 몽고 천막은 백남준이 그 사람의 죽음에 바치는
추모의 작품입니다. 두 사람의 만남은 우연일 수 있습니다.
우연이 발전되어 필연을 만들기도 하지요. 그 사람은 우연이
아니라 필연의 원점을 찾으려 애를 썼지요. 그것이 바로 몽고
라는 지점이었답니다. 태어날 때 그의 몸에 생겼던 몽고 반점
과 백남준의 몸속에 흐르는 몽고인의 피.

몽고 반점

길은 흐름 없이 고요하다. 언제부터인가 여자에게 길은 흐
르지 않는다. 여자는 길을 알고 있다. 길이 언제 몸을 일으키
는지 알고 있다. 여자는 전신 거울에 비친 자신의 엉덩이에서
몽고 반점의 흔적을 찾아본다. 낮에 남자는 홍콩 편지 대신
몽고 편지를 들고 왔었다. 그동안 여자는 남자의 눈을 쳐다본
적이 없다. 남자의 손, 공룡 가슴뼈 화석 같은 손만을 바라보
았을 뿐이다. 그래서 여자는 매주 한두 번 남자를 보면서도
남자의 얼굴을 정확히 알지 못한다. 그러나 남자의 손만은 어
디에서도 알아볼 수 있다. 남자의 손끝에 씌어 있던 蒙古라는
글자를 보는 순간 남자의 얼굴을, 처음으로 남자의 눈을 올
려다봤다. 「몽고까지 얼마나 걸립니까?」 여자와 남자의 눈이
마주쳤다. 「몽고는……, 잠시 기다리세요」 여자는 여느 때처

럼 남자를 앞에 세워놓고 볼펜 끝을 세워 국제 우편 시각표를
뒤적였다. 그런데 다른 많은 도시들처럼 몽고라는 글자가 잘
잡히지 않았다. 그러나 여자는 한 장의 편지가 몽고에 닿으려
면 얼마나 걸리는지 찾아보지 않아도 이미 알고 있었다. 그러
면서도 여자는 남자에게 선뜻 얼마나 걸린다고 말을 해주지
못했다. 남자가 다른 도시들을 젖히고 몽고를 그녀 앞에 내밀
줄은 몰랐다. 여자는 마치 의중을 들켜버린 숫처녀처럼 다시
남자의 얼굴을 바라보지 못하고 볼펜 끝에만 온 신경을 집중
했다. 「거긴, 그러니까, 네……」 남자가 버버거리고 있는 여
자를 내려다보고 있었다. 그의 시선을 느끼는 순간 여자의 시
야는 갑자기 짙은 운무에 든 듯 흐릿해졌디. 바람에 자잘한
풀들이 흔들리는 몽고 초원이 여자의 눈앞에 어른거렸다. 초
원 위로 한떼의 말들이 후두둑 달려가고, 무리에서 이탈된
유목민 하나가 천천히 말의 걸음을 늦추며 여자에게 걸어왔
다. 「됐습니다. 얼마가 걸리든, 꼭 알아야 하는 것은 아닙니
다. 기껏해야 하루 이틀, 길어야 일주일 정도의 차이겠지요」
여자는 짧은 순간 사로잡혔던 초원의 환영에서 깨어나 바로
눈앞에서 자신을 바라보고 있는 남자를 막막한 눈으로 올려
다보았다. 남자가 짧게 웃었다. 여자에게 다가오던 유목민이
거기 멈추어 서 있었다. 여자는 벌써부터 알고 있었다. 남자
가 보내는 수신처들이 사실은 그와는 아무런 연관도 없는 허
상의 지명들이라는 것을. 그것을 안 이후 여자는 남자가 들고
오는 수신처들과 묘한 관계 망상에 빠지곤 했다. 그러나 몽고
편지만큼은 여자에게 진실했다. 여자는 애디슨병 환자였던

은행원 이후 십년 동안 남자가 없었다. 누구에게서도 남자를 못 느꼈다. 누구도 그런 여자를 자극하거나 염려하지 않았다. 여자 혼자의 문제였다. 여자는 몽고의 꿈을 한번도 접은 적이 없었다. 그와 마찬가지로 몽고 초원을 달리는 일도 없을 것이었다. 결국 몽고 편지는 부쳐졌다. 여자는 편지를 자신에게 남기고 우체국 문을 밀고 나가는 남자의 뒷모습을 건너다보며 문득 몽고 반점을 생각했다. 어둠이 제법 걷히고 있다. 몽고 반점은 여자의 엉덩이에 남아 있지 않다. 어스름 속에 달이 차오르고 있다. 여자는 어둠 속에서 가만가만 화장을 마치고, 정지된 길의 표면을 바라본다. 남자는 여자의 작은 창문 아래를 지나간다. 여자는 자신의 창 아래로 지나가는 남자를 보지 못한다. 67번 버스가 달려와서는 바람처럼 남자를 실어간다. 버스가 지나가고, 길은 이내 흐름 없이 고요하다. 창문가에 서 있던 여자는 생각 끝에 방에 불을 켜고 잘 말린 낙엽 하나를 어둠 저편으로 날려보낸다. 사흘 동안 여자의 방에 놓여 있던 낙엽은 금방 아래로 떨어지지 않고 검은 허공의 길들을 여기저기 들러서는 천천히 아주 천천히 바닥으로 떨어져 내린다. 그것은 팔 초 정도 지속된다. 여자는 거기까지 세다가 자기도 모르게 셈을 멈춘다. 누군가 문을 열고 들어올 것 같은 익숙한 느낌이 든다. 여자는 환한 방, 창가에 서서 오른손을 들어 저어본다. 마치 누군가와 이별하듯이, 아니 초원의 여자처럼 누군가를 맞이하듯이. 버스는 다시 올 것이다.

《한국문학》 2000년 겨울호

조용한 날들의 계단

　나는 계단을 밟고 올라간다. 왕고모 대신 아버지가 문을 열
어준다.　집안에는 여전히 왕고모의 냄새가 조금 남아 있다.
사흘 묵은 막걸리 찌꺼기와 판콜 에이가 뒤섞인 냄새다. 왕고
모는 평생 막걸리와 판콜 에이 중독이었다. 그래서 숨을 거두
기 몇 시간 전까지도 왕고모는 막걸리와 판콜 에이를 진통제
처럼 몇 모금 입에 털어넣어야 했다. 집에 들어가면 나는 제
일 먼저 내 방 창문을 연다. 흐린 하늘 탓인지 건너다보이는
산동네가 섬처럼 허공에 붕 떠 있는 것 같다. 〈기쁨에 넘친 소
녀가.〉 등뒤에서 왕고모 목소리가 들린다. 〈소녀 이름을 나무
에 새겼다네.〉 왕고모의 육신이 더 이상 존재하지 않는다는
것을 알면서도 나는 뒤를 돌아본다. 방문에 비껴 붙박인 식탁

에서 아버지가 저녁 밥을 퍼담고 있다. 〈가슴을 다친 나무는……〉 왕고모는 오랜 흡연으로 가르랑거리는 목소리로 가사를 외웠다. 〈꽃 한송이를 떨어트렸네.〉「부에나비스타 소셜클럽」은 왕고모가 비디오로 본 첫 영화다. 그것과 맞닥트리기 전까지 왕고모는 내 방의 비디오 기기에 심한 편견을 가지고 있었다. 비디오 목록에 에로물이 끼어 있지는 않았지만 가끔「감각의 제국」이나「나라야마 부시코」같은 것들이 버젓이 알몸을 내보이고 있었다. 그래서인지 왕고모는 내가 주로 비디오를 보는 심야 시간에는 내 방 근처에 얼씬도 하지 않았다.「인생은 아름다워」나「간장 선생」같은 것은 왕고모가 보아도 괜찮을 것 같아 건네주기도 했는데 그럴 때마다 왕고모는 검은 테이프가 무슨 불순한 균덩어리라도 되는 양 펄쩍 뛰며 도로 밀쳤다. 그러나 왕고모의 실제 입담이나 지방 소읍 시장통에서 생닭집을 했다던 젊을 적 생활담을 들으면 내가 본 어떤 비디오 내용보다 더 걸면 걸었지 못하지는 않았다. 〈난 마음이 아픈 나무라네.〉 왕고모는 이 대목을 부르는 여든여덟 살의 가수 세군도에게 흠뻑 빠져버렸다. 인터뷰 중에 그는 그 나이에도 사랑을 하고 아이를 낳고 싶다고 했다. 검버섯과 주름 이외에 맨살이라고는 찾아볼 수 없는 얼굴이었지만 그는 아직 건재한 흰 이를 내보이며 능청맞게 웃었다. 왕고모는 세군도의 넘치는 의욕에 완전히 매료되어서 눈물까지 질금 내질렀다. 그러니까 왕고모는 소녀이면서 나무였다. 〈내게 상처를 준 소녀야.〉 이 대목에서 왕고모는 몸뻬 바지 주머니에서 판콜 에이를 꺼내 힘껏 마개를 비틀었다. 감기약으로 알려진 그 약은 왕고모가 두 모금 마시면 바닥이 났다. 그것은 왕고모의 두통과 멀미에 즉효였다. 나는 일반적인 약의 효능에 대해 그다지 믿지도 않지만 그렇다고 완전히 불신하지도 않는다. 약이란 어떤 식으로든 구실을 하게 마련인 것이다. 왕고모는 정작 감기가 찾아오면 판콜 에이를 멀리 했다. 그리고 사흘을 그야말로 죽자살자 끙끙 앓았다. 〈병이란 그저 죽을 만치 앓아야 떨어지는 벱이여.〉 왕고모는 자리를 털고 일어나면서 기분 좋게 판콜 에이를 한 병 들이켰다. 그러고 나서는 조심조심 두 손으로 계단을 짚고는 막걸리를 사러 내려갔다. 지난 여름 나는 왕고모의 일흔일곱번째 생신에 「부에나비스타 소셜 클럽」의 비디오 테이프를 선물했다. 왕고모는 비디오 테이프에 입을 맞췄다. 그러나 애석하게도 두 달 후 왕고모는 눈을 감았다. 〈네 이름을 영원히 간직할 테니, 내 가여운 꽃은 어찌되었는지 말해 다오.〉

왕고모가 없는 계단은 하루종일 조용하다. 아버지가 말씀하신다. 밥 먹을 때 춤을 추지 말아라. 말이 떨어지기가 무섭게 나는 얼른 수저를 내린다. 네. 나는 대답을 잘한다. 아버지 말이 옳지 않더라도 나는 일단 대답부터 하고 본다. 작년까지 이 년 연속 담임이었던 개차반은 툭하면 내 뒷덜미를 손칼로 내리쳤다. 짜샤, 다리 떨지 마! 아버지는 한번도 나를 향해 손을 들어올린 적이 없다. 나는 아버지가 원하는 것이면 무엇이든지 할 준비가 되어 있다. 밥알을 씹다가도 바닥에 벌렁 드러누워 물방개처럼 사지를 버둥거리는 시늉까지 할 수 있다. 그러나 아버지는 나에게 요구하는 것이 거의 없다. 두 가지, 밥 먹을 때 춤을 추지 말라는 것과 즉시 대답. 그리고 나는 또 한 가지 아버지가 원하는 것이 무엇인지를 본능적으로 안다. 아버지와의 모든 대화는 반드시 존대말로 해야 한다는 것. 다행히 나는 일곱 살 이래 아버지의 고모, 그러니까 나에게는 왕고모 할머니 손에 맡겨져서 아버지와 대면하는 시간이 많지 않았다. 그렇기 때문에 아버지와 나 사이에 오가는 말수란 손가락을 꼽을 정도였다. 아버지가 명절 때라든지 연휴 기간 동안 나를 못마땅해하면서도 버리지 않고 스무 살이 되도록 참아온 이유는 내가 그토록이나 신속하게 대답을 잘해서인지도 모른다. 그렇지 않다면 나를 적당히 버릴 능력이 없어서였을 것이다. 아이를 버리려면 치밀한 계획을 세우고 실행에 옮기고 끈질기게 태연해야 하는데 아버지에게는 그런 비상함이 부족했던 것이다. 아버지는 나를 버릴 능력이 없었지만 그렇다고 나를 책임질 만한 의사도 특별히 없었던 듯하다. 내가 초등학교에 들어가든 중고등학생이 되든 도대체 내가 학교에 잘 다니는지 신경 쓰는 일이 없었다. 나는 아버지가 방위산업체에 근무한다는 것 이외에 정확히 몇 살인지, 무슨 일을 하는지 알지 못했다. 아버지 역시 나와 크게 다르지 않았다. 그런 마당에 아버지가 내 친구의 이름을 기억하는 일은 불가능했다. 그럴 만한 친구를 사귀지 못한 내 성격에 문제가 없지 않았지만, 그보다는 아버지나 나나 크게 가족애를 느낀

적이 없었다는 데에 근본적인 원인이 있었다. 그러나 중요한 것은 가족애를 모른다고 해서 불편한 감정을 느끼지도 않았다는 점이다. 돌이켜보면 지난 십년 동안 내가 아버지와 밥을 같이 먹는 일이란 한 달에 한두 번이 고작이었다. 그런데 왕고모 할머니가 세상을 뜨기 일년 전 이 집, 엄연히 도심에 위치하면서도 전혀 도시적인 혜택과는 거리가 먼 산동네 다가구 주택 이층으로 이사 와서는 사정이 달라졌다. 이사 하는 날 왕고모는 계단에서 발을 헛디뎌 구르는 바람에 발목 부상을 당했고, 공교롭게도 다음날 아버지는 회사로부터 자진 사퇴를 권고받았다. 왕고모는 발목 부상으로 거동을 하지 못하게 되자 하루가 다르게 기력을 잃어갔고, 급기야는 아버지 등에 업혀 병원에 가기에 이르렀다. 발목 부상에 따른 심한 기력 감퇴와 우울증이 원인이었지만 아버지는 병원 측으로부터 엉뚱하게도 왕고모가 자궁 내벽에 암덩어리를 키우며 십수년을 살았다는 사실을 알게 되었다. 병원 측은 지나치게 더디게 진행된 세포 발전 속도에 의문을 품기는 했지만, 병명은 수정하지 않았다. 일흔일곱이면 됐다! 가끔 아버지는 밥숟가락을 입에 넣다가 멈춰서는 그 한 마디로 왕고모를 추억한다. 아버지 말대로 왕고모는 행복하게는 아니지만, 고통을 덧내는 일 없이 세상을 떠났다. 전과는 반대로 아버지와 둘이 밥을 먹지 않는 경우란 내가 프리랜서로 참가하고 있는 비행 시뮬레이션 동호회의 실제 모임이 있는 날과 일본 만화 하청업체인 제이패니 팀장을 만나는 날이다. 그러나 아버지와 나 사이에 여전히 달라지지 않은 게 있다. 밥 먹을 때 춤을 추지 말아라. 아버지가 말씀하신다. 나는 즉시 다리를 오므려 정좌를 하며 대답한다. 네. 나는 밥 먹을 때 춤을 추는 게 아니다. 일곱 살 이후로 오른쪽 다리를 심하게 흔드는 버릇이 있어서 나도 모르게 밥알을 씹으면서도 그짓을 그치지 못한다. 그러나 아버지는 매번 똑같은 음조로 나에게 춤을 추지 말라고 이른다. 아버지의 경고는 그 한 번뿐이다.

아버지가 계단을 밟고 내려간다. 아버지와 매일 밥을 같이 먹게 된 후로 가끔 식사 중에 여자에게서 전화가 걸려온다. 집에 전화벨이 울리는 경우는 드문데, 아버지의 숙부 칠순이라거나 아버지의 사촌의 아들 결혼 소식과 같은, 나와는 한 다리 건너 친족들의 대소사를 알리는 내용이 대부분이다. 그런데 아버지가 집에 머물고부터 전화를 해오는 목소리가 조금 다양해졌다. 저예요. 그 여자는 처음이나 지금이나 나를 아버지로 착각한다. 아무 대꾸 없이 전화기를 아버지에게 넘겨주면 아버지는 누구냐고 묻지도 않고 내 대답을 이어받는다. 어디요. 전화기 속의 여자처럼 아버지도 딱 세 음절만 발음한다. 그 여자가 아니었으면 나는 내 목소리가 아버지와 그렇게 닮았는지 깨닫지 못했을 것이다. 아버지는 전화기를 내려놓고 오 분도 지나지 않아 밖으로 나간다. 그러면 나는 혼자 다리를 세게 흔들며 계속 밥을 먹는다. 아버지는 계단을 내려가고, 그러는 동안 여자는 페인트 칠이 벗겨져 붉었던 흔적만 조금 남은 오래된 담벼락 끝에 서 있을 것이다. 나는 안 보고도 보고 있는 것처럼 벽 밖의 장면을 따라간다. 아버지는 한 계단 한 계단 서두르지 않고 일정한 박자를 유지하며 내려간다. 나는 밥알을 씹던 것을 멈추고 철제 계단을 울리는 아버지의 발소리에 귀를 기울이다가 싱겁게 조금 웃는다. 나는 여자를 한 번 본 적이 있다. 그날 여자는 벽에서 붉은 칠이 집중적으로 남아 있는 끝자락에 서 있었고, 나는 계단 맨 아래에, 그리고 아버지는 계단을 중간쯤 내려오고 있었다. 나는 붉은 기만 아주 조금 남은 희미한 벽 중간을 사이에 두고 여자와 떨어져 있었다. 벽이 끝나는 지점은 곧바로 어두운 골목이었다. 그 골목 끝에는 아마 나무 한 그루가 서 있었던 기억이 있다. 플라타너스인지 오동나무인지는 정확하지 않다. 날이 채 저물지 않았는데 가로등이 들어와 멀뚱하게 빛을 내고 있었고, 그 빛에 붉은 벽을 등에 기대고 선 여자의 실루엣이 잠자리처럼 가늘게 잡혔다. 아버지가 나를 지나 여자에게 다가가는 동안 나는 보초병처럼 움직이지 않았다. 그 여자는 아버지가 옆에 서자 아버지 몸을 비껴 나를 보고 살짝 웃었다. 입술가에 덧니가 하나씩 드러났다. 나는 태연했지만 여자의 흰 덧니에 얼굴이 약간 붉어졌다. 아버지가 여자와 나란히 서 있는 모습을 처음 보았다. 아버지에 비해 여자는 매우 젊어 보였다. 그러나 나에게는, 조금 늙은 여자였다. 여자는 나에게인지 아버지에게인지, 가을이에요, 라고 말했다. 가을이에요. 거리가 있어서 정확하지 않았지만 내 귀에 그렇게 들렸다. 아마 여자가 느릿느릿 골목 끝에서 밀려온 나뭇잎들을 발로 지치고 있어서 그렇게 들렸는지도 모른다. 아니면 뭐라고 했을까? 나는 아버지가 여자를 만나러 나가고 없는 집에 혼자 있을 때면 그 여자의 소리에 사로잡혀 몽정을 하듯 흠칫 몸을 떤다.

계단이 비어 있다. 아이는 보이지 않는다. 십일월 저녁은 순식간에 어두워진다. 아이가 거기에 있느냐 없느냐에 따라 벽의 넓이가 달라진다. 언제부터 아이가 내 눈에 들어왔는지 정확하지 않지만 여자로부터 전화가 걸려온 어느 날 전이거나 그후이다. 아이는 고압선이 매달린 전신주에 기대어 서 있거나, 계단 맨 아래에 웅크리고 앉아 있기도 한다. 아이가 거기 있느냐 없느냐에 따라 주위의 기온도 달라진다. 가로등은 저물기만큼 어둠을 잠식하고, 아이는 어둠과 빛의 경계에 걸쳐서 시간을 죽이고 있기 일쑤이다. 계단은 빛의 테두리가 끝나는 지점에서 시작되고 나는 매일 그 계단을 밟고 올라간다. 아이는 어쩌다 눈에 띄일 뿐인데 나는 아이를 본 그날 이후 골목으로 들어서면 반드시 한 번은 아이의 존재 유무를 확인하고, 없어도 있는 것으로, 아이를 본 것으로 착시를 일으킨다. 아이가 앉아 있던 빈 자리에 아이처럼 앉아 있기도 한다. 그렇게 앉아 있을 때는 꼭 내가 아이를 기다리고 있는 것만 같다. 아이를 만나지 못했다면 나는 아버지의 여자가 골목 안에 산다는 사실을 알지 못했을 것이다. 아이의 얼굴을 통해서 나는 그 여자 얼굴의 미세한 기미를 알아보기도 한다. 아이의 눈자위가 어린애답지 않게 검게 그늘져 있다. 나는 들고 있던 검은 비닐 봉지에서 중국 꽃빵을 하나 꺼내 준다. 아이는 고개를 흔든다. 나는 다시 한번 권한다. 아이는 끝내 받지 않는다. 나는 아이 옆에 앉아서 꽃빵을 뜯어 먹는다. 그래도 아이는 먹고 싶어하는 기색이 없다. 왕고모와 처음 만난 날 왕고모는 내게 꽃빵을 주었다. 그날 나는 아이와는 달리 꽃빵을 받아 들기는 했지만 다 먹지 않았다. 그렇게 맛없는 빵은 처음이었다. 그러나 왕고모 손에 입맛이 길들여지면서 나는 앙꼬빵이나 붕어빵보다 꽃빵을 더 좋아하게 되었다. 아르바이트로 수중에 돈을 갖게 되면서 나는 귀가 중에 무언가 빠진 듯하면 중국 꽃빵을 사들고 오곤 한다. 왕고모가 있을 때는 저녁 대신 고추잡채와 꽃빵을 먹었다. 왕고모는 한 손에는 태우던 담배를 들고 또 한 손에는 뻣뻣한 당면 풋고추를 들고 좁은 부엌을 우왕좌왕하면서도 결과적으로는 훌륭하게 고추잡채 비슷한 것을 만들어냈다. 어쩌다 아버지가 함께할 때면, 아버지는 중국 꽃빵 속에 고추잡채를 세심하게 박아서는 입에 가득 넣고 턱뼈를 부딪치며 씹어 먹었다. 아버지는 꽃빵에 고추잡채뿐만 아니라 김치와 밥도 그렇게 먹는다. 나는 식탁에서 아버지가 먹는 모습에서 아버지이자 완벽하게 남인 한 사내의 고독을 목격하곤 한다. 내 목소리가 아버지의 그것과 동일하게 느껴지듯이 여자가 내가 먹는 모습을 본다면 뭐라 말할 것인가.

계단에서 일어서려는데 새처럼 가벼운 그림자가 골목께에서 느껴진다. 이리 와. 나는 어색하게 식구처럼 다정하게 아이를 부른다. 아이는 골이 나 있는 듯하다. 잠시라도 엄마가 그리운 것이다. 나는 아이를 잘 안다고 느낀다. 아이는 고집이 세다. 쉽사리 나에게 오지 않는다. 다만 내 손을 살핀다. 다른 날 같으면 중국 꽃빵이 든 검은 비닐 봉지가 들려 있을 것이다. 그러나 오늘은 빈손이다. 이리 와. 나는 빈손을 들어 아이에게 손짓까지 한다. 이거, 보여줄게. 옆구리에 끼고 있던 화첩을 내민다. 아이가 발을 끌며 다가온다. 언뜻 보면 같은 모양이지만 자세히 보면 조금씩 다른 화산의 모습들이 열두 장에 걸쳐 그려져 있다. 나는 아이가 보되 손으로 만지지는 못하게 약간 떨어져서 낱장을 넘기고 아이는 일어설 듯이 고개를 쭉 빼고는 넘어가는 장면에 눈길을 준다. 너 화산 본 적 있어? 아이가 고개를 끄덕인다. 나는 아이가 거짓말을 하고 있겠거니 하고 머리를 쓱 쓰다듬는다. 텔레비전에서 봤구나? 아이가 고개를 흔든다. 그러고는 진짜 보았다는 듯이 입술을 둥그렇게 말아서 쭉 내밀고는 김을 푸우, 하고 내보낸다. 그리고 그 동작을 반복한다. 김이 빠져나간 아이의 입속이 시꺼멓게 패인다. 그러나 그뿐 아이는 더 말을 하지 않는다. 아이와 시간 반 동안 계단에 함께 앉아 있어도 아이는 이거, 아니면 저거만 말한다. 처음 나는 아이가 자폐증에 걸린 것은 아닌가 의심했는데 이거, 아니면 저거 말고는 아이가 우리 말을 할 줄 모른다고 결론을 지었다. 사실 나 역시 아이와 마찬가지로 이거 아니면 그거, 또는 저거 이외에 그다지 필요한 말이 있지 않다. 내가 일주일 동안 스케치 작업을 해서 팀장에게 가져가면 그는 손가락으로 이거, 아니면 저거를 가리킨다. 그러면 나는 팀장의 손가락으로 결정되는 이거 아니면 저거에 해당되는 포스트잇을 붙이면 된다. 그러면 된다. 만사 오케이. 화첩의 마지막 장에 이르자 어느새 아이가 내 허벅다리에 손을 얹고 있다. 그러면…… 나는 아이의 체온을 느끼며 내 몸에 와 있는 아이의 손을 곁눈질로 슬쩍 확인한다. 아이의 눈빛을 보니 화첩을 덮으면 안 된다. 나는 머릿속에 등재된 화산들의 목록을 쭉 훑어본다. 그래, 세상에서 제일 큰 화산이 뭔지 아니? 아이는 고개를 흔든다. 마우나. 하와이에 있지. 너 하와이 알지? 하와이 섬. 태평양에 떠 있는 아주 큰 섬. 태평양은 그러니까…… 마우나가 마지막으로 분출한 건 1987년, 내가 일곱 살 때야. 그런데 너 몇 년에 태어났니? 아이는 이번에도 고개를 흔든다. 그래, 그럼 너 몇 살이니? 일곱 살. 아이는 손가락을 여섯 개 폈다가 하나 더 폈다가 다시 하나를 내린다. 그래, 여섯 살에서 일곱 살 사이구나. 이거, 아니면 그거만을 말하지만 아이는 신기하게도 내 말을 잘 알아듣는다. 마우나는 해발 구천 미터나 되는데, 그건 바다 밑까지 재서 그런 거구, 우리 눈에 보이는 것만으로 치면 네바도 오호스 델 살라도가 제일 높아. 이름이 좀 웃기지? 칠레에 있어서 그래. 이 화산은 화산으로 발견되었을 때부터 계속 잠만 자고 있어. 그리고 혹시 이 다음에 어떻게 될지 몰라서 하는 얘긴데, 인도네시아엔 가지 마. 거긴 가장 위험한 화산 지대거든. 화산이 무려 백오십 개고 그중 오십 개는 정말 무서운 불덩어리야. 너 엄마가 화내면 무섭지? 아이가 무표정하게 고개를 흔든다. 나는 흥미로운 듯이 아이의 표정을 살핀다. 세상은 온통 화산으로 뒤덮여 있어. 그중에 내가 제일 좋아하는 화산은 베수비오야. 폼페이라고 들어봤니? 폼페이는……. 나는 잠든 아이를 업고 계단을 올라간다.

더 이상 계단은 없다. 터널은 금방 끝이 난다. 잠이 들려는데 아버지의 얼굴이 눈에 들어온다. 젊은 아버지가 겸연쩍게 웃는다. 오랜만에 보는 것도 아닌데 웃는 표정 때문인지 몹시 낯선 얼굴이다. 내 아버지가 아닌가 보다, 오줌이 마려운 듯 흠칫 사타구니를 떤다. 일곱 살의 나는 기차를 타고 가는 중이다. 앞에 앉은 이방인 노파가 내 몸통만큼이나 굵은 허벅다리를 내 쪽으로 디밀면서 나에게 묻는다. 몇 살이냐는 거다. 아버지가 나를 보지도 않고 말한다. 일곱 살. 나는 손가락을 세워 보인다. 아버지와 나 사이에 앉은 어머니가 손가락 하나를 살며시 그러쥔다. 여기에선 여섯 살이야. 아버지가 영어로 뭐라 한다. 그러자 이방인 노파가 영어가 아닌 다른 말로 뭐라고 한다. 이방인 노파가 나를 보고 찡긋 웃는다. 나에게 호감을 표시하는 것이라는 걸 알지만 나는 옴폭 파인 웅덩이 같은 노파의 눈이 무섭기만 하다. 기차에서든 역에서든 호텔에서든 이방인들은 나를 보면 같은 질문을 한다. 그리고 같은 모양으로 웃는다. 밤비노, 트레조. 이방인 노파는 검은 입속을 옴쭉 드러내며 얇은 입술로 우물거린다. 이방인 노파의 허벅다리를 피해 나는 어머니 쪽으로 한껏 몸을 기울인다. 아버지 옆에 앉았던 역시 젊은 어머니는 보드라운 아랫배에 내 머리를 받아 안아서는 꼬옥 끌어들인다. 어머니 뱃속에서 꾸, 꾸르 물소리가 흐른다. 기차는 해안가 키 작은 나무가 듬성듬성 자란 돌산 옆을 달려가고 어머니의 배는 출렁거리고 나는 어머니 뱃속으로 빨려들어갈 듯이 잠들려고 한다. 여섯 살, 아니 일곱 살. 일곱 살, 아니 여섯 살. 나는 잠결에도 계속 내 나이를 확인한다. 달콤하게 몽롱한 기운 위로 무뚝뚝한 남자의 한마디가 얹힌다. 저기가 베수비오 화산이다. 나는 일곱 살에서 선잠을 깬다. 아버지는 무엇이 못마땅한지 한마디 툭 내던지고는 내 귓불을 세게 잡아당긴다. 나는 어머니 배에서 간신히 볼을 떼고는 흔들리는 창유리로 화산이란 것을 내다보려고 한다. 베수비오. 그 말은 처음 듣는 순간 각인이 된다. 정말인지 아닌지 실감 없이 봉우리가 움푹 들어간 산이 저 멀리 보인다. 기차는 달리고 화산은 아주 더디게 따라온다. 화산은 어디에서도 보인다. 가는 곳마다 아버지는 문득 생각났다는 듯이, 저기 화산이 있다, 고 말씀하신다. 그러고는 화산을 배경으로 하고 어머니와 나의 사진을 찍는다. 햇볕이 정수리를 떼갈 듯이 따갑게 달라붙는다. 사진을 찍을 때를 제외하고는 아무도 햇빛 속으로 나가지 않는다. 아버지가 하라는 대로 어머니를 따라 수없이 그늘에서 뛰쳐나가 햇빛 속에 서 있지만 정작 사진 찍히는 나는 화산의 의미를, 아버지의 진정한 뜻을 알지 못한다. 아버지가 소리쳐 말한다. 죽은 화산이다. 무서워 마라. 어머니는 사진을 찍힐 때마다 내 손을 꼭 잡고 전신을 의지하듯 나에게 몸을 기댄다. 나는 조용히 밀치는 어머니의 힘을 견디며 왠지 모를 비애를 느낀다. 아버지가 카메라 버튼을 누르기 직전 나는 참지 못하고 어머니의 얼굴을 올려다본다. 자주 숨을 쉬느라 벌리는 입술이 바짝 말라 있다. 어머니가 왜냐는 듯이 나를 내려다본다. 나를 내려다보는 행위조차 성가신 표정이다. 나는 정작 뒤에 확인할 게 있는 것처럼 어머니 얼굴에서 시선을 뒤로 돌린다. 어머니도 나를 따라 뒤를 돌아본다. 죽은 화산에 푸른 풀이 아득히 번져 있다.

✿

　에스컬레이터 위쪽은 아무것도 보이지 않는다. 단지 빛의 구멍만 있을 뿐이다. 검은 계단들이 쉴새없이 그 속으로 끌려 올라간다. 나는 화산을 보고 온 다음날 어머니와 헤어졌다. 아니 아버지는 어머니와 헤어졌다. 아버지는 나와 가방 하나를 가지고 비행기를 탔고, 열일곱 시간 후 아버지와 나는 유난히 계단이 많은 동네의 골목을 걸어올라갔다. 왕고모네 집이었다. 일년 후 어머니가 왔다. 그러나 어머니는 한번도 그 계단을 밟지 않았다. 아버지는 지하철역 내에 있는 커피숍으로 나를 데리고 갔고, 나는 평소보다 조금 욕심을 내어 밀크 셰이크와 파인애플 슬러시를 사달라고 해서 먹었다. 어머니의 입술은 더 이상 갈라져 있지 않았고, 그동안 머리가 많이 길어 있었다. 어머니는 나를 보고도 만지지 못하다가 헤어질 때쯤 해서 나를 한번 꼬옥 껴안았다. 나는 어머니에게 안기면서 어머니의 가슴살을 손가락으로 세게 꼬집어보았다. 조금 아팠는지 어머니가 나를 떼어놓고 눈을 흘기며 웃었다. 나도 웃었다. 그러나 그것이 전부였다. 어머니는 약속에 늦은 사람처럼 안절부절못하다가 뒷걸음질로 계단 있는 데로 물러갔다. 서너 계단 위에 에스컬레이터가 검은 빛을 뿜으며 위로 올라가고 있었다. 어머니는 두레박을 타고 하늘로 올라가는 선녀처럼 아버지와 나를 두고 계단을 타고 위로 올라갔다. 에스컬레이터의 끝은 빛 이외에 아무것도 보이지 않았다. 텅 빈 빛 구멍일 뿐이었다. 화산을 본 이후 나는 일곱 살이라고 생각할 때면 여덟 살이 되어 있었고, 매년 일년씩 계단처럼 똑같은 혼란이 반복되었다. 그러면서 어머니를 데리고 올라간 검은 물체는 내 머릿속에서 푸른빛을 띠어갔다. 잿빛의 푸른 화산처럼.

아이가 계단을 올라온다. 나는 막 들어온 참이고 아버지는 나가려던 참이다. 나는 화장실로 들어가고 아버지가 문을 열어준다. 들어오너라. 아이는 문지방에 서서 나를 기다리고 아버지는 문을 조금 더 열고 밖으로 나간다. 아버지가 여자를 만나고 들어온 어느 날 밤부터 변기 위에 노란 국화가 놓였다. 길가에서 꺾은 하찮은 것이었다. 그날 밤 나는 아버지에게 문을 열어주면서도 꽃을 보지 못했었다. 그런데 아버지가 화장실에 들어갔다 나오자 변기 위에 노란 꽃이 놓여 있었다. 꽃은 매일 조금씩 시들어갔다. 마치 처음부터 그곳에 놓여 있도록 되어 있는 고정물처럼 아버지도 나도 꽃에 손을 대지 않았다. 다만 나는 화장실에 들어갈 때마다 꽃의 시들어가는 정도를 가늠해 볼 뿐이었다. 꽃을 보면서 문득 나는 내가 생각하는 것보다 아버지가 섬세한 사람일지도 모른다고 생각했다. 강에 데려다 다고. 추석절 연휴 때였다. 왕고모가 앉은뱅이 걸음으로 내 방에 들어와 내 다리를 잡았다. 나는 외출했다가 돌아와 내 방 창문을 열고 있었다. 왕고모의 그 말을 듣는 순간 나는 그것이 왕고모의 마지막 소원이라는 걸 직감했다. 그런데 이상하게도 그때 내 귀에 들어온 강이라는 말이 아득하게 멀고 생소하기만 했다. 왕고모를 한강으로 모시고 가는 데는 한 시간도 안 걸렸다. 그러나 내가 머릿속에서 한강을 떠올리는 데는 일주일이 걸렸다. 석양이 지면 물빛이 더 좋으련만…… 하늘이 너무 흐렸다. 왕고모는 풀밭에 앉아 어깨를 맞댄 연인들의 뒷모습을 부럽게 바라보기도 하고 가오리 연을 띄워 올리는 아이들의 서툰 몸짓을 타박하기도 하며 강바람을 쐬었다. 풀밭 여기저기 나들이 나온 가족들이 자리를 잡았다. 다른 가족들처럼 왕고모도 먹을거리를 펼쳐놓았다. 나는 커피에 중국 꽃빵을 조금 먹었다. 왕고모는 판콜 에이를 조금씩 아껴 홀짝였고 막걸리를 마시지 못해 불행해했다. 나는 왕고모와 나란히 앉아 왕고모가 바라보는 대로 좇아

보다가 강변북로로 올라가는 둔덕에 비둘기들이 새카맣게 앉아 쉬고 있는 것을 보고는 왕고모 앞으로 그들을 불러들였다. 왕고모는 소란을 일으키며 웅성웅성 모여드는 비둘기들에게 새우깡을 던져주느라 바쁘게 열을 냈다. 나는 비둘기들에게 왕고모를 맡기고 대여소에서 롤러 스케이트를 빌려 신었다. 바람을 가르며 달리는 살갗으로 습기가 느껴졌다. 빗방울이 한두 방울 얼굴에 스치기도 했다. 내가 일으키는 바람 때문인지 강바람 때문인지 코스모스가 줄지어 흔들렸다. 보트장 너머 길 끝까지 갔다가 뒤돌아서 달려오다 보면 왕고모는 나를 향해 아스라히 손을 흔들고 있었다. 나는 물결을 타넘듯이 코스모스 물결을 손끝으로 스치며 내달렸다. 비둘기들은 다른 가족들에게 날아가 버리고 왕고모 혼자 앉아 있었다. 나는 손끝에 스쳐가던 꽃을 두 송이 따왔다. 녀석, 애빌 닮아 섬세하구나. 나는 아버지를 닮았다는 말을 처음 들었다. 네 부자와 내가 무슨 인연인지 모르겠다. 왕고모는 혼잣말하듯 중얼거렸지만 나는 가슴이 답답해졌다. 어디 보자. 왕고모는 내 손바닥에 놓인 꽃을 가만히 내려다보았다. 처음 나를 보았을 때의 그 눈길이었다. 나는 꽃을 든 손을 조금 떨었다. 왕고모는 꽃분홍색을 골랐다. 나는 흰색. 가위바위보. 할머니가 좋아라 하며 꽃잎을 하나 땄다. 가위바위보. 한번 이긴 할머니는 꽃줄기에 온 손가락의 힘을 쏟으며 내가 무엇을 낼지 탐색했다. 두번째도 내가 졌다. 왕고모는 다섯 번까지 연속 이기고 나서는 미안한 표정을 지으며 팔목이 아프다고 했다. 나는 왕고모 손에서 꽃을 받아 강물에 던졌다. 첨벙, 차갑게 물에 내리꽂

히는 꽃이 보기 싫었던지 왕고모는 질끈 눈을 감았다. 내게 상처를 준 소녀야, 네 이름을 영원히 간직할 테니, 내 가여운 꽃은 어찌되었는지 말해 다오. 한동안 듣지 못했던 노래 가사가 왕고모 입에서 술술 흘러나왔다. 이젠 됐다! 돌아오는 길에 왕고모는 내 손을 끌어다 잡았고 나는 질끈 눈을 감았다.

아버지가 계단을 내려간다. 아이는 문지방에서 움직이지 않고 서 있다. 나는 아이를 번쩍 안아 들고 방으로 들어가 창문을 연다. 멀리 건너편 산동네를 보고 아이의 눈이 크게 휘둥그레진다. 창문에 비껴선 고압선 주위로 어둠이 내린다. 창문마다 저녁 불이 켜지고 산동네 전체가 마치 숨을 쉬는 거대한 고래처럼 살아 움직인다. 저거! 아이는 입술을 동그랗게 말아서는 쭉 내밀고는 푸우, 푸우 숨을 내쉰다. 응, 그거! 내가 아이의 입술에 내 볼을 가져다 댄다. 화산은 아이로부터 계속 숨을 쉰다. 나는 밤새 땅 속 깊은 곳에서 올라오는 여린 숨소리를 듣는다. 어둠이 걷히고 날이 밝아오도록 계단은 조용하다.

『라쁠륨』 2001년 겨울호

---

* 제목 「조용한 날들의 계단」은 일본의 힙합 그룹 드래곤 애쉬의 작품에서 따온 것임을 밝힌다.
** 본문에 인용한 부에나비스타 소셜 클럽의 노래 제목은 「¿Y Tú Qué Has Hecho?(그리고 무슨 짓을 한 거니?)」이다.

사랑인가

　지난 여름의 일이었다. 봄부터 사람들은 비를 기다리고 있었다. 그날 저녁 단비가 내렸다. 많은 비는 아니었다. 묵은 먼지를 가볍게 두드리다 그친 정도였다. 먼지 냄새를 맡으며 어릴 때 잠시 살았던 집의 툇마루가 떠올랐다. 집은 구름과 운무가 자주 끼는 해변, 울산 근처 개운포라는 바닷가 마을 뒷동네에 있었다. 한 귀퉁이가 잘려나간 낡은 흑백 사진 속의 장면이 아니면 기억할 수 없는 사실이었다. 그때 엄마 배가 불렀다. 곧 아기가 나올 것이라고 했다. 비포장도로를 훑고 가는 먼지 냄새를 맡으며, 동산만해진 엄마 배에 귀를 대고 잠이 들었었다. 꿈을 꾸었다. 내가 엄마 뱃속에서 살아가는 꿈이었다. 온통 붉고 검은, 그러나 따뜻하고 촉촉한 바구니

속 같았다. 그리고 난데없이 폭풍이 휘몰아쳤다. 엄마는 앰뷸런스에 실려가고 나는 갑자기 꿈을 깨었다. 꿈이 아니었다. 아기는 없었다. 정확하게 언제인지는 몰라도, 얼핏얼핏 떠오르는 장면. 내것 같지 않은 장면, 내 인생에 온전히 달라붙지도, 떨려나가지도 못한 채 예기치 않게 불쑥 떠오르다 마는 장면들. 그 여름, 가족은 고향을 떠났다. 아니 아버지는 남아 있었으니 가족 모두가 떠난 것은 아니었다. 아버지의 가족은 남고 어머니의 가족인 우리가 떠난 것이었다. 우리 가족은 셋, 어머니와 누이와 나. 그것은 어머니의 생각이었다. 삼 년 전 손가락 피부암으로 세상을 뜨기 직전까지 어머니는 결코 그 생각을 바꾸지 않았다. 어머니의 그 대쪽 같은 성질이 아니었으면 나는 동생을 가졌을 것이었다. 그리고 어디에서든 아무렇지도 않게 먼지 냄새를 맡을 것이었다. 물 냄새를 맡은 지렁이들이 땅을 헤집고 꾸물거리듯, 먼지 냄새는 돌풍을 예고했다. 어머니는 풍문이 실어나르는 거대한 전율에 몸을 놓아버렸다. 어머니의 뱃속에서 죽은 핏덩이가 밖으로 밀려나기 직전 아버지는 다른 여자에게서 단내 나는 아기를 얻었다. 아버지의 가족이 시작되었다. 그 여름, 나는 먼지 냄새를 맡으며 구토를 했다.

포항에 내려가면서 나는 당장 현금 오백만 원이 필요했다. 잘 나가는 직장을 사퇴하면서 받은 퇴직금을 다 털어넣고도 용의 꼬리만큼 모자라 머리털이 한 움큼씩 빠지도록 애를 끓인 돈이었다. 사방은 이미 막혀버렸다. 신용카드 서비스 대금을 벌충하지 않으면 개인 파산자가 될 지경이었다. 주식에 손을 대면서 이미 누이를 곤란에 빠트린 것이 이 년 사이에 셀 수 없이 많았다. 그래도 통사정을 하면 연을 끊겠다던 누이도 마지막으로 한번쯤 봐줄 수도 있을 것이었다. 언제부턴가 누이는 나를 폐인 취급했다. 주근깨 많은 얼굴인데 눈밑에 반달형 근심의 그늘까지 매달렸다. 심장약을 먹고 있다고 했다. 전화를 걸고는 차마 말은 못 꺼냈지만 구제받을 방법이 있었다. 매형 밑으로 들어가면 됐다. 매형은 포항에서 인테리어 사업을 꽤 크게 벌이고 있었다. 군말 없이 일을 받아 하겠다면 선불을 마련해 주겠다는 매형 말에 포항행 새마을 열차를 탔다. 다급한 처지로 치면 내가 누이한테 고마워해야 했는데, 내가 포항으로 내려갈 결심을 하자 누이가 더 고마워했다. 두 달만 할 것이었다. 딱 두 달만. 그러고 나서는 다른 세상을 볼 것이었다. 베네치아로 갈 것이었다. 베네치아에 가면 다른 생각으로 탈바꿈이 될지도 몰랐다. 모래땅과 늪지가 암석처럼 단단한 지반으로 바뀐 물의 도시. 뱀처럼 구불거리며 물결치는 운하들. 위로만 치솟은 아주 작은 돌집들. 두 팔을 벌리면 닿을 듯한 좁은 골목길. 그리고 왁자하게 떠드는 소리. 조각 섬을 내리쬐는 빛살처럼 강렬하게 번져나가는 뱃사공의 힘찬 노래 속에 끼여 내 머릿속에 들끓고 있는 시세표와 분석들을 씻어내버리고 싶었다. 한바탕 소나기를 맞듯. 찌든 때를 벗기고 구릿빛으로 그을린 얼굴로 돌아올 것이었다. 내가 너무 열을 내서 말했나? 누이는 내 말에 전적으로 동의했다. 베네치아로 가겠다는 생각은 태어나 처음이었다. 퇴근 후면 날밤을 새면서 인터넷으로 나스닥 분석까지 다 훑다가 잠깐잠깐 여행 상품에 들어가 베네치아라는 데를 본 것이었다. 의식 저편에서는 비상구를 찾고 있었던가 보았다. 그렇다고 그렇게 눈빛을 내쏘며 베네치아에 가겠다고 공표할 정도는 아니었다. 누이는 내 눈에서 무얼 읽었나? 그러나 나중에 두고두고 생각해 봐도 베네치아 어쩌고 한 것은 헛소리였다. 그런데 누이는 자못 진지했다. 그래 어디든 가라. 돌아오면 일자리가 없겠니. 다만 그 머릿속이나 싹 게우고 와라. 비행기삯 정도는 내가 대줄게. 누나 말이 다 맞지는 않지만 어거지도 아니었다. 잘못 게우면 더 나빠져 누나. 누나에겐 이젠 농담도 먹히질 않았다. 그래, 나는 베네치아에 갈 것이었다. 가야만 했다. 일은 얼마든지 있었다. 매형을 통해 들어오는 일거리 중에 그 지역 신흥 상가의 학원 실내를 페인트칠하는 것이 있었다. 이삼 일 휴가 기간을 이용한 단기 리페인트 작업도 많았다. 대학 때 아르바이트 삼아 매형의 작업반을 따라다니며 몇 번 붓을 잡아본 것이 다행이었다. 배당되는 일당에 비해 일은 그다지 어렵지 않았다. 잘 나갈 때 주식에서 거둬들이는 액수에 비하면 희열이랄 것도 없지만 성취감까지는 아니어도 약간의 보람도 느꼈다. 몇 년째 끌려다닌 돈이란 것에서 해방시켜 줄 수 있는 그야말로 순수한 노동에서 오는 쾌감이었다. 그리고 베네치아로 갈 날이 머지않다는 생각에 이삼 일 정도는 거뜬히 뜬눈으로 작업을 계속할 수 있었다. 보름이 지나자 매형이 물었다. 베네치아에는 왜 가야 하는데? 매형한테는 베네치아가 베니스인지 이탈리아 도시인지 스위스 도시인지 구별이 안 됐다. 나는 번번이 히죽 웃기만 했다. 정말 나는 누이의 바람대로 베네치아에서 그곳 풍경을 담은 엽서를 띄울지도 몰랐다. 산마르코 광장에 있는 플로리안 카페에 앉아 비발디의 「사계」를 들으며 한여름 바닷가에서의 노역을 추억으로 반추할지도 모를 일이었다. 그리고 돈으로 퍼렇게 날려버린 내 이십대의 마지막을.

    밤 열시쯤 되었을까. 건물 옆에 세워진 가로등이 꺼져 있었다. 모텔 〈설국〉이라 내걸린 간판의 불빛이 그 아래로 난 주차장과 옆 건물의 계단 한켠을 겨우 비치고 있었다. 가까이 해수욕장이 있고, 또 해수욕철인데도 인적이 느껴지지 않았다. 건물 앞에 정차를 하고 약도를 확인하니 항구 도로 끝의 삼층 건물, 거기가 틀림없었다. 연장통을 나르고 사다리를 들고 계단을 오르며 휘파람을 불었다. 〈내 속엔 내가 너무도 많아.〉 건물은 허술했지만, 열린 창문으로 바람이, 찝찔한 습기를 머금은 거센 바닷바람이 폭우를 예고하고 있었다. 〈당신의 쉴 곳 없네.〉 그 바람에 휘파람 소리가 꺾였다. 복도는 매우 어두웠다. 반대편 끝에 모차르트라 씌어진 것이 아스라이 보였다. 낮에 전화기를 통해서 전달되던 여주인의 카랑카랑한 목소리가 떠올랐다. 주인은 코발트 블루를 원했다. 그것

도 아무것도 섞지 않은 순도 백 퍼센트의 블루. 내가 물었다. 아이들 피아노 학원 아닙니까? 너무 강하지 않을까요? 여자는 토시 하나 바꾸지 않고 똑같이 반복했다. 코발트 블루예요. 아무것도 섞지 말아요. 학원은 열이면 열 인디언 그린 계열이나 옐로가 약간 들어간 아이보리 계열로 페인트하는 게 통례였다. 코발트 블루, 이박삼일. 금요일에서 일요일 밤까지. 나는 수첩에 받아 적었다. 처음 써보는 색이었다. 주인 여자는 그사이 발리로 신혼 여행을 떠난다고 했다. 사다리를 문 옆에 세워놓고 주인 여자가 알려준 대로 문 틈에서 열쇠를 꺼내려고 문에 손을 대자 저절로 문이 열렸다. 문을 열고 들어갈 때도 닫고 나올 때도 열쇠를 문틈에 꽂아두면 된다고 했었다. 이상하게 여겨지지는 않았지만, 순간적으로 열리는 문 안쪽의 정적이 생경스럽게 전해졌다. 휘파람을 이어 불었다. 〈내 속엔 헛된 바람들로 당신의 편할 곳 없네〉. 스위치를 찾았다. 생각보다 어둡지 않았다. 그 순간 무엇인가, 숨결 같은 것이 느껴졌다. 사람이 있었다.

밤새 폭우가 쏟아졌다. 피아노와 손잡이들을 비닐로 봉하고 벽과 천정에 엉겨붙은 티끌을 긁어내고 테두리 몰딩과 문짝에 밑칠을 끝냈을 때, 동쪽 창으로 날이 밝아왔다. 먹구름은 멀리 수평선 끝으로 밀려가 있었다. 학원은 거미집처럼 다섯 개의 칸막이 방으로 나누어져 있었다. 방마다 베토벤, 슈베르트, 바흐, 모차르트, 쇼팽이라는 이름이 붙어 있었다. 모차르트라는 이름을 내건 걸 보면 주인이 모차르트 숭배자인 모양이었다. 여자는 슈베르트 방에 있었다. 잠을 자고 있지는 않은 것 같았다. 새벽 한시쯤 내가 마지막으로 물었었다. 설국으로 가시죠? 먼지도 그렇고 냄새가 고약할 텐데요. 여자는 고개를 저었다. 엄지손가락으로 아래쪽을 가리키더니 가슴에 손바닥을 가져가 얹고는 눈을 깜빡이며 나를 쳐다봤다. 동의를 구하는 눈이었다. 그렇게 생각이 들었다. 여기 그냥 있겠다는 뜻인가? 피곤해 보였다. 차림새가 먼 데서 온 것 같았다. 커트 형의 짧은 머리에 보라색 반팔 니트, 복숭아뼈가 드러난 흰 슬랙스를 입고 있었다. 썩 미인은 아니었으나, 눈동자가 깊었고, 검은 동자에서 날카로운 빛이 느껴졌다. 마음 먹으면 누군가를 그 자리에서 매료시킬 눈빛이었다. 큼직한 여행 가방 두 개가 벽 가까이 놓여 있었다. 여자 것인가 보았다. 괴로울 거예요. 내 말에 여자는 어깨를 으쓱해 보이고는 서 있던 바다 쪽 창 옆으로 걸어갔다. 처음엔 여자도 나도 많이 놀랐었다. 여자는 놀라면서도 소리를 내지 않았다. 나도 덩달아 큰소리를 낼 수 없었다. 어둠 속에서, 불도 켜지 않은 채, 창밖에서 어슴푸레 비쳐드는 빛으로 상대방을 인식할 뿐이었다. 극도로 나를 경계하고 있긴 했지만 여자는 〈모차르트〉와 관계 있는 사람 같았다. 내가 말했다. 야간 작업을 하러 왔습니다. 그래도 여자는 긴장을 풀지 않은 채 말소리를 내지 않았다. 그쪽만 놀란 것이 아니니까 그렇게 정색을 하고 쳐다볼 것은 없어요. 연장통과 사다리를 들여놓는 것을 보고 여자의 굳어졌던 안색이 조금 펴졌다. 벙어리인가? 거듭 대꾸가 없자 그런 생각이 들었다. 나는 더 이상 말을 걸지 않았다. 여자는 주인 여자가 결혼한 사실을, 발리로 신혼 여행을 떠난 줄을 모르고 있는 게 분명했다. 그런 걸로 봐서 주인의 동생은 아닌 것 같고, 친한 친구도 아닌 것 같고, 예전 아르바이트생이거나 옛 동창쯤 되는가 보았다. 그쯤에서 더 이상 생각하지 않기로 했다. 담배를 한 대 피우고, 원장실로 들어가 커피 포트에 물을 올렸다. 아까 놀라서 소리가 아주 목구멍 속으로 들어가 버린 것은 아니겠죠? 커피를 내밀며 내가 농담삼아 가볍게 던졌다. 벽에 기대 앉았던 여자가 뜨악하게 올려다보았다. 왜 맨 바닥에 앉았어요? 여잔 찬 데를 삼가야 된다던데. 아, 누이가 그래요. 혼자 묻고 혼자 대답하는 형국이었다. 여자는 커피를 받아들고 바닥에서 일어섰다. 좀 나와요. 날이 밝아요. 여자와 나란히 서서 동터 오는 수평선을 바라보며 뜨거운 커피를 마셨다. 둘 다 아무말도 없었다. 그러나 아주 오래된 연인 같은 익숙한 기분이 들었다. 미안해요. 떠오르는 해를 바라보며 내가 말했다. 해는 수평선 너머에 걸려 있던 먹구름 조각들을 집어삼키느라 요동치는 것 같았다. 장관이었다. 여자는 아무런 몸짓도 하지 않았다. 말해 놓고 보니 미안해야 하는 정체가 불분명했다. 마치 그녀가 벙어리인 것이 내가 미안하다는 듯했다. 더 오가는 말 없이 그대로 서서 해가 바닷속에서 쑥 빠져나오는 것을 바라봤다. 짐승 같았다. 기이한 경험이었다. 낯선 여자와 그 순간에 있다는 것이. 한참 후에 여자가 눈물을 흘리고 있는 것을 알았다.

여름은 벌써 끝이 났다. 가을도 절정, 얼마 안 있어 곧 겨울이 올 것이었다. 그러나 나는 베네치아행 비행기를 타지 않았다. 서울로도 올라가지 않았고 여전히 포항 근처를 배회하고 있었다. 파산 선고는 피했고 통장에는 제법 돈이 모아졌다. 베네치아에서 두어 달쯤은 지낼 만한 돈이었다. 산마르코 광장에 있다는 플로리안 카페에도 어느덧 가을이 와 있을 것이었다. 비발디의 「사계」를 듣기에는 어쩌면 가을날이 더 알맞을 것도 같았다. 달궈진 가을 햇살 아래 여름내 해그림자를 제 살인 양 거느린 나뭇잎들을 밟으며 여행객들이 떠난 한적한 광장 카페에서 오후를 보내는 것도 괜찮을 것이었다. 변한 것은 없었다. 언제라도 나는 포항을, 그 바닷가를, 코를 찌르는 페인트 냄새를 떠날 수 있었다. 나는 자유였다. 그런데 나는 떠나지 못하고 있었다.

믿을 수 없는 일이었다. 섹스는 순식간에 이루어졌다. 안에 사정을 하면서 여자 이름도 모른다는 생각이 묘한 감정을 불러일으켰다. 나는 누구인가. 나는 무엇인가. 그리고 이 여자는, 이 낯선 여자는 누구인가? 그러나 곧 생각을 떨쳐버리려 했다. 여자의 몸과 떨어지며 동시에 페인트통을 찾았다. 오전 중에 천정의 밑칠을 마쳐야 할 것이었다. 여자는 숨소리도 들리지 않았다. 지난 밤처럼 휘파람이 나오지 않았다. 해는 벌써 창틀의 범위를 넘어 허공중에 높이 솟아 있었다. 허기가 졌다. 서울에서 여자 생각이 날 때 주저 없이 여자를 사곤 했다. 그중에는 열 대여섯 살 되는 아이들도 있었다. 그애들을 안으면서 나는 누구인가, 또 그애들은 무엇인가를 생각하지는 않았다. 나를 돌아보기 위해 그애들을 산 것은 아니었다. 그리고 그애들 이름은 알 필요도 없었다. 이름은 덫이었다. 설사 이름을 안다 해도 그것이 진짜일 리는 없기 때문에 정이나 죄의식에 걸려들 일은 없었다. 그애들이나 나나 서로 정당하게 일시적인 욕망을 주고 받았을 뿐이었다. 그것도 처음 주식이 탄력을 받았을 때 잠시였다. 주식이 치솟는 만큼 내 욕망은 부풀어올랐다. 나는 무엇인가 해소할 것이 필요했다. 그러지 않으면 미쳐버릴 것 같았다. 천정이 모두 돈다발 같았다. 다음날 객장이 열릴 때까지 짧게 몰두할 대상이 필요했다. 그러나 주식이 물갈이를 하면서 시각을 다투어 썰물처럼 빠져나가면서 여자 생각은 멀리 달아나버렸다. 나는 그다지 여자를 좋아하는 족속은 아니었다. 서른이 되도록 여자를 깊이 사귀어본 적이 없었다. 어머니 때문은 아니었다. 아니라고 믿었다. 차라리 아버지 탓이라면 속이 편했다. 여자를 거느린다는 것, 거기서 파생되는 책임감 같은 것은 나에게 싹틀 새도 없이 거세되어 버렸다. 여자는 나에게 교환 대상은 될지언정 소유 대상은 못 되었다. 붓을 통 속의 물컹한 페인트 속에 쑤셔박은 채 적시고 또 적셨다. 한두 번 적셨다 꺼내면 되는 일이었다. 코발트 블루. 함정 같았다. 저 여자는 누구인가. 나는 무슨 짓을 했는가. 강간을 한 것인가? 아니다. 그건 아니었다. 머릿속이 혼란스러워졌다. 모자를 눈아래까지 꾹 눌러 쓰고 천정을 칠해 갔다. 거칠게 붓질을 해나가는데 건너편 유리에 여자 얼굴이 보였다. 순간적으로 나는 흠찔 붓질을 멈추었다. 여자는 코발트 블루로 변해 가는 천정을, 붓질하는 나를 보고 있었다. 눈을 마주치지 않기 위해 나는 이전보다 더욱 거칠게 붓질에 몰두했다. 여자와 나 사이에는 붓 스치는 소리만이 이미 밝을 대로 밝은 아침의 정적을 깨고 있었다.

❧

코발트 블루로 단장한 〈모차르트〉는 강렬했다. 한여름이라 효과가 더 커 보였다. 주인은 만족할 것이었다. 방마다 검정, 흰색, 오크, 겨자, 아이보리색의 피아노가 제자리에 놓였다. 그 위에 이름에 맞게 베토벤과 바흐, 모차르트와 슈베르트, 그리고 쇼팽의 초상이 걸렸다. 이박 삼일 동안 여자와 나는 거의 말을 나누지 않았다. 식사를 함께 하는 것을 제외하고는 눈도 맞추지 않았다. 여자는 소리 없이 움직였다. 모차르트에 익숙한 사람 같았다. 낮에 잠깐 눈을 붙일 때면 어디론가 사라졌다가 어두워져서 들어왔다. 부근 횟집에서 사온 것인지 여자의 손에는 전복죽이 들려 있기도 했고, 제철 과일들이 들려 있기도 했다. 밤에는 칠이 끝난 방의 바닥에서 숨소리도 없이 있었다. 나는 더 이상 휘파람을 불지 않았다. 라디오도, 텔레비전도 켜지 않았다. 간간이 다가왔다가 물러가는 파도 소리 틈으로 가끔 모텔 설국을 들고 나는 자동차 소리가 들려왔다. 문이란 문을 다 열어놓아도 냄새는 극심한 두통을 일으켰다. 그래도 나는 견딜 만했다. 붓질 사이 사이 얼핏 여자와 눈이 마주쳤다. 여자는 내색이 없었다. 긴 해가 지고 밤이, 고인 웅덩이처럼 여자와 내가 있는 지붕 밑으로 더위를 쟁여놓았다. 지독한 냄새만큼 지독한 침묵이 목을 태웠다. 나는 여느 때보다 붓질을 빨리 했고, 빨리 하는데도 덧칠해야 할 부분은 거의 나오지 않았다. 그래서 일은 예정보다 빨리, 일요일 오후 다섯시에 끝났다. 아직 해가 하늘에 멀쩡히 떠 있었다. 그리고 시퍼런 바닷물이 하얀 파도를 시커먼 바위 벽에 떠다 밀고 있었다. 연장통을 차에 싣고 사다리를 가지고 나올 때까지 여자는 모차르트에서 움직이지 않았다. 그렇게 떠나면 떠나지게 될 것이었다. 차에 올라 앉아서는 시동을 걸지 않고 있었다. 여자는 무슨 생각을 하고 있을까. 섹스 후에 여자의 얼굴을 제대로 바라본 적이 없었다. 가슴속에 불덩이가 들어앉은 것처럼 화끈거릴 뿐, 알 수 없는 분노에 사로잡혀 좀처럼 입이 열리지 않았다. 함정이었나? 주식이 던져놓은 덫에서 겨우 빠져나오다가 또다른 덫에 걸려버린 것인가? 담배를 입에 물고 시동을 걸었다. 불을 붙이면서 모차르트 쪽으로 비스듬히 고개가 돌려졌다. 여자가 내려다보고 있었다. 전혀 무심한 얼굴이었다.

그 길로 영덕으로 내달렸다. 열어놓은 창문으로 들어오는 주먹바람이 여자의 머리칼을 사정 없이 잡아채었다. 여자는 끝도 없이 펼쳐지는 짙푸른 해안선에 시선을 고정시킨 채 마른 식물처럼 늘어져 있었다. 당신은 누구지? 목구멍까지 물음이 올라왔다. 그러나 혀끝에서 도로 말려들어가 버렸다. 혹시 누이가? 세차게 고개를 털었다. 그렇다고 해도 말은 해야 하지 않은가? 여자는 벙어리가 분명했다. 핸들을 오른쪽으로 꺾어 섬을 잇고 있는 좁은 영덕교로 들어섰다. 어시장 길목에 차를 세우고 어수선한 시장통을 걸어들어갔다. 차문이 열리고 여자가 내렸다. 대게 장사들이 여자를 붙잡아 들이며 말을 붙였다. 웬만하면 들려올 듯한 여자의 말소리가 전혀 들려오지 않았다. 나는 뒤로 여자를 의식한 채 시장통 끝, 방파제까지 나아갔다. 여자는 얼마 뒤에 모습을 보였다. 양 손에 커다란 비닐 봉지를 들고 있었다. 발이 긴 붉은 영덕 대게가 얼키설키 엉켜 있었다. 둘은 멋쩍게 웃었다. 여자의 벌어진 입속의 잇바디가 정갈했다. 물결 위로 석양빛이 넘실거렸다.

어떻게 여자를 이끌고 바람 불고 파도치는 바위 틈까지 내려갔는지 아스라한 기억처럼 아득할 뿐 방금 전 벌어진 일 같지가 않았다. 늙은 소나무 아래 풀밭에서 여자와 붉은 대게를 파먹다가 서로 눈이 맞았다. 참을 수가 없었다. 여자의 체온을 가슴에 묻고 위를 올려다보니 밖으로 삐져나온 소나무 뿌리만 사납게 눈에 들어올 뿐 딱히 올라갈 길이 보이지 않았다. 여자의 맨살갗은 온통 뾰족한 돌부리에 긁혀 상처투성이였다. 흰 갈매기들이 해안선을 따라 조개 모양으로 퍼져 있는 작은 포구의 어귀에서 맴돌고 있었다. 정액이 묻은 여자의 사타구니를 손바닥으로 닦아주었다. 당신은 누구지? 입에 붙어 있던 물음이 기어이 밖으로 튀어나왔다. 왜 이렇게 나에게 있는 거지? 왜 말이 없는 거지? 여자는 내 가슴에 안긴 채 눈을 감고 뜨지 않았다. 내 말을 듣고 있지 않은 듯 감긴 눈 사이 눈썹 선이 흔들림 없이 고요했다. 순간 섬칫한 기분이 들었다. 저항도 없고, 요구도 없고. 정말 당신은 누구지? 처음처럼 여자는 울지 않았다. 가늘게 떨고 있는 여자의 눈두덩이에 입을 맞출 뻔했다. 코끝에서 여자가 눈을 떴다. 여자의 눈 속에 작은 섬이 외로이 떠 있었다.

우리 미정이를 아세요? 선배 누구지? 모차르트의 주인은 의외다 싶은 목소리로 물었다. 예상과 달리 주인은 여자의 언니였다. 하유정. 사전에 만난 일이 없으므로 그녀는 내가 모차르트를 코발트 블루로 탈바꿈시킨 장본인이라는 걸 알 리가 없었다. 가을의 코발트 블루라. 그녀는 여전히 만족해한 눈치였다. 그게 문제가 아니었다. 중요한 건, 그래 미정이었다. 모차르트를 찾은 것이 얼마 만이었나? 아우성치는 파도 물에 휩쓸려 붉은 대게를 뜯어먹던 날, 지는 해와 더불어 여자를 붙안고 파도 치는 바위 틈으로 굴러떨어지던 날 이후, 석 달이 넘도록 나는 모차르트에 발을 들여놓지 않았다. 베네치아에 갔어요. 여자가 있던 슈베르트 방과 모차르트 방에 아이들이 피아노 연습을 하고 있었다. 그녀는 말하는 도중에 일어나 그 두 방에 가서 참견을 하고 왔다. 내가 물었다. 베네치아에는 무슨 일로? 여자가 모차르트에 계속 남아 있을 것이라고 생각한 것은 아니었지만 정작 여자가 베네치아에 갔다는 말에 나는 뒤통수를 한 방 얻어 맞은 듯 어리둥절했다. 그녀가 이것저것 물었지만 나는 여자에 대해, 아니 미정이라는 그 동생에 대해 아는 것이 없었다. 그녀 안에 머물 때의 따뜻했던 감촉과 체온, 가슴뜀, 조갯살 같은 눈두덩이 속의 한없이 고독한 눈동자밖에는. 목소리조차 모르고 있지 않은가. 도대체 모르겠어요. 떠난 지 일주일 됐어요. 허구한 날 저 창에 붙어서는 누굴 기다렸죠. 누가 오기로 했냐고 물어도 대답도 않고. 목소리는 그렇다 치고 변해도 너무 변해 버리니까 내 동생 같지가 않았어요. 그녀는 넌더리를 쳤다. 나는 그녀가 가리키는 창문을 바라보았다. 여자와 떠오르는 해를 바라보던 그 자리였다. 벙어리는 아닌 것이었다. 목소리가 어떻게 되었나요? 나는 감정을 드러내지 않으려고 옆에 있던 음악 관련 책자를 집어들며 물었다. 그녀는 말문이 막힌 듯 잠시 나를 뚫어지게 쳐다보다가는 물었다. 미정이 소식 몰라요? 웬만한 선후배들도 다 알 텐데. 나는 순간 뜨끔했다. 말머리가 잡히지 않았다. 먼 데에 있었어요……. 내가 머뭇거리며 둘러대자 애석한 표정을 지으며 그녀가 말을 이었다. 소리를 잃었잖아요. 성악을 하는 애가, 그것도 최고를 꿈꾸던 애가 소리를 잃었잖아요. 알다가도 모를 일이죠. 소리를 잃었다는 이야기 들어봤어요? 그렇게만 되지 않았으면 산타 체칠리아 음악원에 갈 거였어요. 조수미처럼요. 세계적인 프리마돈나가 되었을지 누가 알아요? 그런 거 아니어도 내 결혼식 축가쯤은 불러주었어야죠. 아니 축가는커녕 결혼식에도 참석 못하고 정신병원 신세나 지고……. 그녀는 동생이 사무치는지 눈시울을 붉히며 티슈를 뽑아 공연히 유리 탁자의 먼지를 닦았다. 사람도 아니고, 목석도 아니고, 식물도 아니고. 뭐예요. 징그러웠어요. 그애 머릿속에는 베네치아밖에 없는 것 같았어요. 누가 동행하지 않는 한 그애를 혼자 보낼 수는 없었어요. 달래고 윽박지르고 두 달을 시름하다가 결국 들어줬죠. 그래 가라. 가서 조금이라도 나아져 돌아올 수 있으면, 아니면 영원히 그 자리에 눌러앉더라도 너를, 네 자신을 찾을 수만 있다면, 가라. 나는 더 이상 그 자리에 있을 수가 없었다. 처음 여자와 섹스를 마쳤을 때처럼 불덩이가 목구멍을 틀어막고 있었다. 파도 거세게 몰아치는 바위 틈에서 마주쳤던 여자의 눈동자 속에 어린 섬의 정체를 알 것 같았다. 제대로 인사도 건네지 않고 모차르트를 뛰쳐나왔다. 계단을 내려오는 등뒤에서 유정의 목소리가 메아리쳤다. 혹시 베네치아에서 오지 않았나요?

가을은 장려하게 막을 내리고 있었다. 나는 여자를 받아들이지 못하고 있었다. 베네치아란 무엇인가. 나와는 아무런 관계가 없는 이국의 낯선 도시일 뿐인데, 베네치아는 어느 날부터 내 사고의 중심이 되어버린 것이었다. 그 사실 또한 인정하기 어려웠다. 그건 그렇다 치고, 여자는 나를 믿었던 것일까. 나의 무엇을 믿었단 말인가. 한갓 페인트공인 나를. 영덕으로 차를 몰면서 나는 그녀를 조금 비아냥거리고 있었다. 멸시하고 있었다. 아니 그것은 나에 대한 모멸감이었다. 여자를 모차르트에 내려주면서 싸늘하게 말했다. 난 베네치아로 갈 거야. 기다리지 마. 나는 좀 매정하다 싶을 만큼 목소리에 힘을 주었다. 여자는 늘 그렇듯이 반응이 없었다. 내가 화가 난 것은, 그녀를 마음대로 경멸한 것은, 바로 그녀의 그 무반응에 대한 반항감 때문이었는지도 몰랐다. 팔이고 다리고 살갗은 온통 상처투성이였지만 여자는 대단한 무기를 소유한 것처럼 흔들림이 없어 보였다. 내가 어떻게 해도 나 따위는 안중에도 없는 듯이. 자신에 대한 평정이 끝난 듯이. 소리를 잃은 지는 일년쯤 되었어요. 서울행 기차를 타기 전에 모차르트를 한 번 더 찾아갔다. 나는 선배가 아니라는 것을 밝혔다. 그러나 미정과 어떤 관계라고는 자신있게 말을 못했다. 유정은 처음과는 달리 말하는 내내 침착했다. 오전이라 아이들 교습은 없었다. 그애는 나의 희망이었죠. 나는 비록 이 조그만 항구에서 피아노 학원을 열고 있지만 내 동생만은 세계를 무대로 겨룰 수 있다고 믿었어죠. 이 년 전 겨울이었어요. 「라 트라비아타」 공연을 앞두고 있었죠. 그 공연을 끝으로 다음해 봄에는 산타 체칠리아 음악원으로 갈 예정이었어요. 당연히 그애는 그 공연에서 파리의 매춘녀 비올레타를 맡았죠. 알죠? 그 유명한 아리아. 「나는 언제나 자유라네」. 귀족 알프레도의 끈질긴 구애를 받지만 자신이 폐병에 걸린 사실을 알고 그를 떠나보내기 위해 매춘녀의 생활을 당당히 노래하는 비올레타 의 아리아 말예요. 소프라노 아리아의 백미죠. 프리뷰를 하러 가는 날 아침 연습실로 가다가 소리가 사라진 것을 알았어요. 국내는 물론 미국까지 가서 별의별 검사를 다 받았지만 치료 법은 없었어요. 음성학자들의 연구 대상이 되었을 뿐이었죠. 유정의 말을 들으면서 나는 고개를 들 수가 없었다. 부끄러웠 다. 미정에게 그렇게 야멸찰 수 있었던 것이, 그렇게 뻔뻔스 러울 수 있었던 것이. 그애를 정신병원에 들여보내서는 안 되 었어요. 자폐증에 걸린 게 아니었어요. 그애는 말짱했어요. 하지만 그애는 가족들의 의견을 따랐죠. 특히 내 말을. 나는 어느 날 마법에 걸린 듯한 그애를 풀어줄 수 있는 방법이 있 으리라 믿었어요. 아는 사람의 권유도 있고 해서 그애를 병원 에 넣었던 거죠. 그애를 병실에 혼자 남기고 돌아서며 마주친 그애의 무심한 눈빛을 지금도 잊을 수가 없어요. 차라리 원망 을 했으면, 발버둥을 치며 광란을 했으면, 이렇게까지 가슴 이 아프지는 않았을 거예요. 유정이 참았던 눈물을 터트렸다. 냉장고에서 생수통을 꺼내 몇 모금 들이켜고는 진정된 목소 리로 결론을 지었다. 그애는 벙어리가 낫다 싶었을 거예요.

한두 번도 아니고 자기를 바라보는 사람들의 낯설어하는 눈빛, 괴물스러워하는 느낌을 견딜 수가 없었던 거죠. 하지만 나에게만은 말을 했어요. 신혼 여행에 돌아와 얼마 되지 않았을 때였죠. 소리는 없었지만. 어쩌다 베네치아라고. 베네치아에 갈 거라고 했어요. 한사코 막다가 문득 깨달았어요. 그 애에게 꿈이 생겼다는 것이 얼마나 큰 희망인가를.

먼지 냄새는 더 이상 나지 않았다. 기차는 진실했다. 과속도 과장도 없었다. 차창 밖으로 지나치는 풍경 어디에도 여름의 흔적은 없었다. 그러나 그 모든 것은 여름에서, 무성한 여름을 거쳐 도달한 것들이었다. 근사한 사진을 남기지는 못했어도 지나간 여름은 내 생의 한켠을 채울 것이었다. 곧 겨울이었다. 베네치아라면 지금쯤 어롱거리는 물빛과 어울어져 마지막 가을빛으로 장엄할 것이었다. 산마르코 광장에 있는 플로리안 카페 광장에 앉아 있기에는 날씨가 꽤 추워졌을 것이었다. 두툼한 스웨터나 긴 버버리 코트가 필요할지도 몰랐다. 나는 서울역에 내리는 대로 보라색 스웨터부터 살 생각이었다.

《미네르바》 2000년 여름호

사랑처럼

1

　수국은 망가질 대로 망가졌다. 사흘 걸릴 취재 일정을 이틀 만에 해치우고 집으로 달려와 베란다 창문을 열어 통풍을 시켰으나 수국은 파란 빛을 아주 조금만 남길 뿐 저마다 작은 꽃 몸끼리 필사적으로 엉겨붙어 버렸다. 새벽 한두시, 거실로 나와 어둠을 지새고 있는 그것들을 바라보노라면 찌그러진 형체가 어릴 적 꼭 한번 보았던 문둥이 처녀 낯짝 같았다. 오늘은 버려야지, 마음 먹은 것이 이레가 되었다. 홀린 듯이 꽃말리기에 열중하던 것을 떠올리면 쉽게 처치해 버릴 수 없었다. 꽃에 빠지기는 처음이었다.

2

「그가 왔어」

이 주 전 서귀포 가도를 달릴 때였다. 재인의 목소리는 꿈결처럼 들렸다 사라졌다. 뿌옇게 시야를 가리는 비 때문이었다. 영신은 잘못 들었나 재인을 힐끔 돌아다보았다. 재인은 무덤덤한 눈길로 창 밖을 바라보고 있었다. 무덤덤할 뿐만 아니라 결혼을 한 달 앞두고 있는 여자 같지 않게 무겁게 착 가라앉아 있었다. 서른세 살의 만혼이었으나 서른다섯이 되도록 결혼할 꿈도 안 꾸는 영신에 비하면 결코 늦은 것만은 아니었다. 특허발명가이자 벤처 마케터인 약혼자가 뉴욕으로 열흘간 출장을 가면서 마지막으로 모친과 제주도나 다녀오라면서 티켓을 챙겨주었다고 했다. 재인은 모친 대신 영신을 선택했다. 그렇지 않아도 내년에 있을 데뷔 사진전 테마를 잡기 위해 여기 저기 물색해 오던 터라 마라도나 한번 다녀올 생각에 영신은 쉽게 동행을 허락했다. 숙소는 서귀포 반대편 제주시의 공항 근처에 있었다.

「그……, 누구?」

천백도로를 타고 올라가 한라산을 넘으면서 빗방울이 떨어지기 시작하더니 서귀포 시내로 내려가자 빗줄기가 거세져서 와이퍼의 빠른 작동에도 시야를 가늠하기 어려웠다. 영신은 무심결에 되묻기는 했는데, 말을 뱉고 나서는 혹시 그가 아닐까 생각했다. 아니, 아닐 것이었다. 그를 입에 올리지 않은 지는 아주 오래, 십년도 넘었다. 그러나 그 이외에 그들이 그라고 부르는 사람은 없었다. 그동안 둘은 공범끼리 발설해서는 안 되는 암호처럼 그라는 단어를 피해 왔다. 재인의 무릎 위에 엇비스듬히 펼쳐놓은 지도 위의 길을 재빨리 확인하고 나서 영신은 슬쩍 그녀 쪽으로 고개를 돌렸다. 중문의 식물원 푯말을 지날 때까지 재인은 다시 입을 열지 않았다. 그녀는 내리치는 유리창에 얼굴을 기댄 채 멍한 눈동자로 어디라고 할 수 없는 창 밖을 내다보고 있었다. 어룽거리는 유리에 기댄 재인의 얼굴선이 반듯했다. 영신은 핸들을 똑바로 유지하며 전방을 확인하고는 다시 재인의 옆얼굴을 훔쳐봤다. 이전에는 몰랐는데 재인의 옆모습이 누군가를 많이 닮아 있었다. 누굴까, 기억을 뒤지다가 그만두었다. 무슨 영화에선가 보았던 얼굴일 것이었다. 이내 빗속 가득 어울려 어두운 길을 조용히 밝혀주고 있는 탐스런 꽃에 눈을 빼앗겼다.

「송이가 크기도 하지, 응? 이름이 뭐였더라……」

영신은 이어지는 길을 따라 두리번거리며 혼잣말하듯 내뱉었다. 지도대로 12번 도로를 타고 대정 쪽으로 내처 가면 추사적거지였다. 악천후로 마라도 행은 엄두도 못내고 추사의 제주 시절을 돌아볼 예정이었다.

「수국이야」

「오호, 수국! 그래 생각난다. 너랑 경주에 갔을 때구나. 삼년 전인데도 언제였던가 까마득하기만 하고, 안 그러니?」

남산 아래 삼릉 근처 삼불사였다. 마당이 온통 죽은 지렁이 투성이였다. 마당가 그늘엔 수국이 탐스럽게 피어 있었다. 지렁이를 밟지 않으려고 깨금발로 걸었는데 영신의 뒤를 따라

오던 재인이 결국 지렁일 밟고 말았다. 등이 짙은 밤색의 산지렁이였다. 꽃만 보고 걷다가 잠시 발밑을 방심한 결과였다. 말라비틀어진 지렁이 형체를 네거 필름으로 담다가 발을 들을 수도 그대로 놔둘 수도 없이 짓밟힌 지렁이를 어쩌지 못해 울상을 짓고 있던 재인의 얼굴을 한 컷 찍었다. 밟은 것은 재인이었는데, 렌즈에 담느라 각인이 되었는지 지렁이는 며칠 동안 영신의 꿈자리를 사납게 했다.

「너 그때 지렁이 밟았었지. 수국에 지렁이! 제법 격이 있었는데 말이야」

영신은 그때의 불유쾌한 장면들을 떨쳐내기 위해 너스레를 떨었다. 재인이 웃는 것 같았다. 그 얼굴을 보려고 다시 고개를 돌렸다. 눈길을 피하듯 재인은 유리에서 머리를 떼고 유리를 내렸다. 기다렸다는 듯이 빗방울이 맹렬히 그녀의 얼굴을 때렸다. 웃기는커녕 빗물인지 눈물인지 볼에 물기가 흘렀다. 익숙한, 잊어버리자고 해도 어쩔 수 없이 되살아나는 과거의 처참한 얼굴로 돌아가 있었다.

「설마 그가……?」

영신은 하마터면 브레이크를 밟을 뻔했다. 그랬으면 바퀴는 제자리에서 팽그르 돌아버리고 그 길에 사고를 냈을 것이었다. 다행히 뒤따라오는 차는 없었다. 저 멀리 비 안개를 흩뿌리며 트럭 한 대가 달려오고 있었다. 영신은 믿을 수 없다는 듯이 재인을 바라봤다. 트럭이 지나가자 재인은 눈을 내리깔고 소리 없이 한숨을 내쉬었다. 삼방산 봉우리가 불안정하게 떠다니던 먹구름에 먹힌 채 윤곽을 가늠할 수 없었다.

「글쎄, 날 사랑한대」

말하고 보니 웃기다는 듯이 재인은 고개를 저었다. 영신은
벌어진 입을 다물지 못했다. 믿어지지 않았지만 농담 같지도
않았다. 영신은 액셀러레이터는 밟지 않은 채 바퀴가 굴러가
는 대로 차체를 맡기며 서서히 속도를 늦췄다. 재인이 어깨를
키득거리는 것이 심상치가 않았다.

「그럴 수 있어? 난 그 사람 얼굴도 생각 안 나! 이름도 모
르고!」

3

어떻게 사랑이랄 수 있을까. 그는 재인의 첫 남자였다. 그
리고 유일한 남자일 것이었다. 그러나 사랑과는 거리가 멀었
다. 차라리 악몽이라고 해야 맞았다. 이 생을 다하고도 지옥
까지 따라붙을 악연이었다. 재인과 마찬가지로 영신도 그의
사랑을 믿을 수가 없었다. 그와는 별도로 영신은 뜬금없이 재
인에게 묻고 싶었다. 넌, 네 약혼자를 사랑하니? 아니다. 그
처럼 잔인한 물음은 없을 것이었다. 제주를 떠나올 때까지 둘
은 약속이나 한 것처럼 더 이상 그에 대한 말을 꺼내지 않았
다. 비는 하루만 왔다. 재인도 그날 하루만 묵은 울음을 다 쏟
아내기라도 하는 것처럼 광포하게 울었다. 영신은 말리지 않
았다. 그 일에 대해서는 영신에게도 책임이 있었다. 재인이
다음날도 울음을 터트린다면 영신은 받아줄 수밖에 없다고

생각했다. 그녀의 눈물로 자신의 부채감이 덜어질 수 있다면, 영신은 한 달이라도 곁에서 그녀의 울음을 지켜줄 것이었다. 아니 일년이라도. 그런데 다행히도 재인은 다음날부터는 눈물을 내비치지 않았다. 둘은 그동안 없던 일로 지내왔듯이 가슴에 묻어두었다. 장마가 시작된다고 했는데 거짓말같이 다음날 일찍부터 해가 고개를 들었다. 하루, 모슬포에서 배를 타고 마라도를 다녀왔고 그 다음부터는 해수욕장만을 찾아 돌아다녔다. 날은 뜨거웠는데 철이 일러 해수욕장은 어디에도 아직 개장하지 않았다. 해가 뜨면 성산 일출봉에서 가까운 표선해수욕장에 들어가 옷을 벗고 누웠다가 해질녘이 되면 그 반대편 한림 쪽으로 달려와 협지해수욕장에서 질리도록 해그림자를 쫓았다. 영신이 수없이 카메라 버튼을 눌러대는 동안 재인은 시커멓게 타버린 화산석 너머 가뭇없이 펼쳐진 은빛 물결만 바라보았다. 그외에 찰랑이는 밤물결에 와인을 병째로 홀짝이며 모래가 깨끗하다는 말만 거듭할 뿐 서로 다른 말은 하지 않았다. 김포공항에서 헤어지면서 재인이 그의 편지를 영신에게 맡겼다. 편지는 누런 빛이 나는 종이에 필기체로 편집되어 있었다. 영신은 모르는 언어로 내용이 조합되어 있는 것처럼 틈만 나면 편지를 들여다보았다. 읽을 때마다 그가 쓴 사랑이라는 말이 마치 살아 움찍거리는 지렁이라도 되는 듯이 섬찟했다.

아, 어디서부터 이야기를 해야 할지요. 그날 당신은 부상당한 새처럼 내 트럭으로 뛰어들어왔었지요. 그리고 어디로든 빨리 달려만 달라고 했습니다. 나는 영문도 모른 채 벽돌을 부리던 손을 놓고는 당신이 하자는 대로 서둘러 학교를 빠져나왔습니다. 당신은 제 정신이 아닌 것 같았습니다. 내 얼굴은 보지도 않고 앞만 보고 미친 듯이 외쳐댔지요. 더 빨리, 더, 더! 당신은 미친 말 등에 올라탄 것처럼 격렬하게 나를 채근했습니다. 뭐가 뭔지 나도 제 정신이 아니었습니다. 얼마를 달렸는지, 터널을 빠져나간 지는 한참이나 되었는데도 계속 터널을 달리는 기분이었습니다. 당신이 조용해졌을 때 사방은 이미 어두워졌고, 먼 데 불빛이 겨우 몇 개 반짝이고 있을 뿐이었습니다. 주변을 살펴보니 한번도 가지 않은 낯선 국도변이었지요. 검은 솔숲을 지나자 마침 호수인지 저수지가 있어서 그 옆에 차를 세우고 당신을 보니 잠들어 있었습니다. 볼에 해초처럼 달라붙은 머리카락을 떼줄 엄두도 못 내고 달빛에 비친 당신 얼굴만 바라보았습니다. 호수를 어루던 달빛도 호수를 버리고 당신만을 바라보는 것 같았습니다. 달빛이 흘러가는 대로 나도 당신을 바라보았습니다. 풀벌레는 울고 달빛은 밝고. 당신은 꿈을 꾸는지 발작적으로 소리를 내질렀습니다. 나도 모르게 손을 들어 당신 가슴을 도닥였습니다. 그래그래. 그러자 거짓말처럼 당신이 나에게 이울어져 왔습니다. 아득해진 나는 잠시 이성을 잃었습니다. 남자란, 스무 살의 남자란 어쩔 수 없는 것이지요. 이상하게도 당신은 나를 거부하지 않고 받아주었습니다. 아니 게걸스럽게, 삼켜버릴 듯이 나를 탐했습니다. 당신에게 사정을 하는 순간까지 그것이 의문이었습니다. 그렇지요. 분명 이상한 것이었습니다. 당신은 섹스에서 깨어나자마자 내가 강간범이라도 되는 듯이 하얗게 질려서는 트럭에서 뛰어내려 어둠 속을 달려가버렸지요. 나는 당신을 따라갈 수가 없었습니다. 나로서도 처음 겪는 일이라 어떻게 받아들여야 할지 충격을 받았던 것입니다. 그때까지 나는 복잡한 사고를 할 수 없는 사람이었지요. 아주 무식한 것은 아니지만 그날 벌어 그날 써버리는, 그러다가 가끔 사막처럼 널브러져 있는 미래를 되작일 때는, 아스피린 복용하듯 하룻밤 뒷골목 여자애를 탐하거나 그것도 아니면 복권을 사서 안주머니에 찔러넣는 단순한 트럭 운전사에 불과했습니다. 그런 내가 당신과 같은 여자를 안으리라고는 꿈에도 상상하지 못했지요. 안 믿겠지만, 당신은 순순히 나에게 몸을 허락했습니다. 왜었을까요. 온전한 정신 상태가 아닌 당신을 겁탈했다고 원망해도 할 말은 없습니다. 그러나 정말 믿고 싶지 않겠지만, 나에게는 당신과 보낸 그 밤이 내 인생을 바꾸어놓았습니다. 당신을 안 이후 내 머릿속은 온통 복잡한 생각들로 가득 찼지요. 읽지 않던 책을 사고, 남의 집 대문인 줄만 알았던 대학이란 데까지 들어갈 념을 했으니까요. 그러나 몸이 트럭이 아닌 강의실로 바뀌었어도 나는 그날로부터 단 한 발자국도 나갈 수 없었습니다. 처음엔 당신을 숨어서라도 보고 싶었습니다. 몇 번인가 당신과 빠져나왔던 후문을 배회하기도 했습니다. 당신을 발견하기도 했습니다. 그러나 발견과 동시에 뒷걸음질치고 있는 나 자신을 또한 발견했지요. 당신 앞에 떳떳이 나설 수 없는 나 자신을 본 것입니다. 그뒤로 부산으로 여수로 전전하면서 당신과 미친 듯이 달렸던 그 밤길로 돌아갈 생각만 했습니다. 단 한번도 당신을 향한 내 사랑을 의심한 적이 없었습니다. 그런데 정작 당신을 만나려니 두렵습니다…….

영신은 편지에 열중해서 수국은 쳐다보지도 않았다. 하루가 지나도록 신문으로 돌돌 말아 베란다에 내던져둔 대로였다. 영신은 내용에서 자기와의 실마리를 꼭 찾고야 말겠다는 듯이 편지를 읽고 또 읽었다. 수국은 서서히 말라가고 있었다. 남의 눈을 피해 가면서 한 송이 한 송이 꺾어서는 한 아름이나 되는 꽃다발을 비행기로 옮겨올 생각을 한 것은 순전히 재인을 위해서였다. 공항에서 헤어지면서 재인의 품에 안겨줄 것이었다. 그런데 재인에게서 편지를 건네받자 겨누고 있던 상대에게 허를 찔린 듯 마음먹었던 것이 깡그리 지워지고 말았다. 그는 무엇을 원하는가. 이제 와서. 그래. 이제 와서. 영신은 펼쳐놓은 편지지 위에 손가락을 세우고는 마우스를 다루듯이 틱틱 건드렸다. 모니터라면 두 번이면 검색 불가라든지, 접속중이라는 응답이 나올 것이었으나, 종이는 한 시간이 지나도 전혀 반응하지 않았다. 영신은 편지를 버리고 암실로 들어가려다가 수국이 있는 베란다로 나갔다. 인화할 필름들이 수북했으나 수국을 더 이상 그냥 놔둘 수 없었다. 젖은 빨래를 널 듯이 수국을 한 송이 한 송이 빨래대에 펼쳐 널었다. 비가 오려는지 습한 바람이 꽃몸에 훅 끼쳐들었다.

4

　유월이 되도록 한 달째 비는 내리지 않고 있었다. 봄부터 시작된 가뭄에 많이들 지쳐 있었다. 그러나 옆 학교 남학생이 최루탄에 맞아 의식 불명인 채 누워 있다는 소식에 모두들 마지막 불꽃을 소진시키듯이 기회만 되면 산발적으로 가투를 시도했다. 재인이 처음으로 시위에 가담한 곳은 인문대 옆 후문 광장이었다. 그러나 그곳은 광장이랄 것도 없이 사범대나 과학관으로 또 약대나 학생관, 그리고 가정대로 곧바로 이어지는 조그만 로터리라고 해야 맞았다. 주동자는 영신의 과 동기인 장현자였다. 그녀는 과에서는 유일하게 학내 운동에 깊이 가담해 온 핵심 인물로, 영신과는 신입생 때 잠깐 사회과학 이론 서클에서 함께 학습한 적이 있었다. 2학년이 되자 각기 연합 운동권과 전공 학회로 갈리면서 서로 엉키는 일 없이 평행 노선을 걸었다. 그런데 3학년이 되던 그해 사월, 장현자로부터 인원 보충 청탁이 들어왔다. 영신은 전공인 프랑스 시 모임인 페데(PD, *Poém à Dire*)를 이끌고 있었고, 대학원 조교 선배들과 함께 신입생 오리엔테이션에 참가하면서 따르는 후배들이 많았다. 선뜻 누구를 지칭해 소개해 주기도 내키지 않고, 그렇다고 장현자의 청을 무시하기도 껄끄럽고, 그러는 사이 한 달여의 시간이 지나가고 있었는데, 마침 재인이 페데에 대해 문의를 해왔다. 공군 대령인 아버지를 따라 캐나다에서 거주하다 입학에 맞춰 귀국했다고 했다. 외국 물을 먹어서 그런지 재인은 그 또래 학우들보다 차림새가 꽤나 성숙해 보였고 영신을 대하는 태도 역시 싹싹하고 붙임성 있었다. 키에 비해 작은 얼굴에 동그랗고 까만 눈동자, 커다란 은색 원형 귀걸이가 인상적이었다.

「재미있을 것 같은데요? 일년만 해보죠 뭐」

재인은 영신의 말을 듣자 장현자를 만나겠다고 적극 나섰다. 접힌 데 없이 밝고 도전적인 성격이라는 걸 알 수 있었다. 영신은 왠지 재인의 그 자신감이 부담스러웠다.

「재미로 하는 게 아닌데?」

「걱정 마세요. 거기 졸업하면 2학년 때부터는 선배님이 받아주시는 거죠?」

「그야 물론이지」

「좋아요. 그럼 선배님만 믿어요」

재인과 헤어지면서 영신은 가입과 탈퇴는 순전히 자유 의사에 맡긴다는 것을 강조하면서도 무게 중심을 장현자 쪽에 실었던 것이 마음에 걸렸다. 그것도 잠시, 엄마가 임파선 암으로 쓰러지면서 학교와 병원을 오가느라 장현자의 따가운 시선도 재인의 존재도 까맣게 잊었다. 엄마는 여름 방학 중에 숨을 놓았다. 사흘째 장례를 치르느라 탈진해서 고개를 숙이고 눈을 붙이고 있는데 누군가 영신의 어깨를 정답게 껴안았다. 그리고 귓속말로 속삭였다.

「절 기억하시겠어요. 재인이에요……」

그녀가 영안실로 찾아오리라고는 전혀 생각지 못했다. 불과 석 달 전의 일이었는데도 영신은 그녀의 존재 자체가 가물가물했다. 얼굴이 수척했다. 재인은 영신의 귀에 대고 뭐라뭐

라 몇 마디 더 했고, 영신은 그래그래만 했다. 재인이 자신을
위로하러 온 것이었는데 이상하게도 영신은 자신이 재인을
위로하고 있는 것만 같았다. 돌아나가는 재인의 어깨가 축 처
져 있었다. 한 달이 지났다. 2학기 학교 생활이 시작되었다.
재인은 통 눈에 띄지 않았다. 장현자는 그 당시 수배 중이라 그
림자도 비치지 않았다. 가을 서클제에 맞춰 페데는 아폴리네
르, 브르통, 엘뤼아르 등 초현실주의 시인들의 시 가운데 참
여적인 시들을 중심으로 낭송회를 열었다. 그간 학회에 소홀
히 했던 것을 만회할 생각으로 영신은 전적으로 행사에 몰두
했다. 초청자를 점검하다가 재인을 생각했다. 들리는 말로 휴
학 중이라 했다. 재인을 챙기는 애가 없는 걸 보니 아직 특별
히 사귄 친구는 없었나 보았다. 실연했다느니, 부친이 사고
사 했다느니, 터무니없는 소문이 돌다가 가볍게 수그러진 뒤
였다. 학적부에 연락처로 되어 있는 이모댁에 전화를 넣어 물
어물어 찾아간 곳이 강화도 전등사 근처에 있는 조그만 가족 호
텔이었다. 누가 가자고 할 것도 없이 둘은 전등사로 이어지는
숲길을 걸었다. 눈이 올 것 같았다. 산도 나무도 옷을 벗고 겨울
로 들고 있었다. 대웅전을 등지고 서서 산림 울창한 산야를 둘
러보았다. 마음이 편안해졌다. 그 자리가 명당인 모양이었다.
　「왜 여기에 있지?」
　처마에 매달린 풍경이 바람에 울었다. 그새 재인은 몰라보
게 달라져 있었다. 옷차림도 그랬지만, 그전의 생글생글하던
미소가 싹 가시고 눈가에는 서늘함마저 배어 있었다.
　「요양 중이에요」

「어디가 아파? 많이?」

「네……」

「어디가 아픈지 물어도 될까?」

재인은 숨쉬기가 곤란한 듯 얼굴을 찡그리며 명치께에 힘을 주고 컹, 하고 기침을 했다. 짐작으로 폐 쪽인 것 같았다. 결핵에 걸린 것으로 생각했다.

「오래 걸리겠어?」

「잘, 모르겠어요」

「페데에 들어오고 싶다고 했잖아. 곧 방학이고, 그동안 신입 회원을 뽑으려고 해. 엠티도 갈 거고. 아, 여기도 좋겠네. 우리가 이쪽으로 올까?」

바람이 자는지 풍경 소리는 더 이상 들리지 않았다. 재인이 말없이 발걸음을 떼었다. 산길을 내려오는 등뒤에서 이름 모를 새가 구슬프게 울었다.

5

「안아줘요」

차갑게 굳어버린 영신의 몸에 재인이 언가슴을 가져다댔다. 맞대인 재인의 몸이 장작개비처럼 딱딱하게 느껴졌다. 재인이 그의 트럭에 실려 후문을 빠져나갔다던 그날 영신은 무엇을 하고 있었던가. 비디오 테이프를 되감듯 영신은 육 개월 전으로 몇 번이고 기억을 되돌렸다. 그날이었다. 영신이 인문

대 오층 도서실 창문으로 후문께를 내려다보던 날. 뿌유스름한 최루탄 연기 속에 등만 보였지만, 학생관 쪽으로 서툴게 달려가는 노란 티셔츠에 목이 긴 아이가 눈에 잡혔다. 저런, 시위에 노란 옷을 입다니, 제일 먼저 눈에 띌 텐데, 쯧. 혀를 차고 있는 사이 짭새들이 먹이를 쫓는 살쾡이들처럼 삽시간에 사방으로 건너질렀고, 사태가 심각함에 다급해져서 나도 모르게 비명을 지르며 눈을 돌리자 재인은 사라지고 노란 트럭이 대신 버티고 서 있었다.

「누군가 말할 사람이 필요했어요. 가끔 선배를 생각했어요. 선밸 원망한 것은 아니에요, 다만 선배마저 저만큼 괴로워할까 봐, 마음을 돌렸어요」

영신은 재인을 두 팔로 감아 안을 수도 없이 미라처럼 서 있을 뿐이었다. 여름에서 가을 사이 재인에게 일어난 일이 믿어지지가 않았다. 그리고 그 동기를 부여한 사람이 바로 자신이라는 것을 어떻게 받아들여야 할지 먹먹하기만 했다. 모르고 지나간 시간만큼 아픔이 되어 가슴팍을 도려냈다. 재인은 흐느끼며 영신의 밋밋한 가슴으로 파고 들었다. 영신은 재인의 힘에 떠밀려 몸이 뒤로 넘어지려는 것을 간신히 버팅기며 팔을 들어올려 재인의 등을 감쌌다. 재인의 온기가 꽉 막힌 목구멍을 뚫고 전신으로 퍼져나갔다. 창 밖 낙엽 쌓인 숲 위로 사박사박 눈이 내리고 있었다. 저 눈이 아니었으면 재인은 말없이 영신을 돌려보냈을 것이었다. 저 눈이 아니었으면 영신은 아무 거리낌 없이 돌아온 길을 되밟아 갈 것이었다. 조금은 허전한 마음으로, 조금은 속은 기분으로. 전등사에서 내려와 시외버스 정류장까지 걷는 중에 눈발이 날리기 시작했고, 영신은 충동적으로 눈 내리는 창가에 앉아 재인과 따뜻한 커피라도 한잔 하고 싶었다. 그래야 돌아갈 길이 허허롭지 않을 것 같았다. 충격까지는 아니어도 생각지 못하게 변해 버린 재인을 두고 변변한 대화도 못 나누고 맹숭하게 돌아가기 차마 안타까웠다.

「그래그래」

영신은 언젠가처럼 재인의 등을 도닥거리며 귀에 속삭였다. 누구의 눈물인지 영신의 볼 위로 뜨겁게 번졌다.

「내 얘기를 해도 될까?」

영신은 재인의 체온을 한 몸인 양 느끼면서 그를 생각하고 있었다. 집으로 돌아가기는 이미 늦었다. 막차는, 더욱이 하절기의 마지막 차는 아홉시면 끊긴다고 했다. 눈은 수북이 지면을 덮었는데, 뱃속은 마른 우물처럼 텅 비어 허기가 졌다. 재인을 만난 두시 이후 열시가 넘도록 먹은 것이 없었다.

「그를 만난 건 이 년 전 여름이었어」

영신은 엉겁결에 몸서리를 쳤다. 결국 이렇게 발설되고 마는구나, 결국 느닷없이 처녀성이 깨지던 순간이 누군가에게 전해지고 마는구나 생각하니 목구멍이 콱 막혀 좀체 열리지 않았다. 기어이 그와의 기이한 관계를 말해야 할 때가 온 것이었다. 누구에게도 말하지 않고, 무덤까지 가지고 가려고 했던 일이 재인을 위해(?) 벗겨지기를 기다리고 있었다. 이 년이 지났는데도, 그것이 자신에게 일어났던 것인지 도무지 인정할 수도, 그렇다고 아무 일 아닌 듯 파기해 버릴 수도 없는, 차마 다루기 불편한 기억이었다.

영신이 그를, 아니 에브라는 여자를 만난 것은 1학년 여름 프랑스 혁명 기념일이었다. 외국 번역물이 주종인 소형 출판사를 운영하고 있는 삼촌의 파트너로 서대문에 있는 프랑스 대사관에서 주최하는 연회에 참석했었다. 학생인 영신으로서는 쉽게 접할 수 없는 자리였으나 해외 담당 직원이 출장을 가면서 영신이 대타로 나간 것이었다. 삼촌은 전공도 전공이려니와 세계적인 건축가 르 코르뷔지에의 유일한 한국 제자인 김중업의 건축물로 유명한 대사관저를 직접 볼 수 있는 좋은 기회라고 유혹했다. 영신은 그날을 위해 유난히도 검고 숱이 많은 곱슬머리를 미장원에 가서 매끄럽게 다듬고 무릎 위로 올라가는 민소매 흰색 원피스를 차려 입고 삼촌의 팔짱을 꼈다. 레드 와인 립스틱에 블루 마린 아이새도, 블랙 마스카라, 그리고 반짝이는 액세서리까지, 처음 해보는 치장이었다. 그렇게 단장을 하고 나니 전문직 여성으로 보이기에 손색이 없었다. 삼촌은 다양한 인종들이 북적이는 연회장에 들어서면서 영신에게 오른손 엄지손가락을 세워보였다. 영신은 어깨를 으쓱했는데, 사실 기분도 그만큼 상승되어 있었다. 여자의 기분이란 콜라 같은 데가 있어서, 조금만 흔들어놓으면 자기 압력에 못 이겨 흘러넘쳤다. 더욱이 캠퍼스 구석구석 고질병처럼 달라붙어 있던 최루 가스에서 완전히 벗어난 구역이어서 그런지 영신의 눈에는 모든 것이 비현실적인 구경거리였다. 그중 사람들의 시선을 한 몸에 받는 매혹적인 여자가 눈에 띄었다. 갈색 금발에 신비로운 초록색 눈동자를 가진 에브라는 여성이었다. 그녀를 바라보는 사람들은 저마다 에브, 에브를 연발했다. 전시 기획 프로듀서라고 했다. 그러나 그녀가 영신에게 다가온 것은 여자로서가 아니었다. 삼촌과 구석에서 와인을 홀짝이다가 뷔페에서 민트 초콜릿을 집어들고 돌아서다가 뒤에 서 있던 사람과 부딪힐 뻔했다. 에브였다. 누구의 실수랄 것도 없이 동시에 일어난 일이었다. 영신은 재빨리 고개를 들어올렸고, 그녀도 뒤를 돌아보면서 영신과 눈이 마주쳤다. 에브가 적색 포도주를 조금 흘렸다. 영신은 에브로부터 튄 포도주 방울이 자신의 흰 원피스에 번지는 것도 의식하지 못한 채 그 자리에 붙박인 듯이 그녀의 눈동자를 바라보기만 했다. 샹들리에 아래 에브의 눈동자는 인간의 눈동자라기보다 초록색의 영롱한 보석이었다. 너무나 낯설고 아름다워서 두려움이 일었다. 영신은 봉주르라는 간단한 인사말조차 나오지 않아, 어색하게 웃어보이고는 서둘러 그 자리를 피했다. 삼촌의 팔짱을 끼고 들어올 때와는 달리 연회가 끝날 때까지 영신은 물에 뜬 기름처럼 다채로운 사람들 주위를 배회했다. 그러면서도 되도록 그녀와 떨어져 있으려고 했다. 그녀와 눈도 마주치지 않으려고 했지만, 간간이 그녀의 시선이 느껴졌다. 에브는 연회가 마치기 전에 홀을 빠져나가면서 영신에게 다가와 명함을 건네주었다. 씽긋 웃어보이며 뭐라고 했는데, 정확하게 청음이 되지 않았다. 강남에 오면 연락하라고 하는 것 같았다. 태어나 처음 받아보는 명함이었다. 에브 라로슈. 아직 명함을 주고 받을 나이도 아니었지만 영신은 속살처럼 보드랍고 질이 좋은 새하얀 종이에 눈부시게 푸른 잉크로 인쇄된 명함 위의 이름이 마치 이 세상의 산물 같지 않게 여겨졌다. 그처럼 종이가 관능을 전달할 수도 있다는 것이 놀랍기만 했고, 더불어 그 위에 얹힌 선명한 푸른색 글씨가 불러일으키는 순결성은 압도 그 자체였다.

「아, 단발 머리 아가씨!」

에브를 다시 만날 줄은 몰랐다. 일년 후, 2학년 여름 방학이었다. 영신은 종로에 있는 삼촌의 출판사에서 아르바이트를 하다가 저녁이면 인사동 인근의 갤러리들을 돌아보곤 했다. 가나 아트 갤러리 앞에 내걸린 〈오늘의 프랑스 현대 미술의 흐름〉이라는 그룹전 포스터를 보면서 에브를 떠올리지 않은 것은 아니었다. 그렇다고 그날 그 시간에 에브가 나와 있으리라고는 생각지 못했다. 바캉스 철에다가 주말 오후였기 때문에 더욱 그럴 일은 없을 것이었다. 그런데 에브가 거기 있었다. 영신은 에브를 발견하고서도 알은체를 하지 않고 진열 순서대로 발걸음을 뗐다. 설마 에브가 자신을 알아보랴 했다. 중간쯤이었나, 짙은 라벤더 향수 냄새와 함께 누군가 자신의 어깨를 가볍게 두드렸다. 그녀의 손이 닿는 순간 물결처럼 전율이 온몸을 휩쓸고 지나갔다. 영신은 자신이 에브를 깊이 마음에 두고 있었음을 깨달았다. 에브는 캐주얼한 차림에 얼굴은 활짝 웃고 있었으나 영신을 향한 눈동자만은 예전처럼 강한 흡인력이 있었다. 영신은 떠듬떠듬 몇 마디 하는 데도 진땀을 뺐다. 무슨 소리를 했는지 긴가민가한 가운데 〈기다려〉, 〈티롤〉, 〈7시〉라는 단어만을 팻말처럼 붙잡고서 삼십분쯤 기다리니까 에브가 모습을 나타냈다. 영신은 그녀의 자동차에 앉아 있는 자신이 믿어지지 않았다.

「너처럼 새까만 머리, 눈동자를 본 적이 없어」

에브의 차가 골목을 빠져나갈 때까지 영신은 집으로 들어갈 생각도 하지 않은 채 비석처럼 그 자리에 붙박여 있었다. 발을 움직거릴 엄두가 나지 않기도 했지만, 그전에 전혀 자기의 몸에 대한 육체감을 느낄 수 없었다. 누군가에게 육체를 빼앗긴 것처럼, 육체의 주인이 더 이상 자기가 아닌 것처럼, 자신의 몸이 낯설기만 했다. 에브는 무엇을 하였는가. 아직도 영신은 아찔할 뿐이었다. 에브가 영신을 뒤로 돌려세우며 귀에 몇 마디 흘려넣던 순간, 영신은 마치 낭떠러지 아래로 굴러떨어지는 듯한 추락감에 의식을 놓았었다. 왜 아무런 몸짓도 하지 못했을까. 마비된 육체의 눈에서 왠지 모를 눈물이 흘러내렸다. 무례하게 짓밟힌 처녀성을 슬퍼하고 있었던 것인가? 영신은 집으로 들어가자마자 옷을 입은 그대로 샤워기에 몸을 던졌다. 에브는 더 이상 〈그녀〉가 아니었다. 영신도 더 이상 처녀가 아니었다. 흘러내리는 물줄기 속에서 눈을 부릅뜨고 이를 악물었다. 팬티 밑에 검붉게 물든 자신의 처녀성을 인정할 수가 없었다.

「왜 날 피하지?」

광화문 대로는 온통 샛노란 은행잎 물결이었다. 영신은 인사동에서 에브와 마주치자마자 아무 대꾸도 하지 않고 달음질치듯이 빠르게 걸음을 뗐다. 그러기를 몇 번 째였다. 번번이 영신을 뒤쫓던 에브는 거의 화를 내며 소리치고 있었다.

「난 강요하지 않았어. 분명히 네 의사를 물었었지? 넌 거절하지 않았고. 물론 적극적으로 동의하진 않았지만. 그리고 싫었다면 내가 너를 만질 때 얼마든지 나를 제지할 수 있었어. 그렇지? 아니니?」

영신은 에브가 했던 말을 토시 하나 빼놓지 않고 재인에게 되풀이했다. 그렇게 하기까지 수백 번 머릿속으로 되뇌이던 대사였다. 영신은 왜 에브의 손길을 제어하지 못했나? 재인은 왜 그를 받아들였나? 둘은 입을 다문 채 각자 대답할 수 없는 그 시점으로 돌아가 있었다.

「내 삶은 그 전과 후로 완전히 달라져버렸어. 사귀던 남자 친구와도 얼마 전에 헤어졌어. 그앤 내가 처녀인 줄 철석같이 믿고 있지. 그만큼 내가 연기를 잘했다는, 그만큼 괴로웠다는 얘기겠지」

눈은 계속 내려 쌓였다. 소리 없이 내리는 눈소리는 마치 누군가 슬그머니 다가왔다 가버리는 듯이 들리기도 했고, 누군가 혼자서는 절대로 벗을 수 없는 옷을 한 꺼풀씩 벗어놓는 듯이 들리기도 했다. 재인의 핏기 없는 얼굴이 밤의 정적 속에 아우성치는 흰 눈과 오버랩되면서 영신에게 참을 수 없는 모멸감을 안겨주었다. 영신은 스스로 생각해도 질릴 정도로 능숙하게 에브와의 일을 방기하고 있었다. 오히려 더 자연스럽고 자신만만하게 행동했다. 그런데 재인은 아니었다. 재인은 죽어가고 있었다. 가장 정직하게 자신과 대면하고 있었다. 앞을 보기를 거부한 채, 오직 자기 자신에게만 눈을 고정시키고 있었다. 영신은 그럴 수는 없었다. 불리한 싸움이었다. 영신은 자신의 영악함에 넌더리를 치면서도, 한편으로는 재인에게, 재인의 내면 속으로 깊이 빠져들고 있었다. 잠자코 듣기만 하던 재인이 입을 열었다.

「제일 견딜 수 없는 것은, 바로 나 자신이에요. 그의 트럭에 올라탄 순간 나는 더 이상 내가 아니었어요. 그런데 트럭을 내려서부터는 그 나가 문제 되는 거예요…… 처녀성? 그런 것이 있기나 한가요?」

「분명 누구를 위한 처녀성은 없겠지. 그러나 그것이 자기 자신과 연결될 때는 달라지지. 그건, 우리가 막다른 지점에 이르렀을 때 매달릴 수 있는 최소한의 자존심이니까」

「자존심, 그래요. 그러나 그 자존심조차 죄의식 앞에서는 힘을 잃게 되죠. 전……, 죄를 지었거든요. 생명을 저버렸거든요. 제가 괴로워하는 것은 바로 그 때문이에요」

재인의 얼굴은 걷잡을 수 없이 흐르는 눈물로 일그러져 있었다. 그 얼굴을 감싸주기 위해 손을 올렸다가 힘없이 내렸다. 인연도 사랑도 아닌 우연의 끈으로 옥죄인 마음의 감옥을 달래줄 길이 없었다.

「어떻게 해도 속죄가 안 돼요. 돌아갈 수 없을 거예요」

6

그는 아직 오지 않았다. 약속 시간 십 분 전이었다. 문을 열고 들어서는 순간 그라고 여겨지는 남자는 눈에 띄지 않았다. 대신 창 밖에 덩치 큰 나무가 유리를 쳐부수고 들이닥칠 것처럼 심하게 몸태질을 하고 있었다. 카이탁이라는 태풍이 북상

중이었다. 영신은 어디에 앉을 생각도 하지 않고 한동안 무성한 나무 줄기가 일으키는 소용돌이를 바라보고 서 있었다. 튤립 나무예요. 영신은 소스라치듯 뒤를 돌아보았다. 주문을 받으러 오던 주인 남자가 묻지도 않았는데 나무를 보고 말하고 있었다. 이백 년이 되어야 완전히 자란답니다. 영신 말고도 많은 사람들이 그 앞에 서 있곤 했나 보았다. 영신은 나무와 마주보고 있는 창가 옆 자리를 잡았다. 바람이 불지 않아서, 태풍이 오지 않아서였을까. 전에도 여러 번 와본 곳이었는데, 나무에 대한 기억은 없었다. 나무는, 마치 오랫동안 우리 안에 잠들었다 깨어난 맹수처럼 온몸으로 유리를 때리며 메시지를 보내오고 있었다. 영신은 대답이 궁한 사람처럼 어쩌란 말이냐만 연신 되뇌이다가 자리에서 일어나 나무를 등지고 앉았다. 그는 오지 않을 거야. 재인의 목소리가 귓가에 맴돌았다. 그러면 왜 편지를 보낸 거지? 자존심 때문이지. 자존심? 응, 그에게 필요한 것은 나와 마찬가지로 죄의식을 벗어던지는 것이야. 나를 사랑한다는 환각에서 깨어나는 거라고. 그러기 위해서는 언젠가는 한번 진짜 내가 필요했던 거야. 정말, 그럴까? 너무 이기적이지 않니? 진정한 자존심이라면 용납될 수 없을 텐데. 맞아. 그렇기 때문에 그는 오지 않을 거라는 거지. 그도 그 사실을 너무나 잘 알고 있을 거야. 하지만 누군가는 나가줘야지. 언니가 적임자야. 애는, 내가 왜? 언니야말로 그런 자리를 원했잖아? 무슨 말이니? 에브는 올 수 없잖아, 영원히. 죽은 사람 얘긴 더 이상 하지 말자. 난 잊었어. 아냐. 언닌, 그대로야. 언니야말로 자존심이 생명인 사람이야. 재인이 말이 맞는지도 몰랐다. 영신은 에브를 만난 이후 달팽이처럼 자기의 몸속으로 숨어버렸다. 문학에서 사진으로 전공을 바꾼 것도 그 때문이었다. 말, 말이 무서웠다. 자기 내부에서 끊임없이 지껄이고 있는 말은 언젠가는 고름처럼 심한 악취를 풍기며 밖으로 흘러나올 것이었다. 말을 대신하는 다른 무언가가 필요했다. 그것이 사진이었다. 강박증을 역으로 풀어가는 수단이 될 수도 있었다. 영신은 마치 그가 앞에 와 앉기라도 하듯 열흘 동안 부적처럼 가지고 다니던 재인의 편지를 꺼내놓았다. 제주도에서 돌아오던 날 재인이 영신에게 건네준 순간부터 그 편지의 주인은 바로 영신 자신이었다. 아니 그것은 재인도 영신도 아닌 그의 것이었다. 탁자 위에 놓인 편지를 내려다보며 에브가 살아 있다면, 인도에서 말라리아에 걸려 죽지 않았다면, 혹 어느 날 문득 이렇게 고백해 왔을까? 아니다, 영신은 강하게 부정하고 고개를 저었다. 자존심 때문인가, 에브를 생각할 때면 어김없이 분노와 함께 눈물이 비어져나오려고 했다. 영신은 아프게 입술 끝을 깨물고는 눈에 힘을 주었다. 에브가 죽었다는 소식을 패션 스쿨 강사로 있는 선배로부터 우연히 듣게 되었을 때, 영신은 처음 에브가 자기의 살을 핥던 순간 온몸이 급격히 마비되던 감정으로 돌아가 있었다. 에브를 증오했던가? 사랑했던가? 영신은 그때까지도 갈피를 못 잡고 있었다. 분명 증오도 아니고 사랑도 아니었는데, 어쩌다 걸려든 멍청한 물고기처럼 에브라는 그물에 갇혀 퍼덕이고 있었다. 그물을 뚫고 벗어나려고 몸부림칠 때마다 영신은 가슴을 옥죄어오는 더 강력한 그물에 의해 간히고 말았다. 에브의 허벅지, 눈부시게 흰 허벅지 살, 그 위를 이물스럽게 휘감고 있던 검은 가죽 벨트. 그것은 보는 순간 영신의 가슴팍에 암각되어 버렸다. 거기에 사랑 같은 것은 없었다. 차라리 사랑이었으면! 영신은 진저리를 쳤다.

「손님이 오실 건가요?」

몸을 심하게 떨었던가. 영신은 눈을 뜨면서 자기도 모르게 얼굴을 붉혔다. 주인 남자가 영신을 내려다보고 있었다. 자상하게 웃는 얼굴이었다.

「네, 그런데 왜 튤립 나무라는 거죠?」

주인 남자가 기다렸다는 표정으로 웃음을 마무리하며 입을 열었다.

「꽃이 피면 꼭 튤립 같아요. 아니, 튤립이 펴요, 나무에」

둘은 꽃을 확인하기라도 할 듯이 유리 밖에서 아우성치는 튤립 나무로 눈을 돌렸다. 꽃은 오래전에 져버렸는지 기미조차 없었다. 영신은 꽃자리를 더듬으며 항아리에 꽂아놓은 수국을 떠올렸다. 벌써 며칠째, 창문을 열지 않으면 썩은 꽃 몸에서 나는 냄새로 코가 아렸다. 돌아가는 대로 이번만은 꼭 내다버릴 것이었다. 영신은 다짐을 두듯 저절로 고개를 끄덕이며 오랜만에 편지를 펼쳤다. 이것으로 마지막이 될지도 몰랐다. 약속 시간이 가까워짐에 따라, 편지를 읽어감에 따라 영신은 자기가 기다리고 있는 사람이 그가 아닌 에브라는 착각에 빠져들었다. 편지를 읽는 중에도 튤립 나무는 자꾸 등을 돌려세우듯이 유리로 달려들었다. 오, 에브! 영신은 끝 문장에 가서 부르르 으스스를 치며 자리에서 벌떡 일어섰다.

단 한번도 당신을 향한 내 사랑을 의심한 적이 없었습니다. 그런데 정작 당신을 만나려니 두렵습니다……

골목은 어둡고 깊었다. 문을 밀치고 계단을 뛰어내려가면서 영신은 탁자 위에 편지를 두고 나온 사실을 깨달았다. 그러나 발길을 돌이킬 수는 없었다. 비가 제법 내리고 있었다. 튤립 나무 둥치가 건물에 가려져 반쯤 보였다. 시커멓게 젖어가는 나무 둥치가 잘못 보면 누군가 등을 돌리고 서 있는 것으로 착각을 일으켰다. 골목 중간쯤 이르렀을 때, 옆으로 한 사람이 빠르게 스쳐지나갔다. 우산 대신 검은 우비를 걸치고 있었는데, 휙 지나가는 바람결 같았다. 그였나? 얼핏 그런 생각이 들었다. 황급히 뒤를 보았다. 아무도, 아무 흔적도 눈에 띄지 않았다. 튤립 나무 둥치 때문에 착시를 일으킨 것인지도 몰랐다. 다시 돌아서서 천천히 골목의 나머지를 걸었다. 그때 얼핏 에브라는 느낌이, 아니 재인의 옆모습이 확연히 되잡혔다. 영신은 순간적으로 몸을 돌렸다. 재인이 틀림없었다. 영신은 용수철처럼 팅겨나가려는 몸을 가까스로 제지하며 나머지 골목길을 천천히 빠져나왔다. 얼굴에 번지는 빗물을 훅 들이마시며 영신은 자기도 모르게 빙그레 웃었다. 재인의 말이 맞았다. 그는 오지 않을 것이었다. 과거는 흘러갔다.

《문학동네》 2000년 가을호

그의 즐겨찾기

인터넷 홈을 나오다, 육교 위

아내의 핸드폰이 꺼져 있다. 통화권 이탈 지역에 있어서가 아니라, 배터리가 소진되어서가 아니라, 아내가 핸드폰을 끄고 있는 것이다. 지금까지 그는 아내의 핸드폰이 꺼져 있는 것에 대해 심각하게 생각해 본 적이 없다. 그는 아이를 찾을 시간도 되지 않았는데 반사적으로 방에서 튀어나와 현관 문을 밀친다. 엘리베이터를 내려가면서 그는 자신의 행동을 반추해 본다. 그는 방금 자신이 무엇을 하고 있었는지 망각했다가 깨닫는다. 아내의 핸드폰에 전화를 걸기 전에 그는 즐겨찾기를 다시 구성하려고 했었다. 우리 고객 전화기가 꺼져 있는 상태입니다. 삐삐 호출이나, 음성 메시지를 남기시려면 통화

료가 부과되오니—. 자동 녹음으로 돌아가는 멘트에 아주 잠깐 망연했었다. 육교를 오르면서 컴퓨터를 끄지 않고 나온 것에 생각이 미친다. 그는 컴퓨터 앞을 떠날 때도, 심지어 두 시간 가량 비디오를 볼 때도 〈연결 끊기〉를 하지 않는다. 그는 지금 자신이 집에서 나온 것이 아니라 잠시 초고속 인터넷 홈을 떠나고 있는 중이라고 생각한다. 어느새 그는 유치원으로 향하는 육교로 올라가고 있다. 아이 찾기는 아내의 몫이었다. 그런데 지난 봄부터 그의 일이 되었다. 아이 찾기. 그는 활처럼 완만하게 휘어진 육교 중간에 서서 발아래로 쉴 새 없이 달려가는 자동차들을 바라보며 아내와 자신의 아이를 생각해 본다. 세탁물이나 수리를 맡긴 전자 제품처럼 아이도 찾는 대상이 된 것이다. 걸음을 옮길 때마다 컴퓨터에 구성된 즐겨찾기가 하나씩 떠오른다. 아마 맨 끝자락에 꽃배달 서비스가 있을 것이다. 어제는 그의 아내 생일이었다. 그는 아내에게 인터넷에서 꽃배달 가게를 찾아 꽃을 보내느라 오전 시간을 다 허비했다. 일일이 꽃배달 가게를 들러보고, 제시된 배달 상품들을 눌러보고, 색상과 가격을 참조하고, 온라인 지불까지 하고 나니 정오가 되었다. 시간은 날렸어도 그는 꽃배달 유통망에 대해, 인터넷 상에 떠 있는 전국의 꽃배달 점포 수와 배달 꽃들에 대해 어느 정도 통달하게 되었다. 그는 자신이 알게 된 것을 오래 보유하기 위해 즐겨찾기에 그 항목을 추가했다. 요즘 그가 즐겨찾기에 구성하는 것은, 평소 그가 관심을 가지고 있던 분야와 관계가 있는 것들도 있지만, 대부분은 그의 관심권 밖에 있던 항목들이다. 추가하는 양에 비해 그가 삭제하는 일은 드물다. 그러면서 추가 구성을 할 때마다 줄줄이 늘어나 있는 항목에 그 스스로 놀란다. 육교 한가운데에 멈춰 서서 헝클어진 머리카락의 줄기를 다잡듯, 어디에서부터 손을 대야 할 것인가 꼽아본다. 즐겨찾지 않은 채 몇 달이 지나가고 있는 것들, 하루에도 수십 번 들르곤 했던 한경 뉴스나, 파이낸셜 리뷰, 디지털 타임스 같은 것들은 이미 필요가 없다. 아내의 뒷받침으로 딴 박사 학위 같은 것은 이제 길거리에 굴러다니는 개똥보다 못하게 됐다. 그러나 아내는 그것을 위해 군말 없이 십년을 노동했다. 그것이 도리어 현실적으로 경력이 되어 아내는 직장에서 전문성을 인정받고 있으니 그나마 다행한 일이다. 그는 허공에 얼굴을 내주고 한동안 육교 난간에 기대선다. 뒤꿈치를 들고 두 팔만 벌리면 새의 낙하처럼 가볍게 그 아래로 떨어져 내릴 수도 있을 것 같다. 삼 년 전 학교 취직을 포기하고 아내가 뒤에서 얼굴을 감추고 추천한 회사에 이력서를 들고 갔을 때는 그래도 지금 기분보다는 나았다. 아니 오히려 홀가분했다. 아내에게 신뢰를 살 수 있는 기회였고, 누적된 채무를 갚는 기분이었다. 아내는 낙천적이고 합리적인 여자이다. 그런 여자가 어떻게 소심한 자기에게 왔는지 그로서는 이해할 수 없는 일이다. 아내가 자신을 사랑한다는 사실을 받아들이기까지 꽤 시간이 걸렸다. 아내가 그에게 결혼을 요구하지 않았더라면 그와 아내는 맺어질 수 없는 사람들이었다. 내가 어디가 좋아? 지금은 철 지난 노래가 되었지만 몇 년 전까지만 해도 그는 틈만 나면 아내에게 확인했다. 그러면 아내는 히힝, 콧소리를 내며 그의 가슴을 손가락으로 꾹 짚었다. 그리고 말했다. 당신은 나의 새야. 날개 큰 새. 날 태워서 맘껏 날게 해줘야 해, 기필코!

육교 근처, 집 짓기

웬일인지 육교 아래가 분주하다. 다시 집 짓기가 시작된 것이다. 공지에 쌓여 있던 쓰레기 더미가 그가 지나다니는 공원 산책길로 우르르 쫓겨나와 있다. 아침에는 없었던 광경이다. 그는 매일 오전 아홉시경이면 그곳을 지나 여섯 살 난 사내아이를 유치원에 데려다준다. 아이는, 그에게 특별한 일이 없을 때는, 오후 네시 반에도 그와 함께 그 길을 지나온다. 그는 공사장 앞에서 걸음을 멈춘다. 구덩이에서 파낸 불그죽죽한 흙이 그의 키를 넘어 작은 산을 이루고 있다. 그는 파인 안을 들여다보기 위해 발뒤꿈치를 치켜든다. 지난번 집은 전혀 그의 기대에 못 미쳤다. 그때는 지금과는 달리 그가 무척 바쁜 상태였지만, 그가 살고 있는 아파트 바로 아래가 건축 현장이어서 집이 완성되어 가는 과정을 비교적 면밀히 관찰할 수 있었다. 며칠 지방이나 동남 아시아로 출장이라도 다녀올라치면 그는 제일 먼저 창문으로 달려가서 그 집의 진전을 살폈다. 집은 아주 느리게, 정밀하게 진척되었다. 그가 그곳으로 이사 들어올 무렵, 그러니까 지난해 초여름에 초석을 놓았는데 지붕을 얹지 않은 상태에서 첫눈이 내렸다. 많은 기대 탓인지 집은 갈수록 그를 실망시켰다. 벽재로 쓰인 푸르딩딩한 벽돌 색깔이며 다분히 과시적인 창문 모양과 크기, 그리고 구릿빛으로 번쩍이는 지붕, 이렇게 완성된 집은 비늘이 많이 달린 장군의 갑옷을 연상시켰다. 처음 그가 머릿속으로 생각했던 집의 이미지와는 한참 멀어졌다. 그 집을 끝으로 그는 마을 어디에서도 집 짓는 걸 보지 못했다. 그는 그사이 직장을 잃었다. 외국인 합작 회사가 문을 닫은 것이다. 시카고에 본사를 둔 다국적 청정제 기업체였는데 한국 경제를 믿지 못하겠다고 철수해 버렸다. 그는 당분간 오갈 데가 없어졌다. 아내는 천천히 자리를 찾아보자고 그를 위로했다. 그날 밤 그는 아내 품에 안겨 잠을 잤다. 평소에는 아내가 그의 품에 안겨 자곤 했다. 다음날부터 그에게는 아이를 맡기고 찾아오는 일이 하루 중 가장 중요한 일이 되었다. 그는 아직 집 지을 터가 여럿 남아 있는 마을길을 지나다니며 아내가 한 말을 되새겼다. 천천히 찾아보자, 천천히. 언제 빈 터에 집이 들어차서 마을이 완성이 될지는 예상하기 어려웠다. 공지에 꽂힌 건축소 광고 푯말만 시커멓게 썩어갈 뿐 경기는 좀처럼 풀릴 기미가 없었다.

「구덩이에 물이 고이면 안 되니까 어서 비닐을 덮어요!」

작업반장이 두 명의 인부에게 소리친다. 흙구덩이 위로 빗방울이 떨어지고 있다. 빗방울이 제법 굵다. 그는 머리 위에 떨어지는 빗방울을 개의치 않고 구덩이 밖으로 밀려난 흙 주위를 얼쩡거린다. 흙무더기 밑에는 뿌리째 뽑힌 빈약한 호박 줄기가 반쯤 말라비틀어져 죽어가고 있다. 비에 젖어가는 줄기를 눈에 심으며 그는 입속 혀를 의식한다. 마치 남의 손이 억지로 자기의 주머니 속으로 들어와 있는 것처럼 혀가 어색하게 느껴진다. 그는 뒷짐을 지고 멈추었던 걸음을 뗀다. 며칠째 간헐적으로 혀가 말을 듣지 않고 있다. 처음 혀가 말을 듣지 않는다는 것을 깨달은 것은 지난주 금요일 아내와 키스를 하려고 할 때였다. 그날은 일주일에 한번씩 갖는 아내와의 디데이였다. 그러나 유력한 생활 패션지 기자인 아내는 부서 강화 모임이다 출장이다 해서 디데이를 제대로 지키지 못했다. 디데이를 다른 요일로 옮겨야 하는 건지 아내와 상의해 볼 일이었다. 그는 그날만은 아내를 만족시켜 주려고 했다. 아내와 섹스다운 섹스를 해본 지가 언제였던지 가물가물했었다. 그러다 보니 아내가 근래 무슨 생각을 하며 사는지도 종잡히지 않았다. 아내는 섹스 후에 가장 예뻤다. 그의 풀죽은 남성을 애무해 주고, 그의 실팍한 가슴에 대고 주근주근 속삭여댔다. 아내의 고혹한 음성은 밤에 피어나는 꽃처럼 어둠을 농밀하게 장식했다. 그는 그 순간의 아내를 가장 사랑했다. 아내는 그의 입 속에 자기 혀를 집어넣고 한두 번 휘두르다가 그의 혀가 감각이 없자 거칠게 자기의 혀를 빼내고는 그의 뺨을 아프게 꼬집고 벌떡 일어나 욕실로 들어가버렸다. 그는 영문을 모른 채 아내의 반쯤 드러난 엉덩이를 멀뚱히 바라보았다.

「거, 벨소리 좀 바꿔요, 김씨!」

그의 등뒤에서 작업반장이 신경질적으로 소리친다. 비닐을 덮던 인부의 뒷주머니 핸드폰에서 끊질기게 닐리리 벨이 울리고 있다. 작업반장의 목소리가 그의 귀에 거슬린다. 벨소리가 길어지고 있다. 그래도 인부는 금방 전화를 받지 않는다. 양손으로 잡고 있던 비닐을 놓으면 구덩이 속으로 푹 가라앉

을 것이다. 그가 달려가서 비닐을 잡아준다. 올라가 내려다보
니 생각보다 집 터가 크다. 신속하게 핸드폰을 꺼내 받으며
인부가 눈인사를 한다. 비닐을 인부 손에 넘겨주고서도 그가
자리를 떠날 생각을 하지 않자 작업반장이 다가온다.
「선생도 집에 관심이 있으시군요, 역시!」
작업반장은 어깨 넓이만큼 다리를 벌리고는 또 그만큼의
크기로 팔짱을 끼며 그에게 말을 붙인다. 소리칠 때와는 달
리 다감한 목소리다. 그는 주춤 고개를 끄덕이다 만다.
「지나가다가도 죄 기웃거리죠, 모두들 집이 어떻게 될지
궁금한 거죠, 하하」
그러한 행위들이 그의 일을 대단히 인정해 주는 것처럼 만
족스러운지 작업반장은 큰소리로 털털 웃는다. 그러면서 웃옷
안주머니에서 명함을 꺼내 그에게 건네준다.
「언제라도 집에 관심이 있으시면 연락을 주십시오. 성심껏
모시겠습니다」
모신다? 그는 명함을 들여다보며 놀이터에 다다른다. 빈
주머니에 명함 든 손을 찔러넣고 놀이터 가장자리를 맴돈다.
그는 집은커녕 핸드폰조차 없다. 얼마 전까지만 해도 그에게
는 손바닥 안에 앙증맞게 들어오는 조개처럼 작은 소통 기기
가 있었다. 그것을 그의 옆구리에 채워준 것은 아내였다. 그
때 그는 업무상 외박이 잦았다. 그는 약속 중에는 곧잘 핸드
폰을 꺼놓곤 했다. 아내는 그 순간을 참기 힘들어 했다. 아내
는 다른 것은 몰라도 핸드폰만은 반드시 켜두라고 명령했다.
기계나 사람이나 정붙이지 않으면 멀어지게 마련이다. 핸드

폰은 언제 어디서 사라졌는지 기억하지 못하는 가운데 그에게서 떨어져 나갔다. 회사가 문을 닫기 직전이었다. 이제 그는 외출을 하는 일도 드물고, 그러니 핸드폰을 가지고 다닐 일도 없다. 비는 오다 만다. 그는 아이가 있는 유치원 건물 이층을 슬쩍 올려다보고는 벤치에 가 앉는다. 그의 등뒤로 잘 지어진 두 채의 집이 다정하게 서 있다. 놀이터를 끼고 적당한 간격으로 빙 둘러 집들이 지어져 있다. 모두 성공한 사람들의 집이다. 그에게도 자기 소유의 집이 있었다. 소형 아파트이긴 했지만, 그는 불만이 없었다. 그는 벤치에 앉아 기세 좋게 지어진 집들을 바라보며 아내가 아파트를 팔고 굳이 전세 살이를 하면서까지 이 마을로 이사온 이유를 생각해 본다. 저 아래에 집들이 보이니까 좋잖아요? 아내는 그 근방의 아파트를 다 둘러본 다음에 그의 손을 이끌고 지금 살고 있는 아파트를 구경시켜 줬다. 아내의 친구가 살다가 이사가려고 내놓은 집이었다. 그가 살고 있는 아파트에 비해 방과 화장실이 하나씩 더 있었고, 전망이나 교육 환경이 어디에도 뒤지지 않는다고 아내의 친구가 자랑스럽게 말했다. 그리고 뭣보다도 이 집은 운이 있는 집이에요. 우리도 전세를 살다가 요 앞 동의 아파트를 사게 됐어요. 여기보다 평수가 두 배가 넘어요. 아내가 귀띔했다. 이 집에 이사 들어올 땐 꿈도 못 꿨던 일이에요. 아내의 친구는 마치 꿈속에 있는 듯했다. 아내는 친구를 만나고 온 그날로 아파트를 부동산에 내났다. 그것을 팔아도 그 아파트로 전세 들어오려면 돈이 많이 부족했다. 아내는 손해를 안고서 이 년간 보유했던 주식을 팔았다. 당신은 어떤 집으로 할래요? 처음 이사 들어온 날, 아내는 그와 나란히 부엌창에 서서 저 아래 펼쳐진 가지 각색의 집들을 바라보며 그의 팔에 안겨왔다. 그는 어느 한 집을 선뜻 고르지 못하고, 불 켜진 집들 사이 이빨 빠진 구멍처럼 군데군데 검게 패여 있는 빈 터들을 두리번거릴 뿐 대답을 못했다. 아내는 그 후에도 몇 번 같은 질문을 해서 그를 난감하게 했다. 이제는 내려다보기도 모자라 그는 매일 두 번씩 아이를 위해 그 집들 사이를 왕복해야 한다. 야외 놀이 시간인지 유치원에서 아이들이 우르르 달려나온다. 그는 성급히 일어나 놀이터를 빠져 나간다. 아이를 찾으려면 아직도 사십 분이나 남았다.

전철역 주변, 애완견 가게

대로변의 오후. 광장 한 옆에는 전철역에서 연결된 에스컬레이터가 쉴 새 없이 돌아간다. 전철역 광장 주변에는 없는 것이 없다. 그는 일년 넘게 살면서도 그곳이 거의 처음이다. 광장을 사이에 두고 양편으로 제법 높은 건물들이 즐비하다. 건물 외벽은 온통 광고로 뒤덮여 어느 한군데 빈 곳이 없다. 그는 어디에서부터 무엇을 읽어야 할지 한참 두리번거리다가 광장 가에 있는 음반 가게를 발견하고 그곳으로 들어간다. 가게에서 나오는 그의 손에 바비 킹과 에릭 크랩톤의 협연 시디가 들려 있다. 라이딩 위드 더 킹. 킹과 함께 차를 타고. 시디 표지 사진을 보면 에릭 크랩톤이 평생 음악적으로 흠모하던 비비 킹을 무개차로 모시고 있다. 둘은 시골길을 한가롭게 달리며 유쾌하게 웃고 있다. 둘의 웃음. 그는 그것을 아내에게 선물할 생각이다. 아내는 그를 만날 즈음부터 에릭 크랩톤을 좋아한다. 에릭 크랩톤에 대한 아내의 마음이 변한 적이 없다. 그 사실이 그를 안심시킨다. 그것이 자신에 대한 변함없는 사랑을 증거하듯이. 그는 음반 가게 옆 애완견 가게 진열창 앞에 서서 유리에 비친 자신의 모습을 바라본다. 언제부터 자기가 이렇게 단순해졌는가, 고개를 갸웃한다. 품종을 알 수 없는 다양한 애완견들이 심드렁한 눈으로 그를 구경한다. 그가 알아맞힐 수 있는 것이라고는 푸들과 치와와 정도다. 아이를 찾아 집으로 들어가는 대로 인터넷에서 애완견에 대해 상세히 알아볼 참이다. 애완견 가게에서 몇 걸음 떼자 남성 전용 미용실이다. 그는 애완견 가게 앞에서와 마찬가지로 남성 전용 미용실 앞에서도 주의 깊게 안을 관찰한다. 일반 미용실과 무엇이 다른지 금방 포착되지 않는다. 남성 전용이라면 이발소가 있지 않은가. 그는 해답을 찾지 못하고 뒤돌아선다. 횡단보도를 건너며 시디에 수록된 리스트를 훑어본다. 마지막 곡이 눈길을 끈다. Come rain or come shine. 비가 오나 눈이 오나. 아니, 비가 오나 해가 나나. 그는 갈 길을 멈추고 잠시 혼자 설왕설래한다. 비가 오나 눈이 오나가 맞다. 이상한 것은 비나 눈은 같은 동류항인데 우리의 의식 구조는 반대 개념으로 대비시켜 궂은 날과 갠 날을 상정하고 있다. 명백한 무의식적 오류이다. 그런 현상은 아내에게서 자주 나타난다. 아내는 전체적으로 곡선미가 넘치는 자신의 외모와는 정 반대로 매끄러운 것에 대한 혐오증 같은 것을 가지고 있다. 그런데 그녀가 선택한 그의 외모가 거칠지도 남성적이지도 않다는 것이다. 오히려 그는 여성적으로 미끈한 편이다. 아내의 말은 이렇다. 공원길을 걸어 당신이 나에게 올 때 겉옷을 어깨에 걸치고(그것조차 무겁다는 듯이) 비스듬히 고개를 젖히고 걸었는데, 지독히 서정적으로 보였어. 그 순간 당신이 내 눈을 점령해 버렸지. 아내의 언어 구사는 언제 들어도 기묘하다. 어울리지 않는 수사가 제멋대로 엉겨붙는 형국이다. 그런데 이상한 것은 지독히라는 부사와 서정적이라는 형용사 사이에 불협화음 같은 것이 그에게는 매력적인 마찰로 들리는 것이다. 그는 비스듬히 그녀에게 다가갔듯이 비스듬히 그녀에게 끌려들어갔다. 아내는 심지어 섹스를 할 때조차 그와 비스듬히 누워 하는 것을 즐긴다. 그것은 그날 이후 십년 동안 아내만의 변함없는 자세다. 교교하게 그의 가랑이 사이로 드러누운 아내를 생각하니 갑자기 걷기가 불편해진다. 마치 혀가 말을 듣지 않듯, 가랑이 사이가 거북하다. 어느새 육교 앞이다. 다른 여자에게서가 아니라 아직도 아내에게서 성적인 흥분을 느끼는 사내는 자신밖에 없을 것이다. 썰렁하게 웃으며 육교 계단참에 발을 올려놓는다. 그는 어기적거리며 육교 위로 올라간다. 집 짓기에 약간의 진전이 있다. 벽 경계마다 시멘트가 쟁여지고 그 안에 무수히 많은 철조가 굳건히 박혀 있다. 그는 육교를 내려오다가 계단 중간에 서 있는 가로등 기둥을 껴안는다. 작업반장이 뒷짐을 지고 여전한 모습으로 터를 내려다보고 서 있다. 그의 가랑이 사이로 뜨거운 점액질이 흘러내린다.

울트라맨, 머리 깎기

아이는 집 짓기에 관심이 없다. 어서 집에 가서 컴퓨터를 만지고 싶어한다. 초고속망을 깔고부터 생활이 엉망이 됐다. 그는 컴퓨터가 아닌 다른 것으로 아이의 호기심을 끌 수 없을까 찾다가 한 가지 기발한 생각을 한다. 아이의 머리가 덥수룩하다. 아내는 그것도 깨닫지 못하고 있는 게 분명하다. 하긴 주말에도 어두워지기 전에 아내의 얼굴을 본 적이 없다. 가을이 시작되면서 패션 관련 국제 행사가 잦은 탓이다.

「집에 가서 네 머리를 깎아줄게」

「아빠가요?」

아이는 그의 제의가 전에 없던 일이라 조금 놀란다. 그러나 컴퓨터로 레고 레이서 게임이나 스타크래프트를 멋지게 공략해 줄 때에 비하면 거의 반응이 없다고 봐야 한다. 아이는 그가 레고 레이서 게임에서 1등을 할 때면 볼살이 아프도록 쪽하고 키스를 해준다. 눈빛은 존경과 감탄으로 가득하다. 그러나 그는 안다. 그것이 오래가지 않는다는 것을. 계속 아이의 자랑거리가 되려면 아이 몰래 얼마나 많은 연구를 해야 하는지를. 그의 그러한 혼용 노력도 육 개월이면 끝장날 것이다. 그는 맞잡은 아이의 손을 한번 꽉 쥐어보고는 씁쓸하게 웃는다.

「그럼, 아빠 솜씨 한번 볼래?」

그의 어깨에 모처럼 힘이 들어간다. 아이가 태어나기 전, 아내는 그의 머리를 직접 잘라주었다. 그는 미장원에는 통 갈 수 없는 사람이다. 아내 손에 이끌려 몇 번 미장원에 가보긴 했는데 번번이 목각이 되어서 나왔다. 여자들이 앉는 의자에 않으면 목이 부러질 것처럼 힘이 들어가 풀리지 않는 데에는 아내도 미용사도 손을 들었다. 거세되는 기분이야. 마지막 미용실을 나오면서 그가 말했다. 아내는 다시는 미용실에 가자는 말을 하지 않았다.

「옛날에는 말이다, 옛날에, 그러니까 옛날 아빠들이 해야 할 중요한 일 중에 아이에게 불을 가르쳐주는 일이 있었단다. 너, 불이 얼마나 중요한지 알지? 그리고 얼마나 무서운지두」

「불이오? 아, 알겠다. 아빠가 지금 뭐 말하려는지 다 알아요. 아빠가 지난번에 사준 공룡 비디오에서 봤잖아요. 왜 공룡들이 이 지구상에서 사라졌는지. 화산이 폭발할 때 불돌에 맞아 죽어버렸잖아요? 다른 이유도 있지만요. 그렇게 큰 공룡을 다 멸종시킨 불은 아주 무서워요. 그런데 왜 중요해요?」

그는 이유, 멸종 따위의 단어를 스스럼 없이 구사하는 여섯 살 아이를 물끄러미 쳐다본다. 그는 아이의 이야기를 잠시 들어보다가 고개를 젓는다. 이야기가 그렇게 되던가? 아이는 생각의 논리와 말하는 법을 연습 중이다. 그런 중에 그의 뒤통수를 치는 말들이 언뜻 끼여 나오기도 한다. 쥐라기가 어떻고 백악기는 어떻고 신생대는 또 어떻고 늘어놓을 때는 존경은 아니더라도 감탄의 눈으로 아이를 바라볼 뿐이다.

「그 이야기가 아니란다. 아빠가 말을 잘못 했다. 불 이야기가 아니라, 불을 다루는 법, 그래 불을 다루는 기술이 맞겠다」

「법? 기술? 그게 뭔데요, 아빠? 정확히 말해 주세요」

아이와 육교를 내려와서 그는 잠시 망설인다. 프로메테우스의 불을 아이에게 전해 주려면 그에게도 조금은 시간이 필

요하다. 그는 아이의 머리를 깎을 생각에 쫓겨 아이의 이어지
는 질문에 대답을 미룬 채 단숨에 아파트 단지로 들어선다.
아이는 그의 손에 이끌려 뛰다시피 쫓아간다. 아이는 아파트
에 들어오자마자 텔레비전을 켜고 그는 공구함을 뒤진다. 텔
레비전에서는 서태지 컴백 쇼가 벌어지고 있다. 붉은 갈래 머
리가 기계처럼 규칙적으로 위아래로 퍼덕인다. 아이는 브라
운관 앞에 바짝 서서 한시도 화면에서 눈을 떼지 않는다. 그
는 바리캉과 그에 따른 여러 종류의 빗들을 전구에 비춰본다.
그러고는 신속하게 거실 한가운데, 커다란 전등 아래 신문지
를 깔고 식탁 의자를 가져다 놓은 다음 아이를 앉힌다.
　「언제 끝나요?」
　아이는 한 시간째 그러고 앉아 있다. 쇼는 종반으로 접어들
었다. 화면은 시종 강렬한 랩의 힙합과 하드코어 메탈 사운드
를 현란하게 토해 내고 있다. 화면 하단에 간간이 곡 설명이
지나간다. 할 일 없이 빈둥거리며 살아가는 백인들의 전유물
인 하드코어 펌프 록을 들고 나온 서태지가 그에게도 그리 편
하게 받아들여지지는 않는다.
　「저거, 보기 싫으냐?」
　「아뇨, 내 머리요」
　아이가 인내하고 있는 것을 그는 잘 안다. 바리캉을 찾아
손에 쥐었을 때만 해도 잘 될 것 같았는데 아이의 머리 모양
이 도대체 나오질 않고 있다. 머리통이 밉상으로 짱구인 것
도 아니고 생각에는 십 분이면 쓱싹 해치울 수 있을 것 같은
데, 머리카락만 이쪽저쪽 쥐가 쏜 듯 계속 잘려나가고 좀체

균형이 잡히지 않는다. 그가 팔이 아플 지경이니 아이 목이 어떠리라고는 두말할 필요도 없다.

「이럴 줄 알았으면 아빠한테 머리를 맡기지 않았을 거예요」

아이는 참다 못해 낭패스런 눈빛으로 그를 올려다본다. 아이의 측은해하는 눈빛에 그는 참담해진다. 잠든 아내 옆에서 자위했을 때보다도 더 온몸에서 힘이 죽 빠진다. 츄르―스, 츄르―스, 츄르―스, 츄르-스. 서태지가 격렬한 비트 리듬에 맞춰 고개를 푹푹 꺾는다. 그는 아이의 머리를 멋지게 깎아주면서 아이에게 뭔가 대단한 것을 보여주고 싶었다. 아비지런 존재가 무엇인가를 획인시켜 주고 싶었다. 아이가 아프면 아이 방에 불을 지펴주었던, 대물림할 어린 자식에게 장작불을 어떻게 붙이는지 가르쳐줬던 고대의 아버지들처럼.

「세상에 처음부터 잘하는 사람은 없단다. 아빠도 노력하고 있어. 네가 그걸 알아줬으면 좋겠다」

그는 목소리를 가다듬고 착잡한 마음을 숨기고 말을 한다. 그렇게 말은 해도 그는 차마 아이에게 거울을 들이밀기가 겁난다. 울트라맨. 어렸을 적 내 꿈에, 울트라 맨―. 서태지의 반복되는 동작에도 끊임없이 양쪽을 오가는 스케이드 보드의 움직임에도 아이는 표정이 없다. 텔레비전 속 관객들만 열광한다. 그는 서태지의 극도로 경직된 창백한 얼굴에서 문득 히틀러의 그것을 떠올린다. 열광의 도가니. 아니 얼음의 도가니. 그는 고개를 젓는다. 망상이다. 아내도 열광하던 때가 있었다. 그도 그 속에 있었다. 난, 알아요! 외치던 때가 있었다.

아주 작게만 보이던 아이의 등이 매우 견고하게 느껴진다. 그는 주춤 뒤로 물러선다. 거실이 갑자기 휑하니 커보인다. 벙벙하게 큰 전등 불빛도 희끄무레하게 빛을 내고 있다. 수명이 다 된 것이다. 그는 뻑뻑해진 눈동자를 몇 번 깜박거린다. 거실이 아니라 마치 시계추가 좌우로 오갈수록 점점 커지는 괴상한 흑백 상자 속에 들어와 있는 것 같다. 그는 다시 한발 물러서서 그가 벌여놓은 광경을 내려다본다. 바닥에 깔린 신문지 조각이며 그 위의 식탁 의자, 아이의 쥐어뜯긴 머리와 무표정한 아이의 얼굴, 그리고 무수히 흩어진 얇은 머리카락들.

「그런데 서태지가 누구예요?」

아이가 텔레비전에서 눈을 떼지 않은 채 그에게 묻는다. 그는 문득 정신을 차린다. 전등 밝기 조절 장치가 있는 것을 생각해 낸다. 인터폰 옆에 부착된 버튼을 돌려서 조도를 최대한으로 높인다.

「응, 서태지에 대해서라면 아빠가 아주 잘 알지. 이따가 컴퓨터를 뒤져보자. 엠피 스리로 다운받아서 다시 보여줄게. 네가 좋다면 아예 〈즐겨찾기〉에 추가해도 되고. 아, 「울트라맨」이라는 비디오 영화도 있다」

아이도 그도 손을 놓고 시계추처럼 좌우 운동을 하는 스케이드 보드 사이로 움직이는 서태지의 기계적인 동작을 굳은 얼굴로 바라본다.

울트라맨, 어렸을 적 내 꿈엔―.

공원, 발광 바퀴

여기저기 불들이 달린다. 보조 바퀴를 떼고 그의 도움을 받아 자전거 타기를 배우던 아이가 브레이크를 움켜잡고서 앞으로 나갈 줄을 모른다. 아이는 이리저리 광장을 가로지르는 퀵보드의 발광 바퀴를 넋 놓고 바라본다. 자전거 뒤에서 엉거주춤 서서 그도 아이가 바라보는 움직이는 불들을 눈으로 쫓아간다. 그가 사는 아파트 단지 내 분수 공원 주위가 온통 발광이다, 발광에 홀린 아이는 더 이상 자전거 페달을 밀 생각을 하지 않는다. 자전거를 끌고 공원에 나올 때 그들은 오늘 밤엔 꼭 자전거 타기를 뗄 작정이었다. 그는 비록 머리 깎는 것은 실패했지만 두발 자전거 위에서 진전되는 속도의 쾌감이 어떤 것인지 아이에게 체험시켜 주고 싶었다. 그런데 스틱보드의 발광 바퀴가 뿜어내는 현란함 앞에서 두발 자전거는 완전히 참패했다. 그들은 자전거를 나무 둥치에 버려둔 채 벤치에 앉아 획획 지나가는 불들을 멀뚱히 바라본다. 둘 다 영락없는 패잔병의 얼굴이다. 그는 아이에게 아이는 퀵보드에게 백기를 들었다. 그가 입을 열려는 것과 동시에 아이가 오래 참았다는 듯이 다급하게 입술을 뗀다. 아빠, 나도 퀵보드 사주세요.

육교 근처, 드라마 촬영

한떼의 사람들이 육교를 막고 있다. 집은 사흘 만에 나무 벽을 세웠다. 그는 대학 동기 K와 나란히 육교 아래 벤치에 앉아 있다. 그가 한사코 시내에는 나가지 않겠다고 하자 할 수 없이 K는 그의 집 근처로 오겠다며 약속 장소를 대라고 했다. 주식 투자에 성공한 후 경제 경영서 관련 출판사를 시작한 K는 그를 위해 일거리를 가져올 것이었다. 올 초 히트작을 낸 후 그 기세를 몰아 한국판 『부자 아빠 가난한 아빠』를 만들겠다고 큰소리였다. 그는, 육교로 와, 라고 말했고, K는 그가 지시하는 장소를 금방 알아듣지 못했다. 육교라고? 에라이, 너 미쳤냐? K는 처음 곧이 곧대로 듣더니 이내 말을 바꿔서 다시 물었다. 새로 개척했냐? 어디 있는 호프집이냐? 근데 이름이 그게 뭐냐? 육교라니, 썰렁하게. 결국 K는 투덜대며 그가 가리킨 집 옆 육교로 그를 찾아왔다. 그러나 육교는 드라마 촬영 중이라 그가 말한 지점에서 만날 수 없었다. 그들은 육교를 통과하려다 실패하고 각자 건너편 계단을 내려와 백오십 미터 떨어진 네거리까지 걸어가 횡단보도 중간 지점에서 손을 잡았다.

「넌 요즘 뭘 즐겨 찾냐?」

그는 등뒤로 웨딩 드레스 자락을 붙잡고 오리처럼 뒤뚱뒤뚱 걸어가는 예비 신부와 그 일행을 돌아보며 K에게 묻는다. 하루에도 서너 번 결혼식 야외 촬영 부대는 그렇게 그 앞을 지나가곤 한다.

「즐겨 찾는 거?」

K는 그가 점점 더 뜬금없어 보인다.

「너, 인터넷 접속 자주 하지?」

그가 심각하지 않게 덧붙인다. K가 얼른 말을 알아듣고 낄낄거리며 대답한다.

「넌 네 와이프랑 자주 하냐?」

K가 간지럽다는 듯이 사타구니를 오무렸다 편다. 그가 싱겁게 웃는다.

「아니. 어제는 서태지 사이트에 들어갔었어. 너, 울트라맨이아 뮤직 비디오 봤냐?」

그제서야 K는 그가 하고 있는 별 것 아닌 이야기의 맥락을 잡고는 장난스럽게 그의 뒤통수를 툭 친다.

「얌마, 팔자 좋은 소리 하고 있네. 그런 거 뒤져볼 시간이 어딨냐? 초고속 그거, 겁나게 빠르고 말 잘 듣는 줄 알지? 괜히 잘못 사귀었다가 폐가망신한 집이 한두 집이 아니다. 짜식, 아무튼 넌 마누라 잘 만난 줄이나 알아」

K는 자기가 뱉은 마지막 말이 켕겼는지 그의 낯빛을 살핀다. 그는 아무렇지도 않다.

「그거 봤냐, 안 봤냐」

그는 끈질기게 울트라맨을 고집한다. K는 할 수 없이 긍정한다.

「그렇게 틀어대는데, 어떻게 안 볼 수 있냐? 그래, 봤다. 그래서?」

「거기 처음 나오는 사내 녀석 있지. 비쩍 마르고 얼굴 꺼먼 애. 울트라맨 인형을 훔쳐 달아나는 녀석 말이야. 어디서 본 것 같지 않냐?」

K는 그의 말을 맨숭맨숭하게 들으며 육교 위로 눈길을 빼앗긴다. 조명판이 그들을 향해 내리쬐고 있다.

「너 여기서 맨날 저 드라마 촬영 구경하냐?」

K는 그가 묻는 말엔 대답할 생각도 않고 주위를 두리번거린다.

「뭐, 이 정도 환경이면 사는 데 치고 꽤 괜찮구먼」

그는 K를 따라 길 건너편에 있는 자신의 아파트를 올려다본다. 대로 옆 자전거 도로 양편의 숲이 제법 울창하다. 그는 어제 저녁 망쳐놓은 아이의 머리를 생각한다. 어제 이후 아이는 모자를 쓰지 않고는 밖으로 나가려 하지 않는다. 그를 쳐다보던 아이의 눈빛이 되살아난다. 그애의 눈빛을 받는 순간 그 모습은 죽을 때까지 그의 뇌리 속에서 지워지지 않을 것이라 생각되었다.

「근데, 네 와이프 요즘 잘 나가더라? 매거진에서 인터뷰 기사 봤는데, 어때 우리 출판사에서 한번 밀어줄까?」

이메일 센터, 아내의 화장대

아내에게 이메일을 보내려고 편지함을 연다. 그는 지난 금요일 이후 열두 번도 더 아내에게 편지를 쓰려고 이메일을 열었었다. 아내는 자신의 기사 하단에 이메일 주소가 나가기 때문에 하루에도 수차례 이메일을 체크한다. 그는 수신인란과 제목란에 기입을 하고서는 메모란에 몇 자 적어보려고 시도한다. 현숙아, 내 혀는 이상 없어. 그날은 미안하다. 문제는…… 거기까지 쓰고 다음 말이 이어지지 않는다. 아내는 요즘 무슨 생각을 하고 있는지 도무지 알 수 없다. 그는 의자에서 일어나 침실 방문 앞을 서성거리다가 아내의 화장대 앞으로 다가간다. 못 보던 매니큐어들이 널려 있다. 진파랑색,

초록색, 흰색, 회색, 검정색, 펄 보라. 연보라. 진보라. 그
것이 매니큐어 병에 담겨 있지 않다면 그는 그것을 손톱에 바
르는 것인지 모를 것이다. 맨 끝에 있는 진보라색 병을 집어
든다. 요즘 아내는 적보라 계열에 눈독을 들이고 있는 모양이
다. 오늘 아침 아내의 손톱 색깔이 무엇이었는지 전혀 기억이
나지 않는다. 어떻게 아내를 내보냈는지 그 얼굴조차 가물가
물하다. 그는 아내의 뒤를 조사하는 비밀 요원처럼 화장대 위
의 화장품들을 죽 둘러본다. 립스틱이나 아이섀도 색을 전부
합친 것보다 매니큐어의 종류가 많다. 그가 집에 들어앉고부
터 아내가 손톱 손질에 부쩍 신경을 쓰는 것을 보아왔다. 그
전에도 그랬는지 모른다. 그러나 요즘 아내는 틈만 나면 아세
톤과 매니큐어 병을 바꿔들고 다니며 지우고 바른다. 아내에
게는 아이의 머리나 손톱을 한가하게 들여다볼 시간이 없다.
물론 그에 대해서도 마찬가지이다. 될 수 있는 한 아내와 눈
을 마주치지 않으려는 그로서는 오히려 잘 된 일인지도 모른
다고 자신을 타이른다. 그리고 그날의 의상과 손톱 색깔과 아
이섀도와 립스틱 색조와의 앙상블을 그도 이젠 얼마큼은 터
득을 했다. 그러나 그 생각은 순식간에 뒤집어진다. 화장대를
잠식한 매니큐어 병들의 수를 놓고 보면 아내의 행동은 거의
집착에 가깝다. 그는 매니큐어 뚜껑을 만지다가 무심결에 비
틀어 열어본다. 단숨에 빨아들일 것같이 강렬한 화공 냄새가
그의 코에 엉겨붙는다. 그는 콧부리를 얼른 옆으로 돌렸다가
자기도 모르게 매니큐어 솔을 꺼내 자신의 엄지 손톱에 발라
본다. 매니큐어가 칠해진 손톱을 코앞으로 끌어와서 한참 냄

새를 흡입한다. 눈이 감기고 아득히 아내의 냄새에 젖어본다. 에나멜 염료가 굳어가면서 뿜어내는 독취가 정신을 혼몽하게 한다. 그는 매니큐어 병 뚜껑을 모두 열어놓는다. 침실은 온통 에나멜 냄새로 진동한다. 오늘밤도 아내에게 끝내 이메일을 띄우지 못할 것이라는 생각이 그를 불안하게 한다. 그는 침대 발치에 앉아 색색으로 칠해진 자신의 손톱을 집요하게 내려다본다.

대자보 그리고 도어스

그는 그것이 무엇이었는지 모른다. 아내를 기다리다가 습관적으로 인터넷에 접속했었다. 검색 프로그램을 통해 애완견들을 찾아보다가 길을 잘못 들었다. 이 사이트 저 사이트 건너다니던 중에 두 가지가 그를 잡아 끌었다. 여기를 콕 누르세요. 즐겨찾기에서는 보지 못했던 글귀였다. 〈여기〉는 파란색이었고, 커서가 닿자 손이, 펼쳐진 손이 떴다. 콕 눌러주세요. 말에 표정이 있듯이 글자에도 표정이 있다. 그 글자는 아양을 떨고 있었다. 그는 그것에 넘어가 거기를 콕 눌렀다. 대자보. 누를 때와는 달리 엉뚱한 이름이 나왔다. 히뜩히뜩 웃는 듯이, 키득키득 웃는 듯이, 조각 광고들이 떠다니며 꼬리를 쳤다. 그곳은 그가 모르는 채, 많은 사람들이 들르는 영토인 모양이었다. 그날의 식탁을 살피듯 모양과 메뉴를 살펴보았다. 화면 구성이 그리 잘 짜여지지는 않아 보였다. 하지만 세팅된 드라마가 아니라 라이브 무대 같아 조금 오래 머물렀다. 라이브의 속성은 억제된 본능을 폭발시키는 부추김에 있다. 그는 잘 다듬어진 정식 레이블보다는 라이브 레이블을 좋아한다. 아내에게서 영향을 받은 것이다. 라이브에 생각이 미치자 그는 곧 야후 검색창에다 〈도어스〉를 띄운다. 애초에 그가 찾으려던 것에서 전혀 달라진 느낌을 떨쳐버리지 못한 채 그는 〈도어스〉로 들어간다. 망설일 수 있는 시간도 이제 끝나고 진창에 빠져 허우적거릴 시간도 없다. 이제 남은건 잃을 것뿐이라도 한번 해보자. 우리들의 사랑은 화장(火葬)용 장작더미일 뿐(도어스, 「라이트 마이 파이어」). 아내와의 첫키스는 짐 모리슨의 라이브 절규 속에서 장장 다섯 시간동안 이루어졌다. 강가에 세워진 좁은 차 안에서였다. 그대여나의 불을 밝혀주오. 내 혼에 불을 밝혀주오. 불 밝히자, 세상의 모든 밤들. 아내와 그의 혀 사이로 피뢰침이 튀고, 짐모리슨의 얼빠진 듯한 신음 소리가 계속 돌았다. 런 앤드 런.런 위드 미. 아내는 창녀처럼 그에게 쉽게 혀와 가슴을 몽땅내주면서도 첫 순정을 지키려는 소녀처럼 다리 사이를 파르르 떨었다. 그 순간 그는 그녀의 혀와 가슴을 버리고 그녀의다리 사이에 혀를 묻었다. 아내의 손가락이 그의 머리카락을뽑아버릴 듯 억세게 움켜쥐었다. 그는 아내의 다리 가랑이 사이로 거침없이 달려들어갔다. 짐 모리슨이 신나게 외쳤다. 달려라, 달려. 나와 함께 달려. 이제 그는 달리지 않는다. 아내와 그 사이에는 피뢰침도 튀지 않는다. 그는 심각하게 자신의혀를 깨물어본다. 이상하게 아프지 않다.

어둠 속──그토록 많은 불빛, 그토록 많은 눈빛

아내는 끝내 들어오지 않았다. 기다리지 말고 자요. 알아서 들어갈게요. 그는 목이 탄다. 그는 목이 타서 눈을 뜬다. 아니다. 오줌이 마려워서 저절로 깨어났다. 양주가 독했나 보다. 아직 어둡다. 잠을 잔 것 같다. 허공을 둥둥 날아다녔다. 알코올기 가득한 공기 속. 그는 오줌을 누고 다시 침대에 눕는다. 오줌에서 양주 냄새가 올라오는 것 같다. 입에서 가슴에서 몸에서도 뿜어나오는 것 같다. 그의 몸은 눕고 싶어한다. 아직 잠이 가시지 않았다. 다시 허공 속으로 들어가고 싶다. 날고 싶다. 자자. 자자. 자자. 잠이 오는 것 같다. 잠이 들려고 한다. 그러면서 잠이 깨고 있다. 그는 스르르 일어나 침실에서 나간다. 거실 벽에 매달린 시계가 어렴풋이 움직인다. 움직임, 시계추의 진자 운동에 맞춰 걸어간다. 부엌 창으로, 거실 창으로, 베란다 창으로. 우뚝우뚝 서 있는 검은 건물들에 우둑우둑 불빛이 켜 있다. 그는 외로웠나 보다. 저 건너 많은 불빛들은 뚜렷한 목적을 가지고 있는 것 같다. 뚜렷한 의식이 있는 것 같다. 이 깊은 밤 저토록 많은 사람들이 깨어 있는 것이다. 그처럼 어둠 속에 서 있는 사람은 얼마나 될까. 그는 아내를 사랑한다. 아내의 아이를 갖고 싶다. 아이의 말이 생각난다. 난, 다 알아요. 아빠가 아기 씨를 주어서 엄마가 나를 이 세상에 낳아주었죠, 그쵸. 아무리 아내가 능력이 있어도 아기 씨가 없다는 사실이 대단한 결함처럼 느껴진다. 그는 조금 기분이 나아진다. 그는 건너편 집들의 불빛들을 보며 자신의 아기 씨들의 눈빛을 본다. 그는 몸서리를 친다. 그 간격, 멀고 높고, 어둡고 차가운 그 간격만큼 그와 아내는 떨어져 있다. 그의 아기 씨들은 아내에게 닿지 못하고 있다. 그의 아기 씨들이 길 밖에서 죽어가고 있다. 그는 죽어가고 있다.

연결 끊기, 튀어나온 혀

컴퓨터는 새벽까지 켜 있다. 그것은 우주에 떠 있는 행성처럼 그의 집을 비추며 떠돈다. 컴퓨터를 끄지 않는 한 어느 정도 시간이 지나면 화면은 자동으로 레오나르도 다 빈치의 돛단배 스케치로 바뀐다. 그는 흰 돛단배가 떠가는 화면을 바다인 양 바라본다. 순항은 언제까지나 계속된다. 그가 잠시만 방심하면 아이는 컴퓨터를 차지해서 쇠파이프 블록 쌓기 메뉴로 화면을 바꿔치기해 놓는다. 깊은 밤 어둠 속에 저절로 착착 쌓이는 블록과 마주칠 때면 그는 막다른 골목에 다다른 짐승처럼 숨이 턱 막힌다. 마치 자신의 뇌관에 장착된 쇠파이프 블록이 눈 앞에 드러나고 있는 듯한 공포에 사로잡힌다. 번번이 그를 곤혹스럽게 만드는 아이 행동이 꼭 누가 뒤에서 시킨 것처럼 악마스럽다. 그는 악마에게 지지 않으려고 얼른 버튼을 눌러 쇠파이프를 걷어내고 하염없이 평온한 과거의 바다로 떠나는 레오나르도 다 빈치의 돛단배로 바꿔놓는다. 그런 다음에 그는 비로소 막혔던 숨을 내쉰다. 어젯밤에는 다행히 아이가 컴퓨터에 손을 대지 않았다. 그는 배가 화면 오른쪽 끝으로 다 지나가도록 기다렸다가 버튼을 누른다. 인터넷 접속을 계속 할 것인지 연결 끊기를 할 것인지를 묻는 박스가 화면에 뜬다. 그는 새벽 한시쯤 연결 끊기를 하려 했던 순간을 생각해 낸다. 그때 아내에게서 전화가 왔었고, 그는 전화를 끊고 금방 컴퓨터로 돌아오지 않았다. 거실 창에 서서 맞은편 아파트를 한동안 바라보았었다. 그토록 많은 불빛, 그토록 많은 눈빛. 곧 날이 밝을 것이다. 그는 이제야 초고속 인터넷에서 연결 끊기를 해야 할 때라고 마음먹는다. 그러면서도 〈연결 끊기〉를 하기 전 그는 기어이 한 가지를 더 〈즐겨 찾기〉에 추가한다.

길 건너 전신주 아래 기대 서 있는 부재
(http://poem4m.hihome.com/poem/2-14.htm)

그 여름 저녁 누군가 견딜 수 없는 무더위에 목을 맸다. 지붕을 타고 내리는 소리 없는 난기류를 피하여 이 도시를 떠난 사람들 돌아오지 않고, 누구도 지붕 아래에서 은밀히 사랑하기를 꿈꾸지 않았다. ……무기력증에 시달리던 사람들이 더러 잠꼬대하듯 전쟁을 기억해 냈고 낮보다 긴 밤들이 꼬리를 끌며 비틀거려서 소문 없이 수많은 누군가 다시 목을 맸지만, 그 사내, 하루도 빠짐없이 전신주 아래에 서 있었다. 벽을 타고 내리던 끈끈한 권태에 발목이 빠지는 도시 한복판에서 자꾸만 작아지는 사람들을 향해, 홀로 붉은 몸으로…….

── 도어스, 「The end」

비를 기다린다. 여름비도 아니고 눈도 아니고 겨울비를 기다린다. 그는 차가운 빗방울을 흠뻑 맞고 싶다. 아내의 화장대에는 매니큐어 통들이 열어놓은 그대로 냄새를 뿜고 있다. 혀에 침이 고인다. 침과 함께 혀가 입 밖으로, 입술 밖으로 튀어나온다. 늙은 과학자의 그것처럼, 길게, 길게, 축 늘어진 그의 남성처럼 길게, 길게. 그는 화장대 거울에 비친 자신의 힘줄 잡힌 사나운 얼굴을 남의 것인 양 건너다본다. 매니큐어 솔로 에나멜을 찍어 혓바닥에 발라본다. 혀가, 꿈틀한다. 문 밖에서는 아무 기척도 들리지 않는다. 그래도 아내는 오고 있다. 순항중이다. 혀는 점차 붉고 푸르고 검게 변해 간다. 육교 아래 집은 곧 지붕을 얹을 것이다. 더 이상 냄새가 맡아지지 않는다. 그는 환영처럼 하루도 빠짐 없이 육교 위에 서 있는 자신의 모습을 본다. 혀는 이상이 없다. 입 밖의 검은 돌처럼.

《황해문화》 2000년 겨울호

그녀는 노래 부른다

물이 빠져나간 갯벌에는 조각배 몇 척이 버려진 나막신처럼 나동그라져 있다. 한이는 난로에 얹어진 주전자 뚜껑을 열어 물을 붓고 냉장고 진열창을 들여다본다. 빠져나간 요구르트와 바나나우유와 요플레를 채워넣어야 한다. 그는 며칠째 어디에서도 보이지 않는다. 파란 페인트 칠이 얼룩덜룩 벗겨진 낡은 멍텅구리배 고미에 걸린 헝겊 쪼가리가 깃발처럼 펄럭인다. 봄바람이 불고 있다. 한이는 냉장고 문을 여닫다가 문득 유리에 비친 자신의 얼굴과 마주친다. 거울을 잡아본 게 언젠지 가뭇없다. 철이 놈이 아침에 미역국이나 끓여먹었는지 전화를 해볼 참이다.

「요플레 있어요?」

한이가 허리를 펴고 고개를 들자 바로 앞에 웬 여자가 등뒤에 와 서 있다. 한이 키가 작은 것도 아닌데 여자 눈이 올려다보인다. 여자는 스물대여섯쯤 된 것 같다. 콧날이 오똑하고 곧게 뻗은 게 철이 놈이 지난번 서울 갔을 때 잠깐 보여줬던 미의(美意)라는 여자애 생각이 난다. 미희면 미희, 미아면 미아, 미라면 미라지, 미의라고? 게다가 성씨도 낯선 탁씨다. 탁미의. 한이는 그애 얼굴을 보느라 63층 꼭대기에 올라간 것도 처음이지만 그런 별스런 이름도 난생 처음이었다. 어렸을 때, 한이라는 이름을 또래의 다른 애들한테서 들어보지 못했던 것처럼 철이란 놈이 데려온 그애의 이름 역시 그 또래의 다른 애들한테서 듣지 못했던 것이다. 삼십 년 동안 변한 것보다 변하지 않은 것이 더 많은 궁벽진 섬의 쓸쓸한 갯가에 살아서 그럴지도 몰랐다. 하긴 마을 애들 이름도 그녀가 그곳에 처음 핏덩이 철이 놈을 안고 들어왔던 삼십 년 전이나 별반 다를 게 없었다. 가실이, 정심이, 순희, 순영이, 그중 도회 냄새가 좀 났다 싶은 이름이 초등학교 김 선생의 두 딸인 영란과 유란이 정도였다. 더벅머리 숫총각처럼 머리를 싹둑 자르긴 했지만 흰 이가 가지런하고 내리뜬 눈의 눈썹이 초승달처럼 샐쭉한 게 미의는 천상 곱상한 처녀의 얼굴이었다. 한이는 그애의 얼굴과 맞닥뜨리면서 삼십 년 전의 자신의 얼굴을 보듯 쉽사리 눈을 떼지 못했다.

「요플레 없어요?」

여자를 앞에 세워두고 한이의 생각이 길어지자 여자가 직접 냉장고 안을 기웃거린다.

「아, 내 정신 좀 봐. 요플레라고 했지? 마침 지금 없는데, 한 시간 후면 새것이 와요」

한이의 말에 여자는 냉장고에서 시선을 거두어들이고는 한이와 얼굴도 마주치지 않고 무심하게 가게 문을 열고 나간다. 한이는 문 밖으로 발을 내미는 여자의 뒷모습을 멀뚱히 바라보다가 냉장고 오른쪽에 비뚜름히 매달린 낡은 벽시계로 고개를 돌린다. 십분 전 열두시다. 철이 놈이 출장을 가지 않았다면 자리에 있을 게다. 철이 놈은 한 달이면 삼분의 일을 비행기 안에서 보낸다. 에이전자 제품을 전 세계로 세일즈하러 다니는 것이다. 세일즈하려고 박사 땄다냐? 나이 스물몇에 박사가 됐으면 그 기세를 몰아 연구에 정진해야지 고달프게 물건이나 팔러 다닌다니? 한이가 전화에 대고 한껏 걱정을 쏟아놓자 철이 놈이 겸연쩍은 목소리로 설명이랍시고 한 것이 그 자리에서 한이 입을 다물게 했다. 요즘은 세일즈맨이 따로 없어요. 개발자가 직접 수요자를 만나 제품을 설명하고 설득시키는 일이 중요해요. 연구도 거기서 되고요. 연구는 연구실에서만 하지 않아요, 이제. 텔레비전 뉴스에서는 일년이면 몇 차례 대형 비행기 추락 사고가 전해지고, 그때마다 한이의 가슴이 졸아드는 것은 어쩔 수 없는 운명이 되어버렸다. 한이의 타는 속을 알지도 못하고 섬 사람들은 철이 놈이 무슨 대단한 출세를 한 것처럼 한이를 들고 받든다. 그나저나 철이 놈은 미역국을 끓여나 먹었는지……. 한이는 여자가 유리문을 닫기도 전에 얼른 가겟방으로 뛰어들어가 수동식 전화기를 돌린다. 방문에 손바닥만하게 부착된 사각 유리로 방금 가

120

게 문을 열고 나간 여자의 옆모습이 들어온다. 여자는 질퍽거
리는 물 빠진 갯벌을 자박자박 걸어가고 있다.

✑

철이 놈은 늘 그렇듯이 이번에도 데면데면하게 전화를 받
고 끊는다.
「천하에 싱거운 놈……」
한이는 욕을 할 줄 모른다. 철이 놈 종아리 한번 때리지 않
고 키웠다. 핀잔 삼아 입을 비죽거리지만 한이는 그래도 콧노
래가 질로 나온다. 인생은 니그네길 어디서 왔다가 어디로 가
는가. 두시가 가까워 오는데 점심을 먹을 생각도 않고 구석에
처박아 두었던 털이개를 꺼내 비뚜름하게 쌓인 컵라면이며
치토스 따위 물건들을 경중경중 털어댄다. 털이개 털이 닿는
데마다 먼지가 뽀얗게 날린다. 부남이가 빼꼼히 문을 열어 얼
굴을 디민다.
「어서 오너라, 내 새끼」
한이는 잽싸게 문으로 달려가 부남이의 손을 잡아 들인다.
냉장고에서 딸기 요구르트를 하나 꺼내 스토로를 찔러 부남
이 손에 쥐어주고 밖으로 나가 자전거 위로 폴짝 뛰어오른다.
부남이는 요구르트를 죽 빨아들이며 한이에게 다녀오라는 고
갯짓을 한다. 부남이는 삼월이면 어느덧 2학년이 된다. 어리
기는 해도 부남이만큼 한이의 속사정을 훤히 꿰차고 있는 사
람도 없다. 그애는 한이가 왜 저렇게 서둘러 자전거 페달을

밟는지 알고도 남는다. 자전거를 타고 달려가는 한이의 뒷모습이 내일 모레면 쉰 줄에 접어드는 여자의 것으로 믿어지지 않을 만큼 힘차다. 한이는 자전거를 타고 달릴 때면 없던 기운도 마구 솟구친다. 맨발로 끝도 없이 모래밭을 달려가던 삼십 년 전처럼 자전거에만 올라타면 지칠 줄 모르고 섬 여기저기를 들쑤시고 다닌다. 바람에 머리칼을 휘날리며, 간간이 마주치는 사람들에게 미소를 흘리며 해를 등지고 달리고 달린다. 한이는 호수에 가는 길이다. 호수는 솔밭 너머에 있다. 솔밭 이쪽 저쪽엔 구릉이 있다. 두 개의 구릉을 통과하고도 이차선 국도를 달려 족히 이십 리는 가야 멀리 강 같은 호수가 눈에 들어온다.

「단골이니 갖다 드리는 거예요!」

한이는 호수에서 걸려온 홍 선생 전화에 대고 큰소리를 쳤다. 십년 단골이면 친구나 마찬가지라 홍 선생의 요청에 아무 말 않고 배달해 줄 수도 있지만 한이는 매번 같은 말을 되풀이 했다.

「다른 사람 같으면 택도 없죠? 압니다!」

낚시광인 홍 선생도 한결같이 허허 웃었다. 홍 선생은 천안에서 교편을 잡고 있는 사람으로 방학의 반을 낚시에 바쳤다. 그는 가끔 천수만 쪽으로 자리를 옮기기도 하지만, 복귀할 때는 반드시 한이네에 들렀다. 그런 식으로 한이와 관계를 맺고 있는 사람이 홍씨 말고도 두엇 더 있다. 대전의 박 박사와 공주 로터리 클럽 회장 진 노인이 그들이다. 박 박사는 대덕 과학 연구 단지에 적을 둔 연구원이라고 하는데 그가 어쩌다 입밖에 꺼내는 별자리 이야기는 들어도 들어도 질리지 않고 신기하기만 하다. 박 박사는 솔밭 휴양림 안에 있는 에이전자 휴양소에 왔다가 하늘을 향해 죽죽 뻗어올라간 미인송에 반해 일년이면 서너 번 섬을 찾고 있다. 그가 처음 얼굴을 보인 것이 휴양소가 지어질 무렵이니 근 십오 년은 된다. 철이 놈이 전공을 전자공학 쪽으로 잡은 것은 순전히 박 박사의 영향이다. 무뚝뚝하기로 치면 섬에서 둘째 가라면 서러워할 녀석이 철이 놈인데 어떻게 된 조횟속인지 박 박시만은 중학교 때부터 끔찍이 따랐다. 박 박사 역시 철이놈을 애지중지 아꼈고 휴양소에 머무는 동안에는 아예 철이 놈을 자기 거처로 불러들여 밤새는 날이 많았다. 박 박사는 딸 셋에 후사가 없었고, 걸핏하면 철이 놈을 양자 삼겠노라며 농담도 잘했다. 한이네가 그의 말을 곧이곧대로 들은 적은 없었다. 박 박사에게 언감생심 연정이 생기지 않은 것은 아니지만 그보다는 살갑게 베푸는 정이 꼭 월남전에서 죽은 친오라버니가 살아 돌아온 듯 그의 존재가 고맙기만 했다. 박 박사를 본 지도 두 해가 지났다. 그는 지금 미국에 가 있다. 부인이 암으로 투병 중이라 했다. 캘리포니아라는 데에서 편지가 한 번 날아들고 그것으로 끝이었다. 철이 놈과는 연락이 닿는 모양인데 통 기별을 하지 않는다. 한이는 휴양소 정문으로 이어지는 작은 길을 지나치면서 자전거 속도를 늦춘다. 에이전자가 자금난에 시달린다는 뉴스 보도 이후 휴양소에 드나드는 사람이 줄었다. 휴양소와 멀어지면서 한이는 다시 속도를 낸다. 솔숲은 갯가보다 어둠이 빨리 자리 잡는다. 어둠보다 섬칫하게 싫은 게 소나무

기둥 사이사이로 휘감기는 안개다. 서두르지 않으면 안개 서린 어둠을 무릅쓰고 돌아와야 한다. 한이는 자기도 모르게 찔끔 다리를 떤다. 부남이는 호수의 자식이다. 호수에서 왔다. 한이는 자전거 페달을 밟고 밟으며 그 생각을 떨쳐버리지 못한다. 호수는 원래 호수가 아니었다. 섬을 감싸고 도는 바다의 일부였다. 바닷물이 손님처럼 섬과 육지 사이에 난 좁은 협해를 드나들었다. 그러던 것이 거대한 간척지가 조성되면서 인공호가 만들어졌다. 호수가 원래 호수가 아니었던 것처럼 부남이는 원래 한이의 자식이 아니었다. 한이는 열 달 동안 제 뱃속에 품어 낳았으면서도 아직도 부남이를 그렇게 여기고 있다. 부남이는 한이에게 자식이 아니라 손님으로 온 것이다. 그것을 알려준 사람이 박 박사다.

─어이쿠 별세계에서 이 작은 갯마을까지 귀한 손님이 오셨구먼!

한이의 품에 안겨 새근새근 잠든 갓난아기의 얼굴을 내려다보며 박 박사가 반겨 말했다. 박 박사의 말에 따르면 부모는 자식이 선택하는 것이라고 했다. 그의 말은 동네 사람들의 생각과 정반대인 경우가 많았다.

─이 아이는 당신을 부모로 선택해서 이 세상에 나온 거라는 말이오.

한이는 무슨 말인지 얼른 이해가 가지 않지만 하늘이 뒤집어져도 박 박사의 말은 믿는다. 어쨌거나 호수가 아니었으면 부남이는 한이에게 없었을 존재이다. 부남이는 호수와 함께 태어났다. 호수가 만들어지고 난 뒤 부남호라는 이름이 붙여졌고, 그와 동시에 부남이도 이름을 얻었다. 그애의 존재를 규정해 주었듯이 부남이라고 이름붙여준 것도 박 박사다. 그러나 부남이가 박 박사의 씨는 아니다. 한이 말고 아무도 부남이가 누구 씨인지 알지 못한다. 동네 사람들은 한동안 매일같이 한이네 문밖에 오토바이를 세워두고 가게 안으로 들어갔다 나가는 우체부 강씨라고 생각했지만 다른 한편에서는 골목 입구에 사는 면서기 석만이라는 소문도 돌았다. 그러나 소문은 소문이고 부남이 애비는 정작 따로 있었다. 섬 사람들로서는 한번도 보았을 리 없는, 보았다 해도 한이와 배가 맞았으라고는 상상도 할 수 없는 인물이었다. 그는 간척지가 농지로 제 구실을 하면서 새로운 철새 군락지로 떠오른 가월호와 부남호의 철새 생태조사단 일원이었다. 부남이가 두 살 때까지 그는 간척지를 찾았고 한이는 철새가 찾아와 머무는 십일월에서 이월 사이에는 호수를 향해 자전거 페달을 부지런히 밟았다. 철새와 함께 떠난 그는 십일월이 되어서야 다시 호수를 찾았고, 이듬해 정월 한이는 애를 놓았다. 철이 놈은 그때 반도체 칩인가 뭔가 에이전자 개발팀에 합류해 연수원에 틀어박혀 있느라 에미가 애를 낳는지도 몰랐다. 한이는 시골 여자답지 않게 키가 크고 허리가 호리호리해서 애낳는 순간까지 동네 사람들에게 배를 의심받지 않았다. 애가 미숙아이기도 했지만, 산달이 한겨울이라 옷차림으로 감쪽같이 사람들 눈을 가렸다. 철이 놈은 부남이가 업둥이 동생인 줄 알았다. 그때까지 그럭저럭 한이와 사이가 좋았다. 면서기 석만이가 아니었으면 지금까지 철이 놈은 부남이가 제 에미 뱃속에서 나온 동생이라는 것을 몰랐을 것이었다. 조산원도 없이 배를 부여잡고 진통으로 끙끙대던 날 밤 석만이가 한이를 덮치러 가겟방으로 숨어 들어온 것이었다. 석만이가 한동안 한이네를 가슴에 품고 열병을 앓았다는 사실은 동네에서 알 만한 사람은 다 알았다. 한이는 석만이와 평소 누이동생으로 허물없이 말을 놓고 지냈는데 자신을 넘볼 줄은 꿈에도 몰랐다. 한이는 석만이의 번득이는 눈빛과 맞닥뜨리자 분노로 이성을 잃고 윗목에 떠다 놨던 뜨거운 물을 석만이를 향해 냅다 내질렀다. 물은 혼겁해서 뛰쳐나가는 그의 엉덩이와 다릿 가랑이만 적시고 방바닥으로 흘러내렸다.

　—오늘 밤 일을 입 밖에 냈다간 너 죽고 나 죽는 줄 알어, 앙?, 우라질 놈!

　그 통에 뱃속의 아이는 울음 소리도 없이 싱겁게 한이의 다리 가랑이 사이로 빠져나왔다. 그날 밤 어둠 속에 크게 운 것은 핏덩이 갓난아기가 아니라 한이었다. 조롱박으로 퍼담을 정도로 함초롬히 쏟아지는 눈물을 꿀꺽꿀꺽 되삼키며 탯줄을 자르던 그 순간을 생각하면 한이는 언제고 가슴이 더워져서 솔밭이고 들길이고 내달리지 않으면 안 되었다. 자전거를 버려두고 웅덩이로 달려가 얼굴을 비쳐보지 않으면 안 되었다. 해가 산등성이 너머로 넘어가 버리면 소나무로 뒤덮인 산은 거대한 음모를 거느린 여자의 음부로 변했다. 아아아아—. 한이가 내지르는 울음 소리는 웅덩이 밖으로 빠져나가지 않았다. 삼십 년 전 철이 놈을 낳던 때나 팔 년 전 부남이를 낳던 때나 한이는 애비 없이 애를 낳아 손님처럼 길렀다. 한이는 회오리쳐 오는 과거의 회한에 잠겨서 자전거가 솔밭을 빠져나가는 줄도 모른다. 삼십 년이란 세월이 그리 긴 세월은 아니지만 팔 년이란 세월도 그리 짧은 것은 아니다.

웅덩이를 아는 사람은 몇 안 된다. 그 사람들도 늙어 죽었거나 도회지로 떠나고 지금은 한이와 한이네 옆집인 횟집 가실이네, 그리고 석만이 정도가 안다고 할 수 있다. 웅덩이는 솔밭의 동쪽 구릉 끝 모감주나무 군락 가까이에 있다. 사람들은 솔밭에 들어가는 일도, 더더구나 모감주나무 아래를 지나치는 일도 없다. 한이는 눈비가 오지 않으면 일주일에 한두 번 자전거를 타고 솔숲을 빠져나와 구릉을 넘어 웅덩이 근처를 지나 다리를 건넌다. 다리를 건너면 드넓은 간척지가 나오고 철새떼들이 논바닥에 새카맣게 앉아 먹이를 쪼고 있다. 한이가 자전거를 타고 달리면 노랑부리저어새나 가마우지떼가 거대한 바람을 일으키며 하늘로 푸드덕 날아오른다. 간혹 황새를 만날까 사방을 두리번거리지만 몇 해째 도무지 눈에 띄지 않는다. 돌아오는 길엔 모처럼 웅덩이에 들를 참이다. 오랫동안 웅덩이를 잊고 지냈다. 부남이가 태어나기 전까지만 해도 봄이면 산매화며 철쭉, 찔레꽃을 따 웅덩이에 띄우기도 하고, 가을이면 웅덩이 옆에 늘어선 모감주나무의 낙엽송을 떨구기도 했다. 철이 놈이 대학에 입학하면서 서울로 올라가 버린 후 그놈 생각이 날 때면 웅덩이를 찾았었다. 웅덩이에게 철이 놈에게 하듯이 주근주근 말을 걸곤 했었다. 속을 알 수 없는 짙푸른 웅덩이 속에 꽃잎을 따 밀어넣으면 물그림자를 일으키는 것이 꼭 철이 놈이 화답을 하는 것 같았다. 아니라고 스스로 다짐을 두어도 철이 놈이 떠나가고 없는 빈 자리를 메울 길이 없었다. 가슴에 뚫린 구멍 때문인지 한이는 부쩍 웅덩이를 찾는 일이 잦았다. 이슥한 밤에도 무서운 줄도 모르고 웅덩이를 향해 달렸다. 그때까지만 해도 아이를 갖고 싶다는 욕망은 꿈에조차 품어보지 못했다. 그런데 그해 봄 그를 보자 그의 아이를 갖고 싶다는, 그의 아이를 갖고야 말겠다는 터무니없는 욕망에 불같이 사로잡혔다. 그날도 한이는 홍 선생에게 다녀오던 길이었다. 바람을 일으키며 자전거를 타고 달려오는 한이로 인해 들에 까뭇까뭇 앉아 낱알을 쪼던 철새들이 화들짝 놀라 떼를 지어 날아올랐다. 한이는 자기도 모르게 자전거 브레이크를 잡고 멈춰 서서 시커멓게 날아오르는 새떼를 넋을 잃고 바라보았다. 떼를 이룬 것은 새떼만이 아니었다. 머리며 얼굴, 옷차림까지 온통 철새 분장을 하고 풀섶에 엎드려 있던 한떼의 사람들이 몸을 일으켜세우며 한이의 앞을 가로막았다.

—새들을 쫓아버리면 어떡하자는 거요! 우리가 이러고 죽치고 있는 게 벌써 몇 시간째인 줄 알기나 해요? 마흔네 시간이오, 장장 마흔네 시간!

그들은 사흘 굶주린 거지 행색으로 달려들 듯이 드세게 한이를 몰아부쳤다. 한이는 도통 자신이 무슨 잘못을 저질렀는지 모르겠다는 표정으로 엉거주춤 뒷걸음질을 쳤다. 그들 중

뒤에 서 있던 한 사람이 앞으로 쓱 나서서는 한이와 그들의 간격을 떼어놓았다. 털모자에 귀가리개까지 한 얼굴이라 제대로 볼 수 없었고 눈동자와 이빨만이 제 형태를 전달하고 있었다. 그래서인지 목소리가 그 사람의 전부를 대신하는 양 또렷히 귀에 박혔다. 가지런하고 말쑥한 목소리였다.

　—철새들의 생활을 관찰하는 중입니다. 이곳을 지날 때는 소리를 내지 않도록 각별히 주의해 주시면 고맙겠습니다.

　그의 말에 한이는 불그레하게 상기된 얼굴로 고개를 끄덕였다. 뒤로 물러서기는 했지만 그들이 입을 모아 자신을 비난해 올 때는 지렁이도 밟으면 꿈틀한다고 없던 손톱이라도 날세워 대거리를 해볼 수도 있었다. 철새가 날아간 거하고 나하고 무슨 상관이오? 난 평소대로 내 길을 갔을 뿐인데…… 그러나 그의 말을 듣고 보니 목구멍까지 치밀어올랐던 울화가 눈녹듯이 사그라들었다. 한이는 군말 없이 물러났다. 그 다음부터 한이는 섬 다리를 건너 호수에 가까워지면서는 자전거에서 내려 들판을 살피며 새들이 놀라지 않게 조심조심 자전거를 밀고 갔다. 그 일이 있고 난 뒤부터 한이는 홍 선생보다 그들에게 더 바쁘게 오고 갔다. 어깨 너머로 배운 눈썰미로 검은머리갈매기와 황조롱이, 논병아리 따위의 철새들을 대충 구별하게 되었고, 그들은 홍 선생과 마찬가지로 겨울 내내 한이네 단골이 되었다. 한번은 그들 옆에서 황새의 비상을 지켜본 적도 있었다.

　—무슨 철새가 저렇게 아름다울까나.

　한이는 새의 우아한 자태에 홀려 자전거를 돌릴 생각도 못

하고 입을 헤벌쭉 벌린 채 한없이 새의 비상을 우러러보고만
있었다.

—황새라고 해요.

그가 작은 목소리로 말했다.

—뱁새가 황새 따라가려면 다리 가랑이 찢어진다고 하는
옛말의 황새가 저 황새란 말예요?

한이는 그와 황새에게 번갈아 눈길을 주며 말했다. 석양빛
에 물든 한이의 두 눈동자에 황새의 고혹한 날갯짓이 어렸다.
그는 황새 대신 한이의 눈동자에 흐르는 미려한 여운에 눈을
빼앗겼다. 한이의 두 볼이 사과처럼 홍조를 띠었다. 자전거
위에서 있는 대로 나부꼈던 머리칼은 코로 입으로 물려들어
가 있었다.

—그렇죠. 그러나 우리가 볼 수 있는 건 딱 두 마리뿐입니
다. 세계에서도 그 수를 헤아릴 정도로 희귀 새이니, 이나마
다시 못 보게 될지 모릅니다.

그가 말하는 중에도 황새는 날개를 앞으로 뒤로 모았다 펼
쳤다 하며 고공 곡예를 뽐냈다. 한이는 너무 고개를 높이 치
켜든 탓인지 자전거에 올라타는 순간 가슴이 울렁거렸다. 봄
이 머지않았다. 봄이 오면 그는 떠날 것이었다. 한이는 집으
로 돌아오는 길 내내 힘없이 자전거 페달을 밟았다. 겨울이
지나고 사방에 봄꽃이 피려고 온 대지가 스멀거릴 때 그가 한
이 앞에 나타났다. 철새와 함께 떠난 지 한 달 만이었다. 그는
약을 먹어야 하니 빈 속을 채울 만한 것을 달라고 했다. 털모
자도 귀가리개도 없는 맨 얼굴의 그는 다른 사람 같았다. 그는

얼굴은 핼쓱하게 야위었지만 차림새는 한이가 몰라볼 정도로 말쑥했고, 그런 그가 우주에서 온 사람만큼이나 너무나 대하기 어려운 나머지 한이는 수줍게 낯을 가렸다.

—무엇이 좋을지…….

한이는 새로 들어온 딸기 요플레를 손에 들고 가게 안을 두리번거리며 주춤거렸다. 그러자 그가 말했다.

—아, 손에 들고 있는 그거 줘요.

—딸기 요플레요?

한이는 그가 달라는 대로 플라스틱 스푼과 함께 딸기요플레를 건네주었고 그는 딸기 요플레를 한입 한입 떠서 다 먹고는 알약을 복용하고 가게를 나갔다. 한이는 사각 유리 너머로 갯가에 서 있는 그의 모습을 지켜보았다. 몸도 시원찮은데 갯바람을 맞고 있는 그가 염려되었으나 그렇다고 식구처럼 부를 수 있는 사람이 아니었다. 차츰 물이 들어오고 날이 저물자 그가 다시 한이네 가게 문을 열고 들어왔다. 언 입술이 하얗게 말라비틀어져 있었고, 이마에선 열이 들끓고 있었다. 그는 하루 반나절 동안 한이 방에 머물렀다. 그 모든 일은 예기치 않게 일어났다 물거품처럼 사라졌다. 꿈이었나, 정녕 꿈이었나? 한이는 꼭 귀신에 홀린 것만 같았다. 너무 웅덩이에 자주 갔던 탓에 해괴한 환각에 사로잡힌 것 같았다. 그가 떠나자 한이는 스스로 진저리를 치고는 웅덩이로 향하던 발길을 끊었다. 그러나 꿈은 아니었다. 한이의 뱃속에는 생명이 자라고 있었다. 한이는 그가 누웠던 자리를 아이를 낳아 거기에 누일 때까지 그대로 두었다. 그는 다시는 한이를 찾지 않왔다. 부남이는 사정을 아는지 모르는지 무럭무럭 자랐다.

「그려, 네가 내 속을 알겠냐, 내가 내 속을 알겠냐, 쯧!」

한이는 철이 놈에게 하듯이 엉덩이를 툴툴 털며 매번 똑같은 말을 되풀이한다. 버려둔 자전거를 바로 세우는 한이의 등줄기에 웅덩이 물처럼 서늘한 기운이 어린다. 그리움은 웅덩이에 묻고 한이는 힘껏 자전거 페달을 밟으며 솔숲을 벗어난다.

그는 갯벌을 저벅저벅 걸어가고 있다. 아침에 본 여자는 온데간데없다. 처음 그는 가겟방 사각 유리로 모습이 들어왔었다. 폭설이 내리던 날 오후 한시에서 두시 사이였다. 한 달 전인데도 그날 내린 눈이 흔적도 없이 사라져버려서인지 까마득히 먼 과거처럼 느껴진다. 한이는 엉덩이 밑으로 두 손을 질끈 찔러넣고 따끈따끈한 방바닥의 온기를 더듬는다. 그는 갯가에서 약속이라도 한 사람처럼 이쪽과 저쪽을 오고 간다. 어제까지만 해도 그는 모습을 보이지 않았었다. 한이는 그가 보이지 않자 그 역시 지나가던 사람이었던가 보다 생각했었다. 그가 처음 한이네에 모습을 나타내던 날이 생각난다. 그날도 한이는 철이 놈에게 전화를 넣으려고 벽시계를 보고 있었다. 일주일 남짓 남은 설날에 철이 놈이 올 것인지 물어볼 참이었다.

—눈이 많이도 오네요.

가게 문이 드르륵 열리고 그가 열린 문 밖에서 들어오기 전에 외투에 쌓인 눈을 탈탈 털었다. 문 밖은 온통 날리는 눈으로 소란스러웠고 상대적으로 가게 안은 여느 때보다 어두컴컴했다.

—그러게 말이에요. 웬 눈이 이렇게 하루 걸러 오시는지.

문을 연 사람보다 눈풍경에 정신이 팔려 있던 한이가 그제서야 그를 바라보았다.

—꼭 눈 보러 여기 온 것 같습니다.

그의 머리에 채 털어내지 못한 눈이 수북했다.

—지나가던 길손이세요?

두툼한 뿔테 안경알이 하얗게 김이 서려서인지 그의 얼굴이 금방 눈에 잡히지 않았다.

—지나가는 사람이 많은가 보죠?

—여기야 맨 그렇죠. 아님, 그 집 젓가락 수까지 다 알고 말지요.

—저기 호수에서 왔어요.

—호수라면…… 아, 낚시하러 오셨군요. 이 눈속에, 낚시가 되나요?

—……아뇨, 낚시를 하러 온 건 아니고, 그저 주위를 한번 둘러보러 왔죠…… 그렇죠, 낚시하는 것도 좀 구경하고요.

—그럼 바람 쐬러 왔군요. 그렇게들 많이 와요. 아, 내 정신 좀 봐요. 뭘 드릴까요?

—디스 플러스하고, 그리고…… 그렇죠, 요플레 같은 거 있나 모르겠네요.

—있다마다요.

―가만, 뭐가 있나?

―들여다봐도 소용없어요. 우리 집에는 딸기밖에 안 와요.

―그걸로 하죠 그럼, 딸기.

그는 여전히 갯가를 맴돌고 있다. 그가 지나가는 배경으로 멀리 멍텅구리 배들이 하나 둘 느리게 이동을 한다. 한이는 낮도 아니고 밤도 아닌 흐린 오후 시간이 무료하기도 하고 그가 통 모습을 보이지 않다가 나타나기도 해서 사각 유리로 그의 걸음걸음을 놓치지 않고 쫓아간다. 옆으로 옆으로 비켜가는 그의 모습을 바라보며 한이는 폭설이 내리던 날 그에게 딸기 요플레를 주었던 것을 기억한다. 이어 아침에 요플레를 사러 왔던 여자는 아주 가버렸나 보다고 생각한다. 여자는 다른 사람들처럼 지나가는 길손이었던 모양이다. 갯벌을 저벅저벅 걸어가고 있는 그도 처음엔 여기를 지나가는 중이라고 했었다. 한이는 입술을 쩝 다시며 사각 유리에서 눈을 떼고 개심사에서 가져온 달력을 올려다본다. 마지막 날에 붉은 색연필로 동그라미가 쳐져 있다. 부남이 귀빠진 날이다. 하긴 지나가지 않는 것이 무에 있겠나. 지난 겨울엔 지겹게 내리는 눈만 보며 살았다. 하루 걸러 내리는 눈을 보고 있자니 겨울이 영 지나가지 않을 것만 같았다. 그래도 봄이 머지않았다. 부남이는 구정 때 철이 놈이 떨궈주고 간 디지몬 게임기에 푹 빠져 있다. 디지몬 덕분에 부남이는 동네애들의 부러움을 한 몸에 받고 있다. 이 집 저 집 불려다니느라 해 지기 전에는 들어올 생각을 못한다. 손바닥보다 작은 게임기 나부랑이이지만 철이놈이 부남이에게 오빠로서 선심을 쓴 건 이번이 처음이다. 한이는 부남이만큼이나 디지몬을 애지중지한다. 부남이가 학교 가고 없을 때는 한이가 디지몬을 건사한다. 디지몬은 번식이 가능하다. 번식한 디지몬은 때 되면 밥 달라고 찌르륵대고, 똥 누면 똥 치우라고 찌르륵대고, 기분 좋을 땐 두 마리 세 마리로 제 몸을 불리고 또 찌르륵댄다. 철이 놈이 쥐어준 것이라 그런지 디지몬 키우는 재미가 쏠쏠하다. 디지몬 똥을 치우며 한이는 내년에는 꼭 철이 놈에게 손수 미역국을 끓여주리라 다짐한다. 달력에서 눈을 떼고 사각 유리로 눈을 대자 그가 보이지 않는다. 대신 멍텅구리 배가 몇 척으로 불어나 있다. 가까이 가까이 물이 들어온다. 한이는 그렁그렁한 물을 무심코 지켜보다가 스스로 깜짝 놀라 방에서 뛰어나온다. 자전거 핸들을 바로 세우며 가실이네에 대고 큰소리로 부남이를 부른다. 부남이가 가실이네 문에서 얼굴을 내미는 것과 동시에 한이는 자전거에 올라타고는 힘껏 자전거 페달을 밟는다. 자전거는 바람처럼 쏜살같이 솔밭을 지나고 구릉을 넘고 모감주나무 군락을 지나 다리를 건넌다. 한이는 바람결 따라 콧노래를 부른다. 인생은 나그네길 어디서 왔다가 어디로 가는가. 한이는 호수에 가는 길이다. 아무도 한이를 부르지 않았다. 홍 선생에게는 벌써 다녀왔고, 박 박사는 부인 따라 캘리포니아에 갔고, 로터리 클럽 회장 진노인은 금강산 유람중이다. 자전거 페달을 빨리 밟을수록 한이의 목소리가 덩달아 커진다. 구름이 흘러가듯 나 홀로 가는 길에 바람이여 묻지 마라…… 운이 좋으면 오늘은 황새를 볼지도 모른다.

《작가세계》 2001년 봄호

꽃구경

다들 꽃구경이 한창이다.

「태풍 때문에 비행기가 이륙할 수 없어」

수는 오사카 간사이 국제공항 공중전화기에서 전화를 하고
있다고 말한다. 수가 하는 말은 모두 거짓말이다. 그 수와 일
년째 지리한 관계를 이어가고 있는 미호는 거짓말을 전혀 할
줄 모른다. 일곱 살 때 화장대 위에 놓여 있던 엄마 돈 오백
원을 훔친 뒤로 거짓말을 하면 탄로날 때까지 딸꾹질을 하기
때문에 거짓말을 할 수 없는 사람이 되고 말았다. 미호는 수

가 서 있을 유리창 밖으로 비행기들이 날개를 접고 죽치고 있는 모습을 떠올린다. 한시간 사십 분 거리에 수와 미호가 떨어져 있다. 그 사이에 바다가 있고, 태풍이 몰아치고 있다. 그런데 사실 태풍은 어디에도 없다. 텔레비전 뉴스에도 신문에도 태풍이라는 말은 올라오지 않는다. 수가 하는 말이 명백히 거짓말이라는 것을 미호는 모르지 않는다. 게다가 지금은 태풍의 계절이 아니라 꽃구경이 한철인 봄, 벚꽃 피는 사월이다.

「태풍은 언제 잠잠해지는데요?」

미호는 슬쩍 수의 말을 속아넘어가 준다.

「글쎄, 한 사흘 걸리겠는데?」

태풍은 하루이틀이면 잠잠해진다. 아니 지나가 버린다. 태풍은 바람과 마찬가지로 눈이 있고 가야 할 제 길이 있기 때문에 한 군데 오래 머물지 않는 속성이 있다.

「그땐 꽃이 다 지고 말 텐데」

오후부터 한반도 부근에 제법 많은 비가 내릴 거라고 기상청에서 예보하고 있다. 미호의 아쉬워하는 여운에도 수는 꽃구경에 그다지 관심이 없다. 미호도 꽃구경 같은 것을 좋아하는 여자는 아니다. 그런데 사월이 되면서 부쩍 꽃구경에 조바심을 친다.

「꽃구경은 왜 가자는데?」

수는 아직도 뜬금없다는 말투다. 일주일 전에도 수는 고개를 비딱하게 틀고서 그렇게 물었다. 원래 꽃구경을 가자던 사람은 수다. 그것은 일년 전의 일이다. 그때 미호는 한사코 수의 제안을 거부했다. 수의 꽃구경에는 한가지 목적이 있었다.

수의 의도와는 달리 미호는 꽃구경을 가지 않고도 수월하게 수의 여자가 되었다. 수의 꽃구경은 서른이 되기 전부터 시작되었는데 그렇다고 매년 규칙적으로 이어지는 것은 아니었다. 이 년에 한번 혹은 삼 년에 한번 갈 수도 있었다. 수는 이번 봄에는 꽃구경 갈 생각이 없었다. 미호를 앞에 두고 수의 입에서는 더 이상 꽃 소리가 나오지 않았다. 미호가 꽃을 밝히는 여자였다면 사정이 좀 달라졌을지도 모르지만 다행히 그녀는 아예 꽃을 좋아하지 않았다. 아니 아주 싫어했다. 꽃 같은 것들은 모조리 외면했다. 미호는 평소 보이시한 옷차림새도 그랬지만 그녀가 기거하는 열세 평짜리 아파트 실내 이디를 둘러뵈도 에쁘다고 할 만한 것은 찾아볼 수 없었다. 예쁜 것을 혐오하는 성질을 천성적으로 타고난 것은 아니었다. 엄마가 집을 나간 열세 살 때부터 사방에 꽃이 피어오르는 봄을 못 견딜 뿐이었다. 특히 벚꽃이 피고 지는 사월이면 몸살을 크게 앓았다. 미호는 엄마 없이 첫 생리를 시작했다. 미호는 아버지가 싫어서든, 벚꽃이 꼴도 보기 싫어서든, 설사 외간 남자와 정분이 나서든, 엄마가 떠나버린 이유를 다 받아들일 수는 있어도 혼자 생리를 치르게 한 것만은 용납할 수가 없었다. 그러던 것이 수를 만나고서는 양상이 조금 바뀌었다.

「꽃 싫다고 할 때는 언제고?」

수는 미호가 왜 꽃을 싫다고 했는지 알 길이 없다. 미호가 꽃구경을 결심하기까지는 꽃이라는 말조차, 그 글자 생김새조차 좋아하지 않았다. 미호의 집은 평택 인근에서 알아주는

벚꽃 농원이었다. 미호가 태어나기 전부터 아버지는 벚꽃에
미쳐 〈미호 동산〉이라는 농장을 열고는 눈만 뜨면 벚꽃나무에
매달렸다. 미호는 그 벚꽃 농장에서 태어났다. 원래 아이 이
름을 가지고 상호를 다는 경우는 많아도 상호 이름을 아이 이
름에 붙이는 경우는 드물었는데 미호 아버지의 경우는 미호
보다 항상 벚꽃나무가 더 우선이었다. 한해 두해 미호가 커갈
수록 아버지가 개량한 벚꽃나무 품종이 하나둘 생겨났다. 능
수벚, 홍왕벚, 춘추화…… 아버지가 벚꽃 품종 개량에 조금
만 덜 신경을 썼어도 미호는 동생을 둘 또는 셋까지도 가질
수 있었을 것이었다. 평택으로 내려가기 전에 백화점에서 운
영하는 문화센터에 드나들며 교양을 갖추던 엄마는 아버지가
벚꽃 동산에서 하루 온종일 살다시피 해도 집밖을 나가는 일
없이 거실 흔들의자에 앉아 불륜이 주종인 소설책들을 읽었
다. 그러는 동안 아버지는 하루종일 볕에서 접목하느라 얼굴
이 늘 까무잡잡하게 그을러 있었고 비라도 내리는 날이면 고
삐 묶인 망아지처럼 창 밖만 바라보며 창가를 어슬렁거렸다.
그러다가 자주는 아니지만 엄마와 싸움이 나기도 했다. 엄마
는 벚나무가 지긋지긋하다고 소리치면서도 정작 아버지와 싸
우고 난 뒤엔 그 아래에 가 하염없이 울었다. 평소 발자국 소
리조차 들을 수 없을 만큼 조용조용하던 아버지도 한번 성을
내면 농장의 벚꽃이 후두둑 떨어져내릴 정도로 벼락을 내렸
다. 미호가 열세 살이 되던 해 늦봄 엄마는 사흘 밤낮으로 지
고 또 지던 벚꽃이 지겹다며 지리산으로 다른 꽃구경을 갔다.
거긴 철쭉이 불처럼 번지고 있다고 했다. 그날로 엄마는 살아

돌아오지 못했다.

「꽃이 보고 싶어서요, 단지」

꽃구경에 무슨 이유가 있겠는가? 미호는 지금쯤 능수벚 가지에 흐드러지게 꽃이 매달려 있겠구나 생각한다. 지리산으로 떠나기 전날 밤 능수벚나무 아래에 가서 등을 돌린 채 손등으로 눈물을 찍어내곤 하던 엄마를 떠올렸다. 미호는 그때 멀찍이 떨어져서 엄마 그림자를 눈으로 밟았었다. 아버지로서는 엄마가 다른 남자와 배가 맞았으리라고는 바닷물이 하루 아침에 말라버리는 것처럼 믿을 수 없는 일이었다. 그런 것처럼 미호로서는 엄마와 아버지의 싸움 사이에 다른 남자가 끼여 있으리리고는 하늘이 무너져 내리는 것처럼 상상하기 끔찍한 일이었다.

「내일이면 태풍이 거기로 갈 텐데, 꽃이 남아나겠니?」

수는 허, 하고 혀를 차고는 또 거짓말을 한다. 태풍이 한반도를 비껴서 일본 열도로 가는 일은 잦아도 일본 열도에서 거꾸로 한반도로 건너오는 일은 지구가 두쪽으로 쪼개질 때에나 꿈꿔볼 일이다.

「상관없어요. 꽃잎이라도 밟지요, 그러면」

수는 다시 허, 하고 혀를 찬다. 그러는 동안 수가 들고 있는 수화기를 통해서 매끄러운 여자 음성의 안내 방송이 들려온다. 일본 말이 아니다. 안내 방송에 의하면 서울발 열차가 곧 출발한다고 한다.

벚꽃이 진다. 눈처럼 내린다. 나비처럼 난다. 미호는 끝없이 줄지어선 왕벚나무 아래를 얼굴을 쳐들고 걷는다. 인도에 늘어선 사람들 때문에 속도를 내기가 쉽지 않다. 도로에는 머리에 띠를 두른 사람들이 한 방향으로 달리고 있다. 전주 쪽이라고 한다. 그들은 전군가도 백리길을 달리고 있다. 미호는 달리는 그들과 반대 방향으로 가는 중이다. 군산 쪽이다. 오십여 미터 전방에 천하장사 웨딩홀이 보인다. 수의 말에 의하면 그는 한 시간째 금강 하구둑에서 미호를 기다리고 있다. 미호의 자동차가 전주 종합운동장 근처에 다다랐을 때 핸드폰 벨이 울렸다. 미호는 브레이크를 꾹 밟은 채 주위를 두리번거리며 수에게 말했었다. 자동차가 한 발짝도 갈 수 없어요, 어쩌죠? 미호가 주위 상황을 그대로 전하자 수는 이번에도 허, 하고 혀를 한번 차고는 조금 뜸을 들이다가 혼잣말처럼 내뱉었다. 그럼, 차를 버리고 달려오는 수밖에 없겠군, 오늘 나와 꽃구경을 하려거든 말이야. 미호는 수가 하는 말을 곧이곧대로 듣고 차를 종합운동장 뒤편에 버렸다. 그리고 수가 시키는 대로 달리는 사람들 물결을 거슬러 뛰기 시작했다.

「어디쯤이야?」

수는 참지 못하고 이십 분 후 미호에게 전화를 걸어 확인한다. 미호는 그가 어떻게 거기에 당도했는지 물을 생각을 하지 않는다. 미호는 새벽에 오사카에서 걸려온 수의 전화를 받고 그 즉시 군산을 향해 출발했다. 수는 정 꽃구경이 하고 싶으면 정오에 전주군산간 도로 가운데 쯤에 있는 금강 하구둑에서 만나자고 했다. 그러면서 그는 여전히 오사카에서 전화를 걸고 있다고 했다. 새벽이라서 그런지 안내 방송은 들리지 않았다.

「글쎄요. 방금 천하장사 웨딩홀을 지났어요」

「허, 그럼 앞으로 나에게 오려면 한 시간은 더 걸리겠군. 아무튼 과적 차량 단속기까지 오면 핸드폰으로 알려줘. 그런데 지금 뛰고 있는 거 맞지?」

미호는 콧등에 맺힌 땀방울을 팔목으로 쓱 훔치고는 숨찬 목소리로 대답한다.

「달리고 있죠, 당연히!」

미호는 엉겁결에 거짓말이 나올 뻔하다가 스스로 놀라 일시적으로 속도를 낸다. 하이힐 때문에 조금 더 속도를 내려 해도 낼 수가 없다. 몇 발짝 떼지 않아 구두가 발뒤꿈치에서 벗어난다. 그래도 미호는 최선을 다한다. 미호의 머리 위는 온통 새하얗다. 가도가도 벚꽃길은 끝나지 않는다. 그보다 미호의 머릿속이 더 하얗다. 아버지는 왕벚 가지 위에 3미터 가량 고접해서 가지를 아래로 휘휘 늘어트리는 능수벚을 주로 생산했다. 엄마는 봄가을 두 번 피는 춘추화나 꽃이 크고 속으로 들어갈수록 붉어지는 양귀비보다 가지 길게 휘늘어진 능수벚을 좋아했다. 그것을 엄마가 말한 적은 없으나 미호는 자연스레 그렇게 생각했다. 능수벚꽃이 처음 피었을 때 아버지는 엄마를 꽃핀 가지 아래 세워두고 사진을 찍었다. 미호는 능수벚 아래 서 있는 엄마와 열 발짝 정도 떨어져 사진을 찍는 아버지의 모습을 역시 엄마와 아버지로부터 열 발짝 정도 떨어진 왕벚나무 아래서 바라보았다. 엄마는 능수벚꽃보다 아름다웠고 그런 엄마를 아버지는 카메라 렌즈를 통해 오래 들여다보았다. 엄마는 아버지의 행복만큼 오래 웃고 있어야 했고 아버지는 시간을 끌었다. 그때까지 엄마는 다른 꽃구경은 생각하지 않았다.

「알았어!」

수는 의심 없이 힘차게 핸드폰 캡을 닫는다. 인도를 달리고 있는 아마추어 마라토너들도 미호처럼 점점 어깨에 힘이 빠져 건듯이 뜀을 뛴다. 발걸음을 옮겨 딛으면서 미호는 왜 자기가 이렇게 달리고 있는가 자문한다. 군산까지 차를 몰아 올 때에는 벚꽃 아래 달리기가 본래의 의도는 아니었다. 다만 꽃구경을 하고 싶었다. 꽃구경을 생각하기 전에 미호는 어떻게 하면 칼로 무 베듯이 단번에 수와 헤어질 수 있는가를 궁리 중이었다. 분명한 것은 미호가 어떤 방법을 취해도 수는 눈 한번 꿈쩍하지 않을 것이라는 것이다. 미호가 달리 애써볼 새도 없이 수에게 달려가는 것이 그것을 증명한다. 미호는 그 사실을 깨달으며 자신이 한사코 사람들과는 다른 방향으로 역류하고 있음을 직시한다. 미호는 본능적으로 앞으로 밀려 나가려던 발길을 붙잡아 뒷걸음질친다. 그 순간 과적 차량 단속기가 눈에 번쩍 들어온다. 금강 하구둑이 멀지 않다.

밤새 소리 없이 벚꽃이 진다. 일기 예보는 엇나갔다. 봄비는커녕 거무튀튀한 물결 위로 달이 높이 떠 있다. 어둠에 겨워 하얀 꽃잎들이 유성처럼 흘러간다. 미호는 자동차에 앉아 달빛 흐르는 물결을 내려다본다. 달강달강. 물결 소리를 듣는다. 달빛 그늘을 젓는다. 그 어디쯤에 수의 얼굴을 놓는다. 수는 지금 어디에 있는가? 그렇게 달리고도 미호는 기어이 수를 만나지 못했다. 수는 어쩌면 미호가 벚꽃길을 달리는 내내 금강 하구둑에 앉아 있지 않았을지도 모른다. 미호는 물집 잡힌 발뒤꿈치에 붙였던 대일 밴드를 떼어내며 그 생각을 굳힌다. 수는 여전히 오사카 간사이 국제공항 공중전화기 어딘가에 있을지도 모른다. 그러면서 미호에게 꽃구경을 시켜준 것이라 생각한다. 그 생각이 확실해지자 미호는 낮에 사람들이 달렸던 도로로 핸들을 돌려 천천히 운전해 간다. 자동차의 진행에 앞서서 느리게 낙하하는 벚꽃 잎이 바퀴에 으깨져 미미한 물기를 낸다. 미호는 짓이겨진 살갗의 상처를 상기하듯 약간의 아픔을 느낀다. 아픔은 차갑게 굳은 엄마의 옷에서 느껴지던 물기를 전달한다. 결국 벚꽃 동산에 돌아와 묻힐 것을 그봄 엄마는 왜 꽃구경을 갔을까? 미호는 약간의 서글픔과 함께 그리움을 느낀다. 수의 입에서 나오는 말들이 모조리 다 거짓말이라는 것을 알면서도 미호는 어쩔 수 없이 수가 그리워지고, 엄마가 그리워진다. 미호가 첫 생리를 시작하면서 꽃을 외면하고 싫어한 이유가 있다. 꽃은 슬픔을, 슬픔은 그리움을 불러온다. 수를 만나지 않았더라면 미호는 지금처럼 엄마를 그리워하지는 않을 것이다. 미호는 물결 위를 떠도는 달빛을 바라보며 그동안 수와 헤어지려고 무릅 써온 생각들을 하나하나 정리한다. 미호는 열세 살 이후 가질 수 없는 것은 가지지 않으려고 했고, 가지고 있는 것을 지키려고 애를 써왔다. 그러나 수를 만나면서 미호는 가질 수 없는 것에 의해 가지고 있는 것마저 모조리 잃어버릴 수 있다는 위기 의식에 빠져들곤 했다. 이와는 반대로 수는 가질 수 없는 것을 가지고 살아가기를 바라는 사람이다. 이렇게 보면 수가 자신이 약속 장소로 지적한 금강 하구둑에 자정이 넘도록 나타나지 않는 이유는 자명하다. 수는 아직 다른 꽃구경을 원하지 않는 것이다. 미호는 가뭇없이 출렁이는 검은 물결을 바라보며 덧없이 달려온 낮의 꽃길을 더듬는다. 꽃길 한가운데에 한 여자가 양산을 들고 서 있다.

　한 여자가 벚꽃 아래 파란 양산을 들고 서 있다. 어제와 마찬가지로 화창한 봄날이다. 5미터 떨어져서 한 남자가 여자를 향해 카메라 셔터를 누르려고 하다가 그들을 바라보고 있는 미호를 보고는 다가와 카메라를 맡긴다. 미호 손에 들린 것은 묵직한 니콘 카메라다. 남자는 미호에게 줌과 버튼을 지적해 주고는 여자의 파란 양산 속으로 재빨리 뛰어들어간다. 파란 양산이 벚꽃을 가려서 그 아래 사진을 찍는다는 것이 무의미해 보인다. 게다가 여자는 물방울 무늬가 찍힌 핑크색 원피스를 입고 있다. 미호는 여자에게 파란 양산을 치우라고 손짓을 한다. 여자는 미호의 말을 듣지 않고 끝까지 파란 양산을 가

지고 폼을 내려 한다. 미호가 할 수 없이 렌즈에 눈을 대자 여자가 하얗게 이를 드러내고 미소를 연출한다. 물방울 무늬의 핑크색 원피스와 파란 양산과 하얗게 드러난 이와 왕벚꽃. 미호는 카메라 렌즈에 시선을 묻기 전에 여자와 남자의 배합을 건너다본다. 여자와 남자는 어깨를 달싹 그러안으며 똑같이 히, 하고 웃는다. 미호는 그들의 천진난만한 표정에 고개를 끄덕이고는 렌즈에 눈을 들이댄다. 그리고는 성의껏 줌을 이리저리 돌린 후 여자와 남자의 행복한 얼굴 대신 양산 위 벚꽃에 초점을 맞춰 버튼을 꾹 누른다. 남자는 입가에 흡족한 미소를 달고는 미호에게 달려와 카메라를 거두어간다. 파란 양산 속의 두 사람은 과적 차량 단속기를 통과해 금강 하구둑 쪽으로 내려간다. 방금 그들이 걸어간 길에서 걸어올라온 미호는 지나온 과거의 현장을 확인하듯 멀어지는 파란 양산을 지켜본다. 그들의 뒷모습에서 엄마와 아버지의 여전한 모습을 본다.

　　능수벚나무 아래 서 있던 엄마의 모습은 어디에서도 찾을 수 없었다. 대학 입학 시험에 떨어진 날 밤 미호는 자신이 살아온 스무 해 동안 기억할 만한 일을 더듬다가 뒤늦게 능수벚나무 아래에서의 엄마 사진을 찾을 생각을 했었다. 자신 이외의 아무도 자신의 첫 낙방을 위로해 줄 사람이 없다는 데 대한 갑갑함 때문이었다. 밤새도록 사진 박스를 뒤져도 찾고자 하는 엄마 사진은 끝내 나오지 않았다. 아버지는 엄마를 찍지

않았다. 그날 아버지가 렌즈의 초점을 맞춘 것은 엄마가 아니었다. 아버지의 눈에 들어온 것은 오로지 벚꽃이었다. 아버지는 수천 수만장의 벚꽃 사진을 찍었을 뿐이었다. 아버지는 엄마가 꽃잎과 함께 동산에 묻힌 후로는 더 이상 사진을 찍지 않았다. 그동안 찍었던 사진은 박스에 묶여 다락에 갇혔고 벚나무마저 아버지 손에서 멀어졌다. 미호 농원은 날이 갈수록 황폐해졌다. 그러고도 아버지는 미호 농원을 떠나지 않았다. 삼 년이 지나면서 동산의 벚꽃이 시원찮게 듬성듬성 피고 졌다. 어느 날 아침 미호가 일어나보니 창밖에 줄지어 있던 능수벚나무가 뿌리째 뽑혀져 있었다. 미호는 아버지를 따라 벚꽃이 피지 않는 서울 동북부 중랑천 부근으로 이사를 했다. 그래도 미호는 열세 살 이후 벚꽃이 필 때면 크게 몸살을 앓았다. 일년 전 수를 만난 건 아버지와 함께 호되게 몸살을 앓고 난 직후였다. 미호는 여느 해와 다르게 꽃구경 생각에 사로잡혀 몸살 없이 봄날을 치르고 있음을 홀연히 깨닫는다.

「정말 꽃구경이 하고 싶었던 거야?」

이번엔 수의 말에 미호가 뜬금없어한다. 처음으로 미호는 수의 말을 진정 거짓으로 듣는다. 그래도 상관없다. 수가 아무리 거짓말을 해도, 또 참말을 해도 미호에게 달라질 것은 없다. 미호의 마음을 수에게 붙잡아두는 것은 어차피 수의 거짓과 참 사이에 있는 것이니까. 말이란 제 스스로 이쪽과 저쪽을 유동하는 것이니까.

「그런데 어디에 있는 거예요?」

미호는 대답 대신 현재 수의 정처를 묻는다.

「아, 오사카. 간사이 국제 공항이지, 여전히」

수는 변함없이 거짓말을 한다. 수의 말 사이로 지하철 안내 방송이 끼여든다. 구파발행 열차가 곧 들어올 것이라고 한다. 미호는 안내 방송을 다 듣고 지그시 웃는다.

「태풍이 아직 물러가질 않았군요」

웃음 끝에 미호 역시 거짓 물음을 던진다.

「허, 그 태풍! 이젠 지겨워」

수는 예의 히, 히고 혀를 차고는 서둘러 말을 단다.

「꽃이 다 졌어요, 지난 밤새. 비가 왔거든요, 태풍 대신」

지난 밤에 미호가 밤을 보낸 군산에는 비가 오지 않았다. 일기 예보가 틀리지 않았는지도 모른다. 중부 지방, 한반도 에서도 서울에는 비가, 제법 많은 비가 왔는지도 모른다. 미 호는 수처럼 거짓말을 해놓고 짐짓 희열을 느낀다. 그리고 잠 시 목구멍을 열고 딸꾹질을 기다린다. 아무것도 올라오지 않 는다.

「그럼 여기로 와. 태풍이 오늘 밤엔 싹 지나간다니까. 꽃구 경 가자!」

수의 거짓말에 미호가 숨이 차올라 마른 침을 꼴깍 삼킨다. 벚꽃 하얗게 휘날리는 전군가도를 달리게 한 수가 이번엔 미 호를 어디에 세워둘 것인가. 미호는 이번에도 대답은 하지 않 고 그저 웃을 뿐이다. 수의 말에 의하면 거기야말로 이제 꽃

구경이 시작될 것이라고 한다. 그러나 그말만은 거짓이라는
것을 미호는 너무나 잘 안다. 아버지의 말에 의하면 오사카의
사월 하순은 벚꽃이 흔적도 없이 사라져버리기 때문이다. 호
남고속도로 인터체인지에서 서울 쪽 진입로로 들어서면서 미
호는 어쩌면 오늘 오후나 내일 수의 거짓말을 따라 꽃구경 하
러 오사카행 비행기를 타게 될지 모른다고 생각한다. 미호는
칼로 무베듯 단번에 수와 헤어질 방법을 궁리하면서도 여전
히 수의 말을 믿는 자신을 믿는다.

바다 건너 꽃구경이 한창이다.

《인스워즈》 2001년 3월호

꽃을 본 적이 있다

0

그 여자의 이름은 요라고 하더군요. 이름이 그게 다인가? 내가 그런 표정으로 그 여자의 옆얼굴을 바라보자, 그 여자는 자신을 바라보고 있는 나를 돌아보지 않은 채 그냥, 요예요, 그랬습니다. 그러니까 요일 수밖에요. 그 여자는 고개를 숙이지도 곧추 세우지도 않은 어중간한 상태로 앞에 앉은 사람의 등 쪽을 향하고 있었습니다. 그 여자와 나는 홍콩의 챕랍콕 공항 대기 의자에 나란히 앉아 있었습니다. 서로 초면이었고 나란히 앉은 것은 물론 우연이었지요. 나는 그 여자가 왜 거기에 있게 되었는지 알지 못했습니다. 그러나 아무렇지도 않게 이름 정도는 나눌 수 있었던 것이었지요. 왜냐하면 그 여자와 나는 동일한 모국어 사용자라는 게 분명했기 때문이었습니다. 어떻게 알아봤냐고요? 그 여자가 무릎에 올려놓은 투박한 카메라를 봤습니다. 카메라 끈에 영자로 아남-니콘이라고 씌어져 있었지요. 그렇다고 해서 나는 평소에 아무 여자나 붙잡고 수작을 부리기 좋아하는 남자는 아니었습니다. 오히려 그 반대였지요. 도식이라고 합니다. 최도식, 엘비에스 다큐팀 에이디이지요. 나는 비교적 또박또박하게 그 여자의 옆얼굴에 대고 말했습니다. 아, 그런데 미를 넣으면, 당신 이름에 미를 넣으면 썩 좋을 것 같습니다. 미요. 어떻습니까? 내가 너무 앞질러갔던 것일까요? 그 정도면 그 여자는 나를, 내 얼굴을, 내 눈을 바라보아야 했습니다. 그런데 그 여자는 고개만 겨우 끄덕일 뿐, 가타부타 아무런 반응이 없었습니다. 나는 그 여자의 옆얼굴의 굴곡과 굴곡을 트고 있는 눈과 그 눈을 감싸고 있는 속눈썹의 내밀한 떨림을 주시했습니다. 그 여자는 무엇인가 견디고 있는, 낯선 나와의 거리를 유지하고 있는 듯했습니다. 나는 좀 답답해졌습니다. 그 여자가 나를 바라보기를 바랐습니다. 그 여자는 나와 눈이 마주쳐야 했던 것이지요. 나는 기다렸습니다. 그런데 그 여자는 끝내 내 시선을 받아들이지 않았습니다. 그러니 내가 지어준 미요라는 이름도 가져가지 않았을지 몰랐습니다. 그래도 나는 끈질기게 그 여자의 옆 얼굴에 대고 몇 마디를 더 했습니다. 그 순간은 그리 길지 않았지요. 그러나 계곡의 외나무다리를 건너듯 시간이 조심스럽게 흘러갔습니다. 나는 그 여자가 궁금해지기 시작했습니다. 그 여자를 알고 싶었습니다. 그 여자

와 좀더 오래 있고 싶었습니다. 도무지 나를, 나라고 지칭되
는 세상을 바라보지 않을 수 있는 그 여자가 대단하게 생각되
었습니다. 어떻게 그럴 수 있는가? 그 여자의 이름이 요라는
것, 그리고 그 여자의 카메라가 아남-니콘이라는 것밖에 내
가 아는 것이 없다는 것이 한계로 느껴졌습니다. 그 여자는
절대 자신의 얼굴을 나에게 보이지 않았습니다. 그래서 나는
그 옆얼굴의 본 얼굴, 즉 본 눈과 본 코와 본 입이 부여하는
그 여자의 인상을 가져올 수 없었습니다. 그럴수록 나는 이상
하게 그 여자의 옆얼굴에 사로잡히고 말았습니다. 그것을 나
는 그 여자가 사라지고 나서 분명히 깨달았습니다. 그리고 일
년이 지났습니다. 그 여자는 물론이고 그 여자의 옆얼굴을 내
가 다시 만날 수 있는 기회란 지나간 영화의 여주인공과 해후
하는 것처럼 희박해 보였습니다. 아예 일어날 수 없는 일이었
지요. 옆얼굴에 사로잡힌다? 그렇습니다. 고백하자면 나는 그
날 그 여자의 옆얼굴을 대한 이후 그 여자를 하루도 잊은 적
이 없습니다. 그날 나는 그 여자가 언제 내 곁에서 사라졌는
지 알지 못했지요. 그 여자와 내가 앉아 있던 대기 의자 쪽으
로 내가 몸담고 있는 다큐팀 스탭들이 우르르 몰려왔고, 담
배를 달라는 팀장의 요구에 주머니에서 담배를 찾고, 담배
를 한 개비 빼주고, 다른 주머니에서 라이터를 찾아 건네
고, 잠깐 자리에서 일어나 흡연실을 일러주는 사이, 그 짧
은 사이, 그 여자는 감쪽같이 사라져버렸습니다. 그 여자가
앉았던 자리에 동료인 카메라 기사가 앉은 것을 확인하고 나
는 용수철처럼 앞으로 튕겨나갔습니다. 사방을 둘러봐도 그

여자는, 그 여자의 옆얼굴은 눈에 띄지 않았습니다. 스탭들에게 그 여자를 보지 못했냐고 물었습니다. 그들은 아무도 그 여자를 보지 않았다고, 내 옆에 누가 있었기나 했냐고 되레 묻는 것이었습니다. 탑승 게이트가 닫힐 때까지 나는 거의 제정신이 아니었습니다. 비행기가 이륙하기 직전까지 기내를 세 번씩 돌며 샅샅이 뒤져도 그 여자는 없었습니다. 나는 홍콩에서 서울로 오는 두 시간 반 동안의 비행 시간 내내 그 여자만, 그 여자의 옆얼굴만 생각했습니다. 요라고 했습니다. 요! 한 글자라도 더, 다른 한쪽 눈동자라도 보았다면, 그 여자를 다시 만날 수 있을 것만 같았습니다. 나는 착륙과 동시에 아스팔트 바닥을 전력 질주하는 비행기의 속도에 떠밀려 상실감으로 시달리던 자의식을 놓아버렸습니다. 사람들이 내리고 맨 마지막으로 기내를 빠져나오면서 나는 몽정을 하듯 나도 모르게 눈에서 눈물이 새나왔던 것을 깨달았습니다.

0-0

나는 그녀의 뒤를 쫓아가고 있었습니다. 그녀는 언덕길을 올라가고 있었습니다. 그녀 뒤엔 내가 내 뒤엔 아무도 없었습니다. 아니 있긴 있었습니다. 단체 수학여행을 온 여학생들이 내가 방금 올라온 길목에서 웅성거리고 있었지요. 그러나 그들을 누구라고 할 수는 없었습니다. 내가 누구라고 할 수 있는 것은 그녀였고, 그녀를 누구라고 하는 것은 내가 그녀를 의식하게 되었다는 것이지요. 언제부터 내가 그녀의 뒤를 쫓아가고 있었는지, 그녀가 내 앞에 있었는지 몰랐습니다. 문득 앞을 보니 그녀가 있었고, 그녀는 그녀의 자리를 나는 내 자리를 지키며 가고 있었던 것이지요. 내가 그녀를 쫓아가려고, 또 그녀가 내 앞에 가려고 해서 그런 것은 아니었습니다. 언덕의 끝은 기요미즈데라(淸水寺)라고 했습니다. 그러니까 그녀는, 아니 나는 기요미즈데라로 이어지는 참배길 기요미즈자카(淸水坂)를 걸어가고 있었던 것이었지요. 이른 아침이었고 기요미즈자카 양편에 늘어선 기념품 가게며 불교 용품 가게에서는 분주하게 하루를 열고 있었습니다. 그녀는 나와 같은 일행이 아닌 것 같았습니다. 아, 그때 나는 삼박 사일간 오사카 음식 기행에 침여했다기 히루 지유 시간을 내어 여행사에서 주관하는 교토 일일 여행에 나섰던 것이지요. 오사카 성의 벚꽃도 장관이었지만 교토 시내를 은빛으로 누빈 벚꽃도 그에 뒤지지 않았지요. 기요미즈자카 언덕길만은 기념품 가게에 밀려 벚나무가 들어설 자리가 없었습니다. 나는 그녀를 그 언덕길 이외에 어디에서도 본 기억이 없었습니다. 그녀의 뒷모습, 그러니까 어깨에 닿는 약간 구불거리는 검은 머리채와 무릎선에 찰랑이는 감청색 스커트 자락과 그 아래 가지런하게 뻗은 두 다리, 그리고 검정색 낮은 단화의 뒤꿈치가 내가 볼 수 있는 전부였습니다. 아, 한 가지 더, 기요미즈자카를 거의 올라가서 기요미즈데라로 통하는 인왕문을 눈앞에 두고 계단을 밟으려고 할 때 그녀의 어깨에서 겨드랑이 사이에 걸쳐진 카메라 줄이 눈에 띄었습니다. 아남-니콘. 나는 전기에라도 감전된 듯 그 자리에 얼어붙고 말았습니다. 당장이라도 달려가 그녀의 옆얼굴을 보고 싶었습니다. 내가 멈춰서 있는 잠깐 사이 그녀는 계단을 밟고 올라가 고마이누(고려의 삽살개)가 지키고 있는 인왕문을 비켜서 벚꽃 가루 휘날리는 기요미즈데라 탑 뒤로 쏜살같이 사라졌습니다. 나는 단숨에 계단을 뛰어올라가 흩날리는 꽃잎 저편으로 사라진 그녀의 뒤를 쫓았습니다. 눈을 돌리는 데마다 꽃잎은 아우성치고 그녀의 뒷모습은 눈에 띄지 않았습니다. 그래도 나는 시야를 가리는 꽃잎들을 헤치고 계속 그녀의 뒷모습을 보려고 했습니다. 그녀를 쫓아 기요미즈데라 경내와 그 한켠에 혹처럼 올려붙어 있는 신사까지 허겁지겁 건너지르면서도 나는 집요하게 내가 보고 있는 그녀의 뒷모습이 환각은 아니라고 우기고 있었습니다. 아무리 벚꽃이 순식간에 혼을 몽땅 빼앗아가도 기요미즈데라를 돌아보는 데는 삼십 분, 길어야 한 시간이면 족했습니다. 일본인이 신사에 가서 참배를 하든, 연인이 통과하면 인연이 맺어진다는 전설의 징검돌을 밟든 그 다음엔 누구든 왔던 길로 내려와야 하는 것이었습니다. 나 역시 그녀가 걸어갔던, 내가 그녀의 뒤를 따라갔던 언덕길을 터덜터덜 내려가는 수밖에 없었습니다. 삼십 분에서 한 시간 사이에 수학 여행을 온 또 다른 단체 학생들로 언덕길은 발디딜 틈이 없었습니다. 그녀 생각에 빠지면 빠질수록 나는 일행의 꼬리에서 멀어져 완전히 뒤처지고 말았습니다. 밀려 올라오는 무리들이 그녀에게 고정된 생각을 털어가듯이 내 어깨를, 옆구리를, 발등을 스치고 갔습니다. 내 몸이 언덕 아래로 내려가면 갈수록 그들이 위로 밀어붙이는 힘은 거세졌습니다. 조금만 가면 광장이 나오고 일행들은 나를 기다리고 있을 것이었습니다. 나는 저 아래에서 나를 기다리는 그들이 지루하게, 몹시 갑갑하게 생각되었습니다. 거기까지 역류해 온 발길을 뒤로 돌렸습니다. 무수한 그녀의 뒷모습들이 길잃은 흰나비떼처럼 언덕길에 갇혀 유동하고 있었습니다. 나는 언덕길을 가득 메운 그들에 대고 외쳤습니다. 미요, 미요! 아무도 뒤를 돌아보지 않았습니다. 미요……! 나는 입에서 소리가 빠져나가지 않고 있는 것도 느끼지 못한 채 계속 미요를 불렀습니다. 대답처럼 언덕 끝에서 손짓을 하는 것이 있었습니다. 올라갈 때는 보이지 않던 키작은 고목이 검은 가지를 날개처럼 벌리고 서 있는 것이었습니디. 고목의 수령은 몇백 년은 되어보였습니다. 고목에 비하면 꽃이 피고 지는 것은 한순간이라고 누군가 옆에서 속삭이는 것 같았습니다. 그래요. 고목에 꽃이 찾아오려면 한 세기가 필요할지도 몰랐습니다. 그것을 깨닫는 순간 고목의 존재야말로 나에게는 환각처럼 보였습니다. 나는 다시 돌아설 수도 위로 올라갈 수도 없이 찰나의 환각을 붙잡고 있었습니다. 저 아래 나를 기다리고 있는 것은 세상이었을 것입니다. 앞으로도 뒤로도 한 발짝도 움직일 수 없는 지점에서 나는 무엇인가 덧없는 봄날의 흰 꽃잎처럼 귓불을 간질이며 지나가는 것을 보았습니다. 어디로든 발을 떼어야 했습니다. 한 발을 들어올리며 나는 입속에서 웅웅거리는 말을 가만히 내려놓았습니다. 꽃을 본 적이 있다.

교보문고 웹진 《펜슬》 2001년 5월호

치사 致死

가도 아주 가지는 않는다고 했다. 곧 돌아올 거라고 했다.
곧. 봉수는 미스 유의 그 말을 믿었다. 그러나 미스 유는 돌아
오지 않았다. 유달산 등성이 너머로 계절이 네 번 지나가고도
서른사흘. 봉수는 하루도 빠짐없이 동백 다방의 지하 계단을
밟았다. 동백 다방의 외짝 유리문을 밀치면 미스 유가 여전하
게 수족관 옆에 앉아 있을 것만 같았다. 빈 자리만 확인하고
허망하게 발길을 돌려 올라오는 계단 끝에는 사시사철 플라
스틱 동백이 붉은 꽃 몸을 내보이고 있었다. 봉수의 그 다음
발길은 여객선터미널이 있는 선창을 거쳐 목포역 광장이었
다. 욕조를 갖고 싶어요. 봉수가 무엇을 갖고 싶냐고 묻자 미
스 유는 번번이, 갖고 싶은 것이 아무것도 없어요, 라고 대

답했다. 그래도 봉수는 무엇인가를 미스 유에게 안겨주고 싶
어 미칠 지경이었다. 미스 유는 자신이 뭘 갖고 싶은지, 곰곰
이 생각하다가, 정말 아무것도 갖고 싶은 것이 없어요, 라고
대답해서 봉수의 다리 힘을 주욱 빼곤 했다. 미스 유는 진심
으로 하는 말이었다. 아무것도 어리지 않은 미스 유의 정갈한
눈동자가 그것을 말해 주고 있었다. 그러다 어느 날 미스 유
는 석류가 붉은 속살에 밀려 벌어지듯이 무심히 입을 열었다.
욕조를 갖고 싶다는 거였다. 동백 다방 담벼락 너머로 라일락
꽃 향기가 암내를 풍기듯 뭉텅 쏟아지던 화창한 봄날 대낮이
었다. 가만, 욕조라면…… 욕조라는 말을 듣기 전까지 봉수
는 미스 유가 원하는 것이라면 뭐든지 해줄 수 있을 것 같았
다. 그냥 해본 소리예요. 미스 유는 서둘러 말을 거두었다. 미
스 유의 눈가에 눈물처럼 수심(愁心)이 번졌다. 미스 유가 숨
을 한번 내쉬자 수심은 곧 개었다. 살갗에 잔주름이 일었다.
봉수는 비바람 몰아치는 부두에서 미스 유와 서 있던 장면을
떠올렸다. 그날 미스 유는 갑작스럽게 봉수에게 안겼다. 멀리
북제주 쪽에서 거세게 달려오던 바람이 고하도(高下島) 이마
위에 검은 구름덩어리를 얹어놓더니 급기야 굵은 빗방울을
쏜살같이 흩뿌렸다. 봉수는 이게 꿈인지 생시인지 비에 젖어
드는 미스 유의 어깨를 어루만지며 그녀 등뒤에서 꿈틀대고
있는 것이 먹구름인지 집채만한 파도인지 아뜩해져서 눈물을
비질비질 내뿜고 있었다. 애태우던 여인을 품에 안은 사내의
감격스러운 눈물이었다. 미스 유의 눈에서도 눈물이 흘렀다.
그러나 봉수는 미스 유의 가슴속 무엇이 눈물을 밀어내고 있

는지 알 수 없었다. 터질 듯한 기분으로 웃음이 절로 번지는 봉수의 얼굴과는 생판 다르게 미스 유의 젖은 얼굴이 몹시 힘겨워 보였던 것이다. 그러나 가슴에 품은 너무도 이질적인 감정이 오히려 격렬한 위안을 일으키는 일도 있었다. 봉수는 그 뜻모를 열정에 심하게 마음이 요동쳤다. 음, 욕조라면……봉수는 여전히 대답하기 애매했다. 욕조를 산다 치더라도 미스 유는 그걸 어디에 놓을 것인가? 단칸 셋방에, 그것도 월세로 기거하고 있는 처지에. 아니, 미스 유의 말은 곧이곧대로 욕조 하나 갖겠다는 것은 아닐 것이었다. 봉수는 차츰 그렇게 이해해갔다. 그러면서도 봉수는 미스 유의 욕조에 대한 욕망을 읽은 후 욕조 생각을 단념할 수 없었다. 그 말을 하기까지 미스 유의 정처가 봉수의 마음을 한없이 욕조로 잡아 끌었다. 욕조를 갖고 싶다는 미스 유의 그 말은, 그녀가 바람 많은 이 부두를 뜨지 않겠다는 뜻이었다. 미스 유의 마음속에 봉수가 자리를 틀었다는 말이었다. 봉수는 물결 치는 부두가로 내달려서 드넓은 바다에 대고 외치고 싶었다. 유달산 꼭대기에라도 뛰어올라가 고함 치고 싶었다. 미스 유, 미스 유우!

❦

　봉수는 자나깨나 욕조 생각뿐이었다. 한 달쯤 또는 그보다 사흘쯤 더 걸릴지도 몰라요. 봉수는 미스 유가 이른 대로 한 달하고 사흘이 지나면 정말 돌아올 것으로 알았다. 아주 돌아오기 위해 필요한 시간이라고 믿었다. 봉수는 어떻게 해서라

도 미스 유가 꿈꾸던 욕조를 마련해 주려고 했다. 욕조를 갖
게 하려면 욕실 딸린 버젓한 집을 구해야 했다. 그런데 봉수
가 욕조 생각에 정신이 팔려 있는 사이 미스 유가 가방을 들
고 나타난 것이었다. 봉수는 동백 다방 입구에 세워둔 낡은
오토바이에 미스 유를 태우고 목포역으로 갔다. 봉수의 등뒤
에서 미스 유의 분홍색 스카프가 바람에 펄럭였다. 호남선 완
행 열차에 자리를 잡은 미스 유는 열차 밖에 서 있는 봉수의
눈앞에서 스카프를 바로 매었다. 가도 아주 가지는 않는다고
했다. 곧 돌아온다고 했다. 미스 유가 떠나자 동백 다방이 있
는 유달동은 물론 항구 전체가 텅 빈 것 같았다. 봉수는 미스
유가 순천으로 갔는지 무안으로 갔는지 서울로 갔는지 알 수
없었다. 순천에는 미스 유의 남편과 어린 딸이 살고 있다고
했다. 무안에는 미스 유의 친부가 살아 있다고 했다. 남편이
나 어린 딸이나 친부나, 남과 다름 없는 관계라고 했다. 차라
리, 남이었으면 좋겠다고 했다. 그러나 미스 유가 어디에서
왔는지, 본명은 무엇이고, 나이는 몇 살이나 되었는지 미스
유 자신 이외에는 정확히 알지 못했다. 미스 유가 자못 진지
하게 순천에서 왔다고, 혹은 무안에서 왔다고, 이름은 소화
라고, 혹은 석화라고, 그리고 나이는 서른다섯이라고, 혹은
서른셋이라고 해도, 그 말을 곧이 듣는 사람은 없었다. 미스
유를 보려면 동백 다방으로 가면 되었다. 동백 다방의 홍 마
담은 가계 내력으로 보자면 엄연히 봉수의 이모였지만, 정확
히는 그 옛날 어머니의 계모가 데리고 들어온 동생으로 봉수
와는 피 한 방울 섞이지 않은 완전한 남이었다. 스물아홉에

청상과부가 되어 봉수네가 사는 목포로 내려오기 전까지 말로는 산전수전 풍수전, 공중전까지 다 겪었다고 우스갯소리를 늘어놓았지만 홍 마담은 일단 차리고 나서면 어디다 내놔도 뭇사람들의 시선을 끌어모으는 묘한 귀티가 흘렀다. 홍 마담은 천성이 풋풋하고 모질지 못해 몸도 마음도 헤프게 퍼주는 성격으로 그런 만큼 말 못할 상처도 많았다. 봉수는 어려서부터 홍 마담 가까이에서 심부름이란 심부름은 죄 도맡아 해주었고, 선창으로 곰솔로 심지어 영산강 하구둑 너머 암소머리까지 이어지는 심부름 끝에는 한숨과 함께 터지는 가슴앓이를 들어주곤 했다. 봉수가 홍 마담의 손짓에 이리 뛰고 저리 뛰는 꼴이 어쩌다 노파의 눈에 띄기라도 하면 홍 마담은 몇 날이고 두고두고 욕바가지를 뒤집어써야 했지만 봉수나 홍 마담이나 노파의 험구를 개의치 않았다. 봉수는 홍마담의 손짓이 떨어지기가 무섭게 동에 번쩍 서에 번쩍 신나게 내달렸고 홍 마담은 그런 봉수를 끔찍이도 살갑게 여겼다. 오갈 데 없는 미스 유를 무작정 홍 마담에게 데리고 간 것도 홍 마담의 포근한 성정을 속속들이 알고 있는 봉수로서는 당연한 일이었다. 홍 마담은 한 달 정도 미스 유를 겪어보고 나서 지나가는 말로 미스 유가 실제 마흔 살쯤 되었을 거라고 해서 봉수를 놀라게 했다. 그렇게 말하는 그녀의 표정에는 애써 질투심을 감추려는 어색함이 스쳐지나갔지만, 봉수가 그 미묘한 뉘앙스를 읽어내기에는 역부족이었다. 홍 마담은 봉수가 데리고 간 여자를 두말 않고 받아들여서는 동백 다방을 드나드는 낯익은 얼굴들한테 조카딸 〈미스〉 유예요, 라고 소개했다. 동백 다방을 찾는 사람들은 그날로 소화 혹은 석화를 미스 유라 불렀다. 미스 유가 마흔 살쯤 되었다는 홍 마담의 말이나 〈미스〉 유라는 호칭을 귀기울여 듣기는 했지만 봉수는 나름대로 미스 유가 스물아홉이나 서른하나나 둘쯤 되었을 거라고 짐작하고 있었다. 처음 미스 유를 보았을 때는 그것도 아니었다. 솔직히 말하면 봉수는 미스 유가 자신의 자전거포 마당에 들어서는 순간, 사람이라는, 한 여자가 들어와 서 있다는 느낌이 아닌, 어떤 바람, 어떤 혼이 들어와 서 있는 이상야릇한 환각에 사로잡혔다. 손가락으로 툭 밀면 등뒤에서 쏟아지고 있는 뿌연 빛살 속으로 꺼져버릴 듯이 존재감이랄지 무게감이 전혀 느껴지지 않았다. 그럼에도 불구하고 그러한 초월적인 가벼움을 지닌 그 존재는 난생 처음 보는 얼굴임에도 강렬한 친화력으로 봉수를 끌어당겼다. 미스 유를 기다리던 일년하고 서른사흘이 되도록 봉수는 단 하루도 그 순간을 생각하지 않고 보낸 날이 없었다.

너무 더워요. 난생 처음 보는 여자가 그렇게 말을 할 때, 봉수는 자전거포 마당에 쭈그리고 앉아 이 빠진 자전거 바큇살을 교정하고 있었다. 봉수가 여자를 올려다보자 그녀는 자신의 그림자가 봉수에게 드리워져 있음을 의식하고 발 한짝을 껑충 앞으로 내딛었다. 얼굴에 땀이 배이지는 않았지만 여자의 입술은 시든 나팔꽃처럼 해벌죽 벌어져 있었고 눈은 감길

듯이 졸아들어 있었다. 숨 좀 쉬려고요. 여자는 가슴팍을 앞
으로 들썩이며 단층짜리 자전거포 건물 맞은편 길가에 늘어
서 있는 비파나무에 눈길을 주었다. 커트 스타일의 옆 모습이
학수네 만화방에서 본 일본 여자 같은 인상을 풍겼다. 봉수는
손끝으로 매만지던 자전거 바퀴살을 그대로 내려둔 채 안으
로 들어가서 탁자 위에 놓여 있던 생수통과 종이컵을 가져왔
다. 여자에게 생수를 건네는 손가락에 거멓게 기름때가 끼어
있었다. 손마디며 손톱이 늘 그래왔는데 그날 따라 유난히 거
뭇해 보였다. 봉수는 일순 낯이 붉어져서 여자에게 억지로 안
겨주듯이 생수와 종이컵을 뭉텅 넘겨주었다. 생수통을 받아
든 여자의 손이 눈처럼 희고 촉촉했다. 봉수는 여자의 손에
닿은 시선을 무르츰하게 밑으로 내리깔았다. 그러자 이번엔
슬리퍼 밖으로 비어져나온 자신의 엄지 발톱이 눈에 들어왔
다. 손톱과 마찬가지로 발톱에도 먼지때가 끼어 있었다. 봉수
는 얼른 발가락을 안으로 말아들였다. 이상하게 낯이 익어요.
봉수는 손톱 새에 낀 검은 때를 다른 손톱으로 파내고 있다가
자신에게 하는 말인가 하고 여자의 얼굴을 겨우 바라보았다.
손톱에 낀 때 때문에 얼굴이 붉어진 봉수와는 상관없이 여자는
빛 때문인지 목을 조르는 폭염 때문인지 눈부셔하면서 자전거
포 건너편 골목 어귀에 늘어서 있는 비파나무를 바라보고 있었
다. 봉수는 낯이 익다고 가리키는 것이 비파나무라는 것이 의
외였다. 여자가 왜 비파나무를 보고 낯이 익다고 하는 것인지
몰라도 그 나무에 대해서라면 봉수에게도 할 말이 있었다.
비, 비, 비파, 나, 나무래요. 이, 이십 년, 전, 전에요.

네, 이십 년 전, 어, 어머니가 얻어, 얻어다 심었어요. 여, 여
기 아, 아니면 보기 드문 나, 나무라, 나무라고 해, 해요.
그러나 나, 난 매일같이 보, 보니깐…… 봉수는 심하게 말을
더듬었고 여자는 인내력을 가지고 촌충의 마디처럼 끊어졌다
이어지는 봉수의 말을 새겨들었다. 평소 맨처음 만나는 사
람, 특히 여자 앞에서 말을 더듬거리는 버릇이 있기는 했어
도 그날 여자 앞에서처럼은 아니었다. 봉수는 느리게 분절되
어 나가는 자신의 말이 스스로 듣기에도 답답하기 짝이 없었
으나 일단 말을 꺼낸 이상 마무리해야 한다는 이상한 오기가
발동했다. 그러니까 이십 년 된 비파나무군요. 봉수가 언제
더듬거렸느냐는 듯이 여자는 아무렇지도 않게 봉수의 말을
완성하고 생수통을 열어 종이컵에 물을 따랐다. 오, 오가는
사람들이 하, 하는 말이 그, 그렇다는 거, 겁니다. 여자는
봉수에게 종이컵을 내밀었고 봉수는 안에서 울리는 전화벨
소리에 종이컵을 여자에게 도로 물리고 자전거포 안으로 들
어갔다. 밖으로 나온 봉수의 손엔 칠이 벗겨진 낡은 의자가
들려 있었다.

그날 이후 의자는 그 자리에 놓여 있었다. 온다던 사람은
오지 않고 보기 싫은 노란 꽃만 지천으로 피어댔다. 봉수는
하루하루 늘어나는 봄볕에 햇빛 바라기를 하면서 하릴없이
기름때 전 마당에 미스 유, 하고 써보았다가, 석화, 하고

써보았다가 도로 손바닥으로 지워버렸다. 가을이 깊었고 멀리 고하도 쪽에서 뱃고동이 울었다. 봉수는 구그륵, 구그륵 비둘기 소리로 울었다. 아니 자전거포 담가의 비파나무가 하얗게 눈을 뒤집어쓰고 무거운 몸을 낮추는 겨울 밤이면 봉수의 입에서 새끼 고양이 울음 소리가 났다. 낼 모레면 마흔을 바라보는 사내의 것이라고는 도무지 믿어지지 않는 가냘픈 소리였다. 의자는 늘 그 자리를 지키고 있었으나 아무도 그 위에 앉지 못했다. 홍 마담은 물론이고 어쩌다 지팡이를 휘두르며 등 굽은 몸을 이끌고 나온 노파가 앉으려는 것조차 봉수는 허락하지 않았다. 지지리도 못난 놈! 노파는 의자만 보면 질겅질겅 껌을 씹듯 담배를 삐식삐식 빨아대며 연기처럼 뿜어져나오는 욕지기를 뱉어냈다. 계집 맛을 봤으믄 다리 몽둥이 부러뜨려서라도 아랫묵에 콱 부려놨부렀어야지, 닭 쫓던 망아지모양 하날 허공만 바라보믄, 아니 줄 끊어진 연모양 제멋대로 날아간 계집년이 돌아온다냐 뭣헌다냐, 힝! 봉수의 자전거포 마당에 미스 유가 들어서지 않았다면, 미스 유는 목포를, 동백 다방이 있는 유달동을 그냥 지나가고 말았을 것이었다. 그것은 봉수가 미스 유를 기다리며 내내 다지르던 생각이었다. 고등학교 때 아킬레스건염으로 마라토너의 꿈을 접고 똘만이들과 어울려 주먹깨나 휘두르며 뒷골목을 전전하긴 했어도 봉수는 부둣가 비바람 속에서 얼떨결에 미스 유를 껴안을 때까지, 우습게도, 숫총각이었다. 그리고 미스 유를 오토바이 뒤에 태우고 목포역으로 향할 때까지도, 봉수는, 여전히 숫총각이었다. 호남선 완행 열차에 미스 유를 실려보낸

후 봉수는 애가 끊어지는 고통 속에 후회하고 또 후회했다. 미스 유는 언젠가 한번 봉수를 간절히 원했다. 봉수는 그때 미스 유를 품었어야 했다. 그러나 봉수는 밤이면 미스 유를 향해 세차게 몰아치던 욕정이 미스 유의 희디흰 손과 맞닥트리면 급격히 졸아드는 것을 어찌할 수 없었다. 미스 유는 가뭇없이 사그라드는 봉수의 물건을 한 손으로 감싸 쥐어주며 다른 한 손으로는 투정난 아기를 달래듯 봉수의 실팍한 엉덩이를 쓰다듬어 주었다. 바, 바람 많은 이, 이 항구에 어, 어떻게 온 거요?…… 무참하게 첫 관계가 끝난 일주일 후 봉수가 미스 유의 마음을 돌려본다고 찾아가 가까스로 건넨 말이었다. 미스 유를 만나 첫날 이후 말더듬은 많이 가셨다. 미스 유는 동백다방 담가에 세워놓은 봉수의 낡은 오토바이 손잡이를 쥐었다 놓았다 했고, 봉수는 오토바이 발판에 한 발을 올려놓고 제법 거칠게 시동을 걸어 부르릉거리며 미스 유의 희고 촉촉한 손등을 바라보았다. 둘 다 순간적으로 정해진 위치에서 그것이 대답이라도 되는 양 정해진 행위를 반복하고 있었다. 봉수는 오토바이 엔진 소리가 요란하게 울려퍼질수록 목구멍으로 꾸역꾸역 치밀어 올라오는 것을 억지로 디밀어넣느라 아랫배에 힘을 주었다. 그러다 용기를 내어 미스 유의 손등 위에 자신의 뭉툭한 손을 터억 올려놓았다. 그때 부르릉대는 오토바이 소리를 뚫고 어디선가 오래된 노랫소리가 들려왔다. 소리는 점점 자전거포 뒷골목으로 다가왔다. 야채 트럭 장사가 지나가는 모양이었다. 사공의 뱃노래 가물거리며…… 봉수의 발에서 엔진 소리가 잦아들었다. 봉수는 미스 유의 손등을 가볍게 눌렀다. 그리고 미스 유의 눈을 들여다보며 속으로 물었다. 당신은 누구요? 어디서 온 거요? 봉수의 속마음을 읽기라도 한 듯 미스 유는 들릴락 말락 스피커에서 흘러나오는 「목포의 눈물」을 따라 불렀다. 삼학도 파도 깊이…… 그러다가 바로 눈앞에 밀려오는 파도를 재빨리 타넘는 사람처럼 목소리를 높였다. 생각이 났어요. 봉수는 미스 유의 손등에 올려진 자신의 손을 조금 움직여 미스 유의 손가락을 모아쥐며 물었다. 무, 무슨 생각? 미스 유가 잡고 있던 오토바이 손잡이에서 손을 떼며 오토바이 몸체를 바로 세웠다. 봉수도 몸을 곧추 세우며 다리 한짝을 벌려 오토바이 의자에 걸쳤다. 미스 유가 오토바이 뒤에 올라타면서 봉수의 등을 밀었다.

이상하게 낯이 익다 했어요. 비파나무 말예요. 등뒤에서 들려오는 미스 유의 소리에 귀를 기울이느라 봉수는 오토바이를 조심조심 몰았다. 비파나무 늘어선 골목을 빠져나와 여객선터미널을 지나 삼학도를 돌고 남농기념관 앞을 지날 때까지 미스 유는 말문을 닫지 않았다. 뒤로 밀려가는 바람줄기가 두 사람의 몸을 감미롭게 하나로 묶어놓았고 봉수는 내처 영산강 하구둑까지 달렸다. 오토바이 위의 두 사람은 마치 숨쉬기 조절에 승패가 달려 있는 마라토너처럼 조심스럽게 숨을 주고받고 있었다. 그 순간은 꼭 둘이 한 몸 같았다. 미스 유를 태우고 달리면서 봉수는 잃어버렸던 감각을 되살리듯 오래전

자신의 이력 중에 망각 깊숙이 매몰시켜야 했던 한 시절을 떠올렸다. 그 시절 봉수는 달리는, 아주 잘 달리는 소년이었다. 홀어미 슬하에 민들레 홀씨처럼 선창가에 떨궈져서 무엇 하나 내세울 게 없는 처지였지만 타고나기를 신화 속의 아킬레스처럼 발이 무척 빨랐다. 그러나 아이로니컬하게도 봉수에게는 달리기 영웅의 이름을 딴 그 아킬레스건이 문제가 되어 달리기를 포기해야 했던 아픈 기억이 있었다. 장딴지가 당겨서 뒤꿈치로 발을 딛고 서 있을 수 없을 지경이 될 때까지 봉수는 자신의 뒤꿈치 위로 올려붙은 근육 이름이 아킬레스건이라는 것도 몰랐다. 봉수가 마라토너의 꿈을 키우기 시작한 건 특별히 잘 달리는 재주가 있는 걸 알게 된 초등학교 오학년 때부터였다. 홍 마담의 심부름이 절정에 달했을 때 봉수는 목포는 물론이고 전라도 청소년 대표 선수로 뽑혔다. 봉수는 머지않아 베를린을 열광시킨 손기정처럼 되고 싶었다. 자전거포 자리에서 과일장사를 하던 노파는 봉수가 달리기에서 따온 수많은 메달을 곶감 두루미처럼 벽에 주렁주렁 매달아 놓았다. 봉수와 마찬가지로 아킬레스건이 무엇인지도 모르던 노파는 봉수의 장딴지와 발 뒤꿈치 사이에 들어 있는 점액낭이 곪아들어간다는 사실을 알고는 기절초풍을 해서 한 사흘 기를 펴지 못하다가 어디에서 듣도보도 못한 나무를 얻어다 가게 앞 골목에 심었다. 비파나무 뿌리가 땅속으로 힘차게 파고들어갈수록 봉수의 아킬레스 힘줄도 튼실히 힘을 받아 살아난다는 것이었다. 비파나무는 하루하루 잎을 불리고 키를 늘이고 열매를 맺어도 봉수의 아킬레스건은 회복되지 않았다. 노파는 과일가게 벽에서 메달들을 떼어냈고 봉수는 그 자리에 자전거포를 열었다. 자전거포 전신이 과일가게였다는 말을 듣지 않았다면 미스 유는 비파나무를, 그 골목을 끝내 생각해 내지 못했을 것이었다. 봉수는 미스 유를 호남선 완행열차에 실려보내고 돌아서면서 뒤늦게 그런 생각이 들었다. 과일가게엔 탐스럽게 익은 노란 바나나가 있었어요. 바나나란다. 내가 수북이 쌓인 과일전에서 유난히 황금빛을 내고 있는 바나나 송이에서 눈을 떼지 않고 서 있자 과일과게 아줌마가 말해 줬어요. 지금처럼 바나나가 흔하지 않아서 내가 처음 바나나를 보고 신기해서 그러고 있는 거라고 생각했던 거죠. 그러나 난 이미 바나나를 알고 있었어요. 먹어본 기억이 있었죠. 엄마의 친척 오빠라는 환기 아저씨가 사온 적이 있었어요. 아주 춥고 까만 밤이었는데, 환기 아저씨가 엄마 방에 와 있었어요. 아저씨는 배를 타고 멀리 바다를 돌아다니는 외항선원이라고 했어요. 처음 보는 얼굴이었죠. 바나나란다, 머, 먹어봐. 아저씨는 잠에서 깨어난 내 눈을 내려다보며 바나나를 하나 까주었어요. 술술 벗겨지는 바나나 껍질도 뭐라 말할 수 없이 신기하고 감미로웠지만 나를 자상하게 내려다보던 아저씨의 눈빛도 밤처럼 까맣고 촉촉한 게 신비로웠어요. 얼마나 감동을 했던지 아저씨가 더듬는 말소리조차 귀에 들어오지 않았어요. 오직 나를 바라보는 눈빛과 바나나를 벗기는 행위만이 나를 사로잡았던 거죠. 나는 바나나를 덥석 베어 물으며 아, 이게 꿈은 아니겠지? 하며 허벅지 살을 살짝 꼬집어 보았어요. 꼬집은 살이 역시 살짝 아팠고, 입안에 든 바나나 조각이 아픔을 앗아가듯 목구멍 속으로 사르르 녹아내렸어요. 엄마는 아저씨에게 옷장 서랍 맨 아래칸에 준비해 두었던 검은 양말과 하얀 셔츠를 내주었고 그날 이후 아저씨도 바나나도 다시 보지 못했어요. 엄마는 옷장 서랍 맨 아래칸에 아저씨가 벗어놓고 간 까만 양말과 하얀 셔츠를 빨아 개켜두고는 향기 나는 꽃들이 사방에서 속살대는 봄밤이나 별무리가 하늘을 옮겨다니는 겨울밤이면 그것을 열어보았어요. 나는 왠지 모르게 아저씨를 기다리고 있었어요. 절대적으로 바나나가 그리워서 그런 것은 아니었어요. 옷장 서랍을 열어보는 엄마를 등뒤에서 건너다볼 때면 특히 그런 마음이 강하게 들었죠. 그러던 어느 날 엄마가 나를 불러서 조용히 타일렀어요. 엄마가 어디를 좀 다녀와야겠으니, 할머니와 며칠만 살고 있으라고요. 곧 돌아올 거라고요. 내가 여덟 살이 되도록 엄마와 나 사이에 그런 일이 한번도 없었지요. 나는 순간 불안해졌죠. 본능적으로 무서웠어요. 아저씨의 존재가 내 가슴뼈처럼 만져졌어요. 마른 하늘에 먹구름이 덮였고 귓속으로 바람이 휑휑 댔어요. 나는 필사적으로 엄마에게 매달렸어요. 나도 데려가 달라고, 나도 아저씨가 보고 싶다고요…… 미스 유는 북받치는 감정에 겨워 말을 더 잇지 못했다. 봉수의 오토바이도 어느덧 멈춰 있었다. 영산강 하구둑이었다. 바람도 움직이지 않았다. 봉수는 자신의 등에 기댄 미스 유의 몸이 흐트러질까봐 숨도 제대로 내쉬지 않았다. 미스 유의 따뜻한 체온이 한껏 오그라들었던 봉수의 몸을 달뜨게 했다. 봉수는 있는 힘을 다해 미스 유를 안아주고 싶었다. 이제는 미스 유의 따뜻한 몸속으로 들어갈 수 있을 것 같았다. 그런데 바나나를 본 거였죠. 봉수가 몸을 돌리려는 찰나 미스 유가 입을 열었다. 미스 유는 아직 할 말이 남아 있었다. 봉수는 이미 터질 듯이 발기된 자신의 뿌리를 억제하느라 통증을 느꼈다. 특별히 바나나 맛을 기억하던 나는 엄마한테 바나나를 사달라고 했죠. 바나나가 먹고 싶다고요. 엄마는 다음에 사주겠다고, 계집애가 길거리에서 바나나를 먹고 다니는 게 아니라고 나를 타일렀어요. 그래도 나는 바나나를 원했어요. 속살이 부드럽게 베어 물리는 바나나가 너무나 먹고 싶었어요. 내 눈엔 노란 바나나밖에 보이지 않았어요. 엄마는 한사코 안 된다고 했죠. 나도 지지 않고 과일가게 앞에서 한발짝도 움직이지 않았어요. 엄마도 물러서지 않았죠. 왜 안 된다는 것인지 이해가 안 되었죠. 엄마는 조그만 기집애가 웬 고집이 그렇게 세냐고 내 손을 억지로 잡아 끌며 사납게 눈을 흘겼어요. 그러거나 말거나 난 오직 바나나 생각뿐이었어요. 엄마는 달래고 꾸짖다 못해 내 따귀를 찰싹 때렸죠. 나는 엄마의 처참하다 못해 슬픈 표정을 눈앞에 보면서도 아앙 하고 거짓 울음을 터트렸어요. 엄마는 얼굴이 새빨개져서는 안절부절못하며 애원하다시피 해서 나를 과일가게 앞에서 데리고 가려고 했어요. 나는 황소처럼 힘이 세어져서 한발짝도 움쩍하지 않고 더 크게 울어댔어요. 지나가던 사람들이, 과일가게 아줌마가, 그 안에 쭈그리고 앉아 있던 그 아들이 엄마를 힐끔거렸어요. 그럴수록 나는 용기를 얻어 더 크게 울었지요. 엄마가 무안해하는 것이 속으로 고소했어요. 눈물 범벅인 내 얼굴에 그런 앙큼한 마음이

씌어 있기라도 했는지 엄마는 나를 과일가게 앞에 세워두고
는 비파나무 늘어선 골목길을 쌩 하고 빠져나갔어요. 기적 소
리처럼 아련히 뱃고동 소리가 몇 번인가 울렸고 골목은 금세
어두워졌어요. 뱃고동 소리도 멎고 과일가게에도 불이 꺼지
자 어둠은 골목을 삼켜버릴 듯이 나에게 달려들었어요. 엄마
는 아무리 기다려도 나를 데리러 오지 않았어요. 나는 막연히
배가 떠나면, 그 배에 실려 아저씨가 떠나면 엄마가 나를 데
리러 올 줄로 생각했죠. 아무도 나에게 그것을 말해 주지 않
았지만 나는 그냥 알아버린 것이죠, 그냥. 달이 지면 해가 뜨
고 해가 넘어가면 달이 올라오는 아주 단순한, 그렇기 때문
에 피할 수 없는 법칙을 알게 된 것처럼, 그냥요. 나는 주저
앉은 엉덩이를 뒤로 밀어제치며 나무 줄기 속으로 속으로 작
은 몸을 웅크렸어요. 어린 비파나무 줄기에 기대 잠이 들었는
지 눈을 떴을 때 다행히 내 몸은 흔들리는 열차 안에 있었어
요. 그사이 엄마가 어디를 다녀왔는지 나에게 무슨 일이 벌어
졌는지 나에게는 중요하지 않았어요. 그래서 그날을, 내 생
애에 그런 날이 없었기라도 한 듯이 까맣게 잊어버렸는지도
모르죠. 나에게 중요한 건 엄마가 어떤 식으로든 여전히 나에
게 있다는 것이었을 거예요. 엄마는 창밖으로 흘러가는 어둠
만 쓸쓸히 바라보고 있었어요. 모든 것은 제자리로 돌아온 것
이었지요. 목포에 도착해서 선창가에 서서 바다를 바라보고
과일가게 앞을 지나가기 전까지 나는 하루 종일 엄마의 그 모
습을 보았었죠. 그때 나는 아, 꿈이었구나, 과일가게도 바나
나도 비파나무도 뒤도 돌아보지 않고 빠져나가던 엄마의 뒷

모습도 멀리서 들려오던 뱃고동 소리도 꿈이었구나, 그렇게 생각했죠. 정말 꿈이었던 거죠. 지금까지 그것은……망각이라는…… 어린 나이에도 나는 알 수 있었어요. 살아간다는 것은, 기다린다는 것은, 꿈이기도 하지만, 죽음이기도 하구나…… 그 사실을 깨닫자 나는 내 몸에 흐르는 엄마를 느꼈어요. 엄마는 눈물을 보이지 않았지만, 내가 대신 엄마를 위해 울었죠. 나는 엄마가 내 몸처럼 아팠어요. 난 엄마를 슬퍼할 수 있는 내가 자랑스러웠어요. 봉수는 가시처럼 몸에 돋아난 통증을 가까스로 견디며 미스 유의 말이 끝나기를 기다렸지만 정작 미스 유의 말이 그치자 온몸의 힘이 빠져서 고개조차 돌릴 수 없었다. 무엇이 미스 유를 목포에, 자신의 자전거포 마당으로 이끌었는지, 미스 유가 왜 자기에게 잠시 머물렀었는지, 자명해졌지만, 생각하고 싶지 않았다. 욕조를 갖고 싶다던 미스 유의 말만 믿고 싶었다.

미스 유를 기다린 지도 이 년하고 서른사흘이 되었다. 이 년 후엔 봉수 나이도 마흔이다. 봉수는 아무도 없을 때 일손을 놓고 빈 의자 바닥에 가만히 손을 얹어놓곤 했다. 노파가 비파나무를 지나 지팡이를 휘두르며 자전거포 마당에 들어서다가 의자 옆에 쭈그리고 앉아 사위어가는 아들놈의 면상을 보자 눈깔이 뒤집혔던지 자전거포 구석에 있던 연장통에서 망치를 들고 나와 의자 바닥을 박살내 버렸다. 어디에서 그런 힘이 솟구쳐나왔는지 봉수는 휠 대로 휘어버린 노파의 등굽이를 보며 오랜 세월 노파에게 가졌던 연민을 말끔히 씻어버렸다. 가라앉을 대로 가라앉은 무거운 마음을 한 끝에서 예리하게 갉아대던 살욕(殺慾)이 노파의 망치질 소리에 떨려나가는 듯했다. 봉수는 점퍼 주머니에 소주 한 병을 찔러넣고 망가진 의자를 미스 유가 앉았던 오토바이 뒤에 묶고 선창가로 갔다. 고하도 옆으로 저녁 해가 빠져들고 있었다. 의자를 풀어 엉덩이에 걸치고 앉았다. 다리가 비틀리기는 했지만 그럭저럭 앉을 만했다. 뜰 때와 마찬가지로 질 때에도 역시 구름을 거느린 해는 느리게, 또 빠르게 물속으로 들어가고 있었다. 아득히 멀어지는 하루, 해가 실어나르는 그 수많은 하루의 끝자락을 눈앞에 두고 봉수는 지난 밤 보았던 장면을 떠올렸다. 자정 무렵 용건동에서 만화방을 하는 이종 사촌 학수랑 포장마차에 가서 소주나 한잔 걸치려고 가게에 들렀을 때 텔레비전 모니터에 푸르딩딩한 물속이 계속 비춰지고 있었다. 마네킹인지 진짜 사람인지 노란 머리에 화장을 짙게 한 여자가 인어처럼 물속을 가로지르고 있었는데, 그 여자가 지나갈 때마다 뽀르르뽀르르 물거품이 일었다. 봉수는 무심히 화면에 시선을 고정시키고 학수가 문을 닫을 때를 기다렸다. 상하이에는 수주라는 강이 흐르고 그 수주 강물 속에는 인어가 산다고 했다. 그러니까 노란 머리는 수주강의 인어였다. 어, 어린애들 거군! 하고 눈을 돌리려는데 화면 속의 여자가 화면 밖으로 튀어나올 듯이 미끄러지며 정면으로 봉수를 바라보았다. 조금만 방심하면 여자는 그대로 화면 밖으로 솟구쳐서 봉수에게 닿을 것 같았다. 봉수는 학수가 쫓아나와 부르는 것도 아랑곳 않고 중요한 물건을 잊고 온 사람처럼 서둘러 동백 다방 쪽으로 달려갔다. 불꺼진 동백 다방 지하 계단을 한달음에 내려가 외짝 유리문에 얼굴을 들이대고 안을 들여다보았다. 수족관에 부착된 형광등 불빛이 동백 다방의 어둠을 밀어내고 있었다. 낮에는 죽은 듯이 바닥 가까이 떠 있던 물고기들이 보글보글 물거품을 일으키며 수족관 이쪽 저쪽을 분주하게 오고갔다. 바야흐로 그들의 시간이었다. 봉수는 내일이 되면, 혹 미스 유가 돌아올지도 모른다고, 그러면 지금까지 꾸역꾸역 목구멍 안으로 삼켜온 실망을 갚아주고 병처럼 깊어진 서글픔을 말끔히 씻어줄 것이라고 자위하며 계단을 밟고 올라왔었다. 내가 떠나면 날 찾을 건가요? 어젯밤 수주강의 인어는 그렇게 물었었다. 봉수는 지는 해에 얼굴을 묻고 어둠을 투사하던 동백 다방의 물고기와 수주강의 인어를 위안 삼아 소주를 한 모금 들이켰다. 인어가 되어 살아가는 여자가 과거에 했던 말이 꼭 미스 유가 자신에게 하는 말 같았다. 그 말은 곱씹을수록 비난으로 들렸다. 봉수는 지금껏 미스 유를 찾을 생각을 하지 않고 자전거포 의자처럼 붙박여 기다리기만 했던 자신이 답답하게 느껴졌다. 의자를 박차고 일어나 삼학도 쪽으로 몸을 돌렸다. 무안이든 순천이든 가야 했다. 미스 유를 찾아와야 했다. 그러나 그와 동시에 다른 한 생각이 봉수의 목덜미를 잡았다. 봉수가 미스 유를 찾아나서는 순간 미스 유는 돌아오지 않을 것이란 사실을 인정하는 것이었다. 그것은 깨닫고 싶지 않은 진실 같은 것이었다. 미스 유는 온다, 아주 가지는 않는다고 했다, 온다고 했다, 를 수백 번 수천 번 마음속으로 되뇌일수록 그 확신은 미스 유는 오지 않는다, 아주 가버린 것이다, 오지 않는다는 말이었다, 고 완전히 몸을 트는 것이었다. 봉수는 인정하고 싶지 않지만 지금껏 붙잡고 있던 미스 유라는 환상이 바닷속으로 몸뚱이를 내던지는 저녁 해처럼 침몰해 버리는 것 같았다. 해무리가 완전히 수평선 저편으로 사라지자 봉수는 내장이 뒤집어지도록 미스 유가 보고 싶었다. 부숴진 의자를 버리고 머리를 쥐어뜯어도 소용없었다. 봉수는 그 길로 벌겋게 물든 갯내 나는 선창가를 오토바이를 몰고 비틀비틀 달렸다. 오토바이는 그 다음 해에도 그 다음, 다음 해에도 거의 같은 모습으로 선창가를 지나갔다.

✿

미스 유가 떠난 지 오 년하고 서른사흘이 되었다. 봉수는 어느새 훌쩍 마흔을 넘겼고 귀밑에는 수북이 흰 서리가 내렸다. 노파는 이제 땅에 닿을 듯이 등이 휘어 멀리서 보면 땅을 기어가는 늙은 애벌레 같았다. 홍 마담은 용건동에서 갈비집을 운영하는 박 사장과 혼례를 치르고 곰솔로 들어갔다. 곰솔로 들어가기 전에 박 사장네 일가붙이가 사는 광주를 다녀왔는데, 봉수의 마음을 돌려보려고 거짓말을 꾸며댔는지, 사실이 그랬는지, 미스 유를 보았다고, 놀이공원에서 미스 유를 닮은 여자애와 그 아이의 아빠와 함께 사진을 찍는 단란한 모

습을 보았노라고 했다. 봉수는 홍 마담의 말을 곧이 듣지도
않았지만 흘려 듣지도 않았다. 말을 하던 홍 마담이 오히려
무안해져서 뒷걸음질치듯이 봉수네 자전거포를 빠져나갔다.
그날 밤 봉수는 동백 다방의 외짝 유리문을 깨고 들어가 환하
게 불켜진 수족관 몸통을 망치로 내리쳤다. 밤새 가녀린 물고
기들이 찬 바닥에 엎드려 퍼덕였다. 동백 다방은 다음날 문을
닫았다. 홍 마담은 산산이 부서진 수족관과 죽어 널브러진 물
고기들 사이를 재겨 디디며 애석해하기는커녕 어차피 닫을
문이었다고, 동백 다방을 아무도 인수하려 들지 않는 마당에
수족관이야말로 애물단지였다고 홀가분해했다. 봉수는 불끈
쥐었던 손주먹을 질러보지도 못하고 동백 다방의 계단을 되
밟고 올라왔다. 봉수는 기다리는 일이라면 누구보다 자신이
있었다. 예전에 달리기에 그랬던 것처럼. 그런데 이제는 기다
리는 일마저 할 수 없게 되어버린 사실을 인정해야 했다. 봉
수는 미스 유를 향한 사무침에서 오는 배신감과 동시에 세상
으로부터 완전히 버림받았다는 절연감이 엄습해 와 견딜 수
가 없었다. 사흘 밤낮으로 파도 일렁이는 선창가를 어슬렁거
리다가 무슨 결심을 했는지 요란하게 엔진 소리를 내며 오토
바이를 타고 시내로 향했다. 그날부터 봉수의 자전거포 방에
는 욕조가 놓였다.

노파는 욕조를 들여놓은 지 삼 년이 지나도록 그 사실을 몰

랐다. 아흔을 넘기면서 노파는 지팡이를 짚고도 자전거포 마당을 밟을 수가 없었다. 봉수는 하루하루 짧아지는 겨울 해의 미미한 빛살을 바라보며 지팡이를 휘두르며 미스 유의 의자를 박살내던 노파를 잠시 그리워했다. 그때 펄펄 끓어넘치던 노파의 힘줄기를 그리워했다. 그때 봉수는 얼마나 젊었던가. 그런 생각도 깜박 해봤다. 그때를 그리워하는 순간만큼 봉수의 얼굴에 미소가 어렸다. 봉수는 미스 유의 의자가 놓였던 자리로 눈길을 돌렸다. 퀵보드들이 늘씬한 은빛 다리를 뽐내며 주욱 진열되어 있었다. 자전거포에 퀵보드를 가져다놓은 후로 어른들보다 아이들이 뻔질나게 드나들었다. 개중에는 봉수한테 할아버지라 부르는 아이들도 있었다. 그러면 봉수는 이제 막 말을 뗀 서너 살배기 아이들을 번쩍 들어올려서는 세상 구경을 시켜줬다. 아이들은 다음날도 그 다음날도 봉수를 찾아와 봉수에게서 떨어지려 하지 않았다. 봉수는 아이들이 어미 품에 안겨 집으로 돌아가고 혼자 자전거 바퀴를 만지다가 허허, 웃는 날이 많았다. 밤이 되어 자전거를 만지지 않을 때는 마치 욕조가 미스 유라도 되는 듯이 욕조 곁을 떠나지 않았다. 흰 살갗을 어루만지듯이 욕조의 가두리를 손바닥으로 스치곤 했고, 때가 오를까 봐 자전거를 닦는 기름 걸레로 부지런히 먼지를 닦아냈다. 욕조와 함께 생활한 지도 그럭저럭 오 년이 넘었다. 외지에 다녀오거나 병을 앓고 난 후면 봉수는 아예 욕조에 가서 욕조를 들여다보거나 욕조 옆에 누워 쉬었다. 그리고 어두워지도록 미동도 하지 않고 그렇게 있기도 했다. 어둠 속에서 봉수의 손등은 가끔 흰빛을 띠었다.

봉수는 어둠과 그 속에 언뜻 비치는 흰빛 속에 기다림의 속성
을 익혔다. 기다린다는 것은 살아가는 한 방편이기도 했지만
거꾸로 죽어가는 한 모습이기도 했다. 봉수는 달빛을 받아 더
욱 희게 돋보이는 욕조를 끌어안고 미스 유우! 하고 불러보았
다. 봉수의 부름에 어둠만이 힘없이 메아리칠 뿐 봉수는 주인
없는 웅대 속에 결국 미스 유가 떠난 지 이십 년하고 서른사
흘이 되는 날을 내일처럼 보고 있었다. 봉수는 붙잡을 수 없
는 시간을 타넘듯이 욕조 속으로 들어가 늙은 몸을 눕혔다.
그리고 저절로 감기는 눈을 내리 닫으며 생각했다. 그리 나쁘
지 않은 하루였다.

《동서문학》 2001년 여름호

휴일休日

　또 헬기가 지나갔다. 헬기는 이십팔층 오피스텔 왼쪽 상공으로 수시로 지나갔다. 간혹 새벽 한시나 세시에도 헬기가 지나갔다. 헬기는 죽어가는 누군가를 실으러 가거나, 죽어가는 누군가를 싣고 오는 중이었다. 어느 날 자세히 보니 헬기는 노란 줄이 처진 군용 헬기였다. 그날 미선이 내 오피스텔에 왔다. 그리고 그 전날 미선의 아버지, 그러니까 나의 생부는 가루가 되어 강물 위에 뿌려졌다. 미선이 이십 년 만에 만나 나에게 건넨 첫 물건이 생부의 뼛가루를 담았던 백색 자기 항아리였다. 항아리는 부에노스아이레스에서 오고 있는 나의 어머니, 그러니까 미선의 생모에게 전해져야 했다. 그것이 내 어머니와 칠 년간 부부였던 내 생부의 유언이었다. 미선은 내 어머니의 귀국에 맞춰 나에게 왔다.

  오피스텔 왼편 아래로 철도가 나 있었다. 국철 전철이 삼십
분에 한 대씩 지나갔다. 헬기와 국철 전철이 번갈아가면서 지
나가기도 하고, 헬기와 국철 전철이 엇갈려 지나가기도 했
다. 나는 헬기와 국철 전철을 따로 떼어놓고 생각해 본 적이
없었다. 그러나 나는 한번도 헬기와 국철 전철을 타본 적이
없었다. 오피스텔은 지은 지 일년이 채 안 된 신축 건물로 나
는 이십팔층의 십팔층에 살고 있었다. 강이 지척에 있다고 해
서 리버사이드라는 이름이 붙여졌고, 또 그 강 때문에 다른
지역보다 전셋값이 턱없이 높았는데, 내 오피스텔 어디에서
도 강은 보이지 않았다. 더욱이 나는 강 가까이 접근해 본 적
이 없기 때문에 강이 내 생활에 미치는 직접적인 유익함이 무
엇인지 전혀 느끼지 못했다. 그렇다 하더라도 강으로 인해 밤
에는 오피스텔을 에워싼 고층 아파트 단지 골골이 안개가 자
주 끼었다. 안개는 고층 아파트들 사이에 낀 철로 주변 풍경
을 몇십 년 전 모습으로 돌려주었다. 안개 낀 철길 옆을 지나
다닌 탓인지 나는 가끔 시간이 뒤로 흘러가는 착각을 했다. 잠
자리에 누워서는 철로를 검은 강으로 느끼기도 했다. 내 의식
속의 철로는 동쪽에서 서쪽으로 거뭇하게 흘러가고 있었다.

  미선은 헬기 소리와 국철 전철 소리가 잠시 멎은 사이 나타
났다. 미선이 벨을 누른 것은 오후 두시였으나 나는 아직 잠
에서 완전히 깨어나지 않은 상태였다. 나는 로마에서 일주일

만에 돌아왔고 다음날 한시 반이면 오사카행 비행기를 타야 했다. 미선과 부에노스아이레스에 있는 어머니는 내가 서울에 돌아와 오피스텔에 들어와 있는 그 짧은 사이에 절묘하게 연결되었다. 참으로 싱거운, 그러면서 거대하고 찰나적인 삶의 변칙이 아니고서는 도무지 설명될 수 없는 일이었다. 벨소리를 듣고 문을 열어준 건 나였는데 현관에 들어와 있는 것은 미선이었다. 나는 문 밖에 나가 있었다. 들어와. 내가 할 말을 미선이 했다. 그애의 말투는 나와 주욱 함께 살아온 것처럼 허물없이 들렸다. 거기에는 미선과 헤어져 지낸 이십 년 동안의 공백을 한순간에 메워버리는 혈육의 동질감이 배어 있었다. 미선이 먼저 말을 하지 않았다면 문 밖에 서 있는 것이 미선이고 현관에 들어가 있는 것이 나라고 혼동할 뻔했다. 나는 감쪽같이 나를 보고 있는 듯이 속았다. 특히 미성이 갈라지듯 울려나오는 낮은 목소리. 아무리 잠결이라고 해도 다른 사람을 나로 혼동할 수는 없었다. 그런데 나는 나를 보듯 미선을 보고 있었다. 가볍게 벽체를 흔들며 헬기가 오피스텔 상공을 지나갔다.

헬기가 완전히 지나가고 혼동은 곧 걷혔다. 미선의 얼굴과 내 얼굴이 아무리 똑같다고 하더라도, 아니 목소리의 음색마저 흡사하다고 하더라도 미선이 입고 있는 옷이 나에게는 너무나 생경했다. 미선은 가슴 한복판에 엉덩이가 날염으로 찍힌 흰 티셔츠를 입고 있었다. 가슴에 도드라진 엉덩이의 질감이 너무나 두드러져서 나는 눈을 다른 데로 돌리는 대신 코를

벌름거렸다. 나는 그런 옷을 가져본 적이 없었고 이후로도 그
럴 것이었다. 게다가 예리한 면도날에 쏠려나간 것처럼 귀에
서부터 불규칙하게 커트된 짧은 머리칼은 구릿빛이 도는 얼
굴색과 어울려 공격적으로 보였다. 어디에서 오는 거야? 미선
처럼 나도 앞뒤 사정 없이 뚝 잘라 말했다. 이십 년 만에 미선
을 만나는 순간이었다. 미선에게 말을 건네고 그 앞을 보니
미선이 가져온 엄청나게 큰 가방이 어느새 현관 안에 들여져
있었다. 응, 내린천. 미선이 자신의 임무를 보여주겠다는 듯
이 가방 옆으로 갔다. 보자기로 싼 것을 풀자 앙증맞게 작고
매끄러운 자기 항아리가 나왔다. 나는 짐짓 뒤로 물러섰다.
내린천이란 데는 어제 미선에게 처음 들었다. 인제 내린천 알
겠지? 래프팅하는 사람들한테는 유명해. 급류 타기 말이야.
나는 고개를 젓다가 끄덕였다. 사실 나는 인제라는 데도 그랬
지만 래프팅에 대해서도 잘 알지 못했다. 미선이 항아리를 들
어 나에게 안겨주었다. 물은 어때? 나는 엉거주춤 자기 항아
리를 받아들며 물었다. 미선이 시큰둥한 표정으로 입을 비죽
였다. 좋아, 하지만 거기도 많이 말랐어. 혼자 조각배에 앉아
아버지 뼈를 날리던 것을 회상하는 모양이었다. 구십 년 만의
가뭄인데 내린천이라고 별수없잖아. 배는 떴구? 그야, 아직
래프팅은 하니까. 그래도 겨우 뿌렸지. 급류 타기 하는 데서
야 할 수 없으니까. 미선의 말이 끝나기가 무섭게 뿌우 하고
국철 전철의 경적이 울렸다. 한낮의 경적은 속임수 같았다.

미선과 번갈아가며 입국자 게이트와 게이트 내를 비추는

184

화면을 지켜보았으나 어머니는 끝내 나타나지 않았다. 어디에서부터 일이 잘못되었는지 몰라도 정작 미선과 나를 만나도록 해야 할 사람은 어머니였다. 그러나 그렇게 하기에는 어머니는 너무 멀리 떨어져 있었다. 지구 반대편, 계절이 정반대인 곳에서 달려와야 했다. 어머니도 그렇지만 나는 미선의 아버지, 그러니까 내 생부가 그렇게 일찍 세상을 뜰 줄 몰랐다. 그래서 그렇게 일찍 가루가 되어 강물에 뿌려지리라고는 전혀 예상치 못했다. 게다가 당신의 육신을 담았던 뼈항아리를 옛 아내, 그러니까 내 어머니에게 전해 주라는 유언 따위를 남긴다는 것은 도대체 이해할 수 없는 일이었다. 그런데 그런 일이 벌어졌고, 미선과 나는 그다지 절박하지 않게 지구 반대편에서 오고 있는 어머니를 기다려야 했다.

오사카로 떠나기 직전 태평양 상공을 가로질러 어머니에게서 핸드폰으로 국제 전화가 왔다. 일주일 후에나 도착할 것이라고 했다. 나는 막 비행기를 타려던 참이었고 그곳 항공편이 여의치 않다는 것 이외에 정확한 사정은 전달되지 않았다. 어머니는 미선을 붙잡아두라고 간곡히 당부했다. 미선은 할 수 없이 그때까지 내 오피스텔에 머물기로 했다. 생부의 뼈를 담았던 항아리는 소파 맞은편 벽에 위패처럼 모셔졌다. 나는 처음 미선에게 그것을 받아들고 어디에 두어야 할지 우왕좌왕했다. 열여덟 평이라고 해도 실내 한켠에 나선형 계단을 설치해 천정 아래 다락을 만들어 위 아래를 합친 평수라 아래층에는 책상과 컴퓨터, 소파 그리고 이런저런 음향 기기들이 차

지해 빈 공간이 없었고, 위층에는 텔레비전과 매트리스를 겨
우 들여놓은 그야말로 침소였다. 미선은 둘러볼 것도 없이 소
파 맞은편, 일렬로 비디오를 쌓아둔 벽에 그것들을 치우고
항아리를 놓았다. 문을 남쪽 방향으로 잡으면 거기가 자리라
고 했다. 미선이 하는 대로 내버려두었다. 나는 생부의 임종
은 물론 뼛가루조차 만져보지 못했다. 하얀 가루가 공기에 스
미듯 허공을 날릴 때 나는 비행중이었다. 나는 빈 뼈항아리에
대고 절을 하는 수밖에 없었다. 아이고, 아이고, 아이고, 꺼
꺼이. 나는 나도 모르게 내질러지다가 역류하듯 입 속으로 되
물려들어가는 내 소리를 환청처럼 들었다.

그날 밤 나는 잠을 설쳤다. 미선은 나선형 계단을 밟고 침
대로 올라갔고 나는 거실 소파에 잠자리를 잡았다. 소파 맞은
편에 놓인 뼈항아리는 어둠이 깊어질수록 뿌욤한 빛을 내뿜
었다. 눈을 감아도 불룩한 뼈항아리 뚜껑이 자꾸 거슬렸다.
그것을 열어놓으면 혼이 안식을 구하러 들어갈 수도 있을 텐
데 꽉 닫혀 있어서 허공을 헤매고 있는 듯했다. 미선의 손가
락 사이로 부서져 날리던 가루 가루마다 혼이 사뿐사뿐 옮겨
다니는 환영이 보였다. 그런 영상이 밤새 눈앞에 흘러갔다.

사흘 후 오사카에서 돌아와보니 미선이 표나지 않게 집을
말끔히 치워놓았다. 뼈항아리는 그 자리에 그대로 있었고, 식
기며 세면대, 수건까지 제자리를 지키고 있었으나, 어딘지
살림에 손을 댄 흔적이 역력했다. 눈 닿는 데마다 윤기가 흘

렸다. 그 윤기 때문인지 실내가 한층 밝아 보였다. 나는 그런 내 집이 서먹해졌다. 사실 나에게 집이란 하늘과 하늘을 이동하는 사이 사이 땅에 내려와 잠시 쉬는 곳 이상의 의미가 없었다. 미선은 집에 대한 방심이 나보다 크면 컸지 그보다 못할 거라고는 생각하지 않았다. 그런데 양아치를 방불케 하는 분방한 차림새와 말투와는 달리 미선은 의외로 세밀한 구석이 있었다.

미선의 기척이 느껴지지 않아 돌아보면 미선은 오피스텔 왼쪽 복도 끝 난간에 서서 신축 중인 대규모의 병원 공사장을 내려다보고 있었다. 난간에 착 달라붙어 있는 미선의 뒷모습을 보며 나는 순간적으로 아차 했다. 미선이 들고 온 엄청나게 큰 가방의 의미가 되짚어졌다. 가방 옆에서 빛을 발하던 항아리가 흉측한 음모처럼 의미를 행사했다. 아버지란 사람은 정말 빈 뼈항아리를 남기고 싶었을까? 혹 미선이 꾸며낸 이야기는 아닐까? 나는 솜방망이에 뒤통수를 얻어맞은 것처럼 스스로 지어낸 충격에 얼떨떨했다. 나는 내 속에서 꿈틀대는 의심을 억제하며 발자국 소리 없이 미선의 뒤에 다가가 서 있었다. 미선은 용케도 내가 가까이 와 있는 것을 알고 있었던 듯 아무렇지도 않게 고개를 돌렸다. 그리고 스스럼 없이 입을 열었다. 인제에 가본 적 있어? 아니. 그럼 홍천은? 아니. 그럼 어딜 가봤지? 아버지 근처엔 가본 데가 없어, 아무 데도. 그렇군. 나두야. 네가 있는 덴 와본 적이 없지. 엄마도 생각한 적이 없어. 미선은 심드렁하게 천천히 눈을 내리깔고는 바라보던 데를 계속 바라봤다. 너무 반듯해. 숨이 막히고 있어. 나는 복도 모퉁이로 몰려드는 바람을 손으로 휘젓기라도 하듯 어깨를 으쓱했다. 사실 멀리 보이는 병원 신축 공사장도 그 뒤로 보이는 남산타워도 십팔층에서 내려다보면 박제된 모형처럼 적요롭고 아득할 뿐이었다. 헬기가 관악산을 넘어 반포 쪽에서 날아오고 있는 것이 보였다. 오피스텔은 주로 독신자들이 살고 있어서 낮이면 밤보다 더 고요했다. 밤이면 복도 이쪽과 저쪽에 설치된 두 대의 엘리베이터가 스륵거리며 오르내리는 소리만 간간이 들려왔다. 그 소리는 때로 화장터의 화구나 시체 안치실 문이 여닫히는 차가운 메탈 소리를 연상시켰다. 그러나 그것도 벽체를 흔들며 지나가는 헬기 소리나 뿌우 하고 경적을 울리며 다가오는 국철 전철 소리로 대체되었다. 그나마 그런 동요가 있어 조금은 다행이었다.

오피스텔 왼편 철길 위로 육교가 나 있었다. 가두리를 철로 두른 재래식 육교였다. 육교를 건너 가족 공원이 있었다. 원래는 미군 기지였는데, 그 일대가 재개발되면서 가족공원으로 변경 조성되었다. 미선을 데리고 육교를 건너 가족공원으로 갔다. 육교는 폭이 좁았으나 차도와 인도로 되어 있었다. 계단을 밟고 올라가는데 철 테두리를 메운 시멘트 바닥에 아슬아슬하게 작은 틈이 벌어져 있는 것이 눈에 띄었다. 틈이 눈에 밟힌 순간부터 틈을 밟기가 꺼려졌다. 틈을 밟고 올라가면서 나는 어쩔 수 없이 내 몸에 난 숨구멍을 의식했다. 숨구멍을 비집고 나온 털들이 비스듬히 일어섰다. 공원은 휴일 나들이 나온 가족들로 붐볐다. 공원에 발을 들여놓기는 처음이었다. 늘 내려다보면서도 그곳에 갈 생각을 하지 않았다는 게 이상할 정도였다. 주차장을 지나 안으로 들어가자 조그만 연못이 있었고, 연못 뒤 너른 풀밭 너머엔 수십 개의 깃발 꽂이가 있었다. 호선을 그리며 서 있는 깃발 꽂이에 깃발이 휘날리는 것을 무심코 바라보았다. 주차장을 지나 연못 가까이 가려는데 옆에서 갑자기 꾸엑, 하고 사나운 짐승 소리가 터져나왔다. 나도 미선도 방심하고 있다가 그 자리에 멈춰 서고 말았다. 오피스텔에서 바라볼 때는 무엇인지 알 수 없던 조류 사육장이 입구 왼편에 있었다. 공원 입구 뻥튀기 장수에게 산 불량 아이스크림을 핥으며 사육장 철망 가까이 다가갔다. 거위 두 마리가 사나운 눈초리로 낯선 사람을 바라보았다. 소리도 그랬지만 그 눈초리가 몹시 위협적이었다. 나는 느닷없이 내 귀에 흉측한 소리가 닿았을 때와 마찬가지로 놀라움과 불쾌감을 동시에 느꼈다. 바람도 불고 늦은 오후였는데 살에 감기는 열기에 가볍게 시달렸다.

어머니는 열흘이 지나도 도착하지 않았다. 여전히 항공편이 여의치 않은지, 태평양 상공을 뚫고 울리던 전화벨소리도 잠잠했다. 부에노스아이레스에서 오려면 상파울로나 로스앤젤레스를 경유해야 했는데, 어머니는 그 어디에도 이르지 못한 것이 틀림없었다. 입밖에 내진 않았지만 그건 예견된 일이기도 했다. 왜냐하면 어머니는 당장 비행기를 탈게, 라고 했지만, 현실은 마음처럼 그렇게 쉽게 움직여지는 게 아니었다. 부에노스아이레스에는 실질적인 내 아버지가 있었다. 미선에게도 나와 마찬가지로 인제에 실질적인 어머니가 있었다. 그들은 사실 미선과 나 사이를 가로막고 있던 형식적인 존재들이었다. 부에노스아이레스가 어느 나라야? 그것이 그때까지 미선이 생모에 대해 물은 유일한 말이었다. 응, 칠레 옆에, 그러니까 브라질 아래 있는 아르헨티나의 수도야. 나는 에둘러 말하는 평소 버릇 그대로 칠레와 브라질을 거친 다음 아르헨티나를 말했다. 멀어? 그렇지, 남아메리카니까. 넌, 가봤어? 아니. 네 일이 돌아다니는 거랬잖아. 응. 근데? 우리나라 상황으로는 일이 거기까지 미치지는 않아, 아직. 경제적으로나 문화적으로나. 그렇게 말하니까 거창하게 들린다, 여행사 직원 같지 않구. 그런가? 사실 난, 가본 데라고는 인제 옆에 있는 홍천밖에 없어. 그리고 여기. 정말이야. 죽었으니 말인데, 꼰대 말야. 무지하게 답답했거든. 나도 그렇지만 한번도 인제 땅을 벗어난 적이 없을걸. 그렇구나. 근데, 어떻게 거기까지 간 거야? 부에노스아이레스? 그래, 부에노스아이레스. 사업차. 사업? 돈푼 꽤나 있었군? 돈은 뭐, 옷 가게 하는 건데. 뭐야, 옷 팔러 거기까지 갔단 말야? 그럼 보따리 장사네? 그렇다고 할 수 있지. 너두 무지하게 한심했겠다, 거기 땜에. 그야, 뭐, 그렇다고 할 수만은 없고…… 그런데 너 나보고 언니라고 하면 안 되겠니?

어머니에게 들은 바로는 내가 언니였다. 그러나 미선은 전혀 상관하지 않았다. 교대라도 하듯이 나는 미선이 오피스텔로 들어오면 나갔고 내가 들어오면 미선이 나갔다. 어머니의 도착이 지연되고 있었지만 미선과 나는 그것을 놓고 머리를 맞대거나 시선을 꽂지 않았다. 열흘이 그렇게 아무렇지도 않게 흘렀다. 이십 년 동안 마냥 그래온 것처럼. 둘이 나란히 앉아 텔레비전을 시청한다거나 하는 일이 많지 않았다. 미선이 거침없이 내 거처로 들어섰을 때는 야릇한 기대감 같은 것이 일었었다. 그러나 그것도 그 순간뿐이었다. 내가 이박 삼일 오사카 지방을 다녀오면서 그 감정은 수증기처럼 증발해 버렸다. 나는 미선과 마찬가지로 아무런 긴장감 없이 미선과 어긋난 채 오피스텔을 들락거렸다.

미선이 나와 가족이 되었음을 뜻하는 조그마한 변화가 있었다. 그것은 미선과 관련해 기억할 만한 것들이 하나둘 늘어난 것이었다. 여행객을 이끌고 교토에서 나라로 이동하는 한 시간 반에 걸친 버스 이동 중에 창밖을 내다볼 때라든지, 오사카에서 서울로 돌아오는 비행 중 기류 이상으로 기체가 허공에서 뚜웅, 하고 심하게 흔들릴 때는 제일 먼저 미선의 얼굴이 떠올랐다. 그것은 생부의 얼굴이 내 머릿속에서 사라진 일곱 살 이후, 아니 내가 대학에 입학했던 칠 년 전 어머니가 부에노스아이레스행 비행기에 양부와 몸을 실은 이후 처음이었다. 가족이 생긴다는 것이 썩 좋을 것도 없었지만 그리 나쁘지만도 않았다. 미선에 대해 아는 것보다 모르는 것이 거의 다였으나 한번 듣거나 보면 뇌리에 박혀 빠져나가지 않았다. 그중 하나, 미선은 사이렌 소리를 광적으로 좋아했다.

어머니가 도착한다고 했던 날, 그러니까 미선이 내 생부의 뼈항아리를 들고 온 날 밤, 미선과 부에노스아이레스가 나오는 비디오를 보았다. 어머니로부터 도착하지 못한다는 국제 전화를 받기까지 뭔가 할 말이 필요했는데 뼈항아리에게 자리를 내준 비디오 테이프 더미에서 「해피 투게더」가 눈에 띄었다. 이거나 볼까? 나란히 소파에 앉았다. 화면은 부에노스아이레스의 뒷골목 여기 저기를 비췄다. 나는 엄마가 부에노스아이레스로 떠난 후 그 비디오를 빌려 보다가 홍콩에 출장 가는 길에 아예 사버렸다. 그래서 이제는 화면을 대충 보고도 이야기가 어디쯤 진전되고 있는지, 다음 대사는 무엇인지 알아맞힐 수 있었다. 엄마는 매번 통화가 끝날 때쯤이면 부에노스아이레스엔 언제 올 거냐고 물었다. 나는 작별 인사 대신 그곳이 겨울이 되면 가겠노라고 말했다. 그러나 그것은 어디까지나 형식적인 것이었다. 거기가 겨울일 때는 여기는 한여름이었고, 여기가 겨울일 때는 거기는 한여름이었다.

여기가 여름일 때, 그러니까 부에노스아이레스가 모처럼 겨울일 때, 여행사로서는 특성수기였으므로 나는 대부분의 잠을 기내나 야간 열차에서 겨우 눈을 붙일 정도로 시간이 없었다. 나는 어머니에게 변명을 하지 않아도 되는 내 직업이 만족스러웠다. 「해피 투게더」를 보는 동안 내내 미선은 손가락으로 왼쪽 머리칼을 습관적으로 잡아뜯었다. 나는 영화가 끝날 때까지 미선의 손짓을 제지할까 말까 망설이다 끝내 하지 못했다. 중국집 요리사가 된 야휘가 골목에서 떠돌이 동료들과 공차기를 하는 중에 어디선가 사이렌 소리가 들려왔다.
소리는 영화 속 골목 저 끝에서 들려오는 듯했다. 그런데 미
선이 갑자기 일어나서는 문을 밀치고 후다닥 뛰쳐나갔다. 느
닷없이 열린 문 사이로 사이렌 소리가 안으로 거칠게 쏟아져
들어왔다. 소리를 따라 나간 미선은 한 시간이 넘도록 들어오
지 않았다. 영화는 끝이 났고, 나는 소파에서 깜박 선 잠이
들었다.

   눈을 떴을 때 미선이 화장실에서 마이코를 들고 나오고 있
었다. 물 묻은 미선의 손에 잡힌 일본 소녀 상(像)을 보자 나
는 소파에서 용수철처럼 튕겨 일어났다. 다짜고짜 미선에게
달려들어 소녀 인형을 빼앗았다. 나는 불처럼 솟구치는 화를
참고 있었고, 미선은 자신이 뭘 잘못했는지 깨달으려고 연신
머리카락을 잡아뜯던 왼쪽 머리를 갸우뚱 기울였다. 미선의
젖은 손에 잡힌 마이코의 눈이 검게 일그러져 있었다. 순식간
에 마이코는 검은 눈물을 흘리고 있었다. 나는 엄지손가락으
로 마이코의 눈밑을 닦았다. 붓으로 길게 늘여 그린 두 눈이
꼭 경민이 나를 올려다보고 있는 것처럼 처연했다. 미선은 뭔
가 할 말이 있는 것처럼 입술 근육을 우물거리다가 내키지 않
는지 이층으로 올라갔다. 나는 뒤따라 올라가야 했는데 그렇
게 하지 않고 마이코 인형을 안고 소파에서 잤다. 나선형 계
단을 비추는 소등이 밤새 형체 없는 발걸음을 실어날랐다.

경민이 꿈에 시달렸다. 깜박 경민을 잊어가고 있었다. 그런데 경민이 처음 불면증을 몰고 왔던 때처럼 불쑥 꿈속으로 밀려들어왔다. 마이코 때문이었다. 마이코는 일본에서 열대여섯 살 되는 어린 기생을 가리키는 별칭이었다. 그러나 지금은 교토 등지 관광지의 이미지 상품이 되어 골목이나 기념품 거리에 배치되어 관광객들의 시선을 끌었다. 사오십대 남성 관광객들은 대부분 벚꽃 무늬가 찍힌 기모노를 입은 마이코를 옆에 세워두고 관광 사진을 찍었다. 마이코 인형은 오사카 시내 연극 거리로 유명한 도톤보리(道頓堀) 기념품 가게에 진열되어 있었다. 마음에 드니? 경민이 그것을 들여다보고 있는 것을 보고 내가 한마디 했다. 경민은 잘못하다 들킨 어린아이처럼 짐짓 크게 놀랐고, 나는 처음부터 짓고 있던 미소를 그대로 짓고 있었다. 아뇨. 왜, 예쁘지 않아? 예뻐요. 아니, 깨끗해요. 더러워질까 봐 만질 수가 없어요. 마음에 드는지는 잘 모르겠어요. 네 마음에 들면 받는 사람도 분명히 좋아하게 돼. 여동생 있으면 주면 몹시 좋아할 거야. 아, 여자 친구도 있겠네, 응? 그렇지, 엄마도 받으면 기뻐하실 거다. 그런데 천 엔이 넘으니 가격이 좀 센 편이네? 다른 가게에 가면 작은 것도 있을 거야. 선생님은 마음에 드세요? 그럼, 남자 친구가 있었으면 당장 사달라고 했을 거야. 나는 약간 장난스럽게 경민의 귀에 대고 속삭였다. 경민은 마이코를 손에 넣었다.

경민은 지난해 이월 봄방학을 이용한 일본 역사 탐방팀의 일행이었다. 열네 명 중 유일하게 중3이었던 경민은 나이에 비해 키가 내 머리를 훌쩍 뛰어넘도록 컸다. 미소년의 희고 보드라운 피부와 검은 곱슬머리가 인상적이었다. 그러나 덩치에 비해 움직임이 더뎌서 일행들의 눈총을 받곤 했다. 나는 오사카 간사이 국제 공항에 도착해서 시내에 있는 뉴오사카 호텔까지 인솔하는 것으로 역할이 끝났다. 다음날부터는 주 가이드가 별도로 나왔고 나는 오사카에서 교토, 교토에서 나라로 이동하는 버스 안에서 인원을 점검하고, 돌아올 때 비행기 탑승 수속을 봐주면 되었다. 나는 대학에서 이탈리아어를 전공한 관계로 지중해를 중심으로 한 남유럽, 특히 이탈리아 코스에 산발적으로 배치되었다가, 작년부터는 아예 로마에서 피렌체를 거쳐 밀라노, 베네치아를 도는 전통적인 코스를 맡았다. 한 달에 2회, 그러니까 이십여 일을 나라 밖으로 나가 있었는데 그사이 이따금 아르바이트 삼아 일본이나 홍콩 단기 코스를 돌았다. 그때는 회사로부터 정식 급여가 지급되지 않았고 전적으로 고객이 얹어주는 웃돈에 의존해야 했다.

나는 아르바이트를 뛰어야 할 만큼 특별히 돈이 필요한 것은 아니었다. 일본이나 홍콩행은 순전히 휴일의 공백을 메꾸려고 자처한 일이었다. 이박 삼일을 일해서 이박 삼일을 오피스텔에 틀어박혀 그곳에서 입수해 온 새 비디오나 만화를 실컷 볼 수 있다면 난 열 번이라도 인솔자에게 따르는 자잘한 번거로움을 무릅쓸 것이었다. 기내 이동 중에도 짬만 나면 눈을 붙이기보다는 만화에 얼굴을 박고 있는 나를 보고 동료들은 일찌감치 두 손을 들었다. 한편으로 휴식 시간도 휴일도 즐기지 못하는 삭막한 여자라고 혀를 차기도 했다. 그러거나 말거나 나에게 만화란 휴식의 평온보다, 휴일의 가족보다 훨씬 의미가 깊었다. 이미 어머니가 양부와 부에노스아이레스로 떠난 이상, 아니 떠나기 훨씬 전부터, 내 삶에서 만화를 비집고 들어올 만한 것은 없었다. 잠깐잠깐 비디오와 게임에도 몰두했지만 결국에는 만화로 돌아오곤 했다. 그런 의미에서 가족이란 의미를 부여한다면 만화는 나에게 가족 그 자체였다.

비행기가 오사카 간사이 국제 공항에 착륙할 때부터 나는 도심 뒷골목에 있는 만화 도매점에 가고 싶어 발바닥이 근질거렸다. 공항에는 늘 호텔에서 나온 소형 버스가 대기하고 있었고, 호텔에 도착하면 주 가이드가 맞았다. 주 가이드를 도와 일행들의 방 배정을 하고 나면 자유 시간이었다. 대부분 단체 여행자들은 자유 시간이 주어지면 무엇을 해야 할지 곤혹스러워했다. 나는 그들에게 도심 신사이바시(心齊橋)와 난바(難波) 일대를 돌아보도록 권했다. 그곳은 크고 작은 전자 제품 가게에서부터 만화 도매점까지 없는 게 없었다. 전철 노선과 기호품 쇼핑에 대한 간단한 브리핑을 해주다가 몇 명과 엮여서 시내에 나가게 되었다. 열네 명의 일행 중에 나이 든 부부와 여자들, 그리고 학생들은 호텔에 남고 강남에서 스포츠상을 하는 박 사장과 대전에서 국어 교사를 하는 황 선생 등 예닐곱 명이 동행했다. 전철역에서 티켓을 끊고 있는

데 사람들 틈에 경민이 섞여 있었다. 남자들끼리 갈 만한 은밀한 곳을 소개받고 싶었던 박 사장이 경민을 보고 눈살을 찌푸렸다. 나는 경민을 호텔로 들여보내지 못하고 함께 그들과 동행했다. 신사이바시 전철역에서 일행에게 가볼 만한 데를 가르쳐주고 헤어졌다. 소니 타워 옆에 있는 대형 멀티 미디어 숍 버진에 가서 동료들에게 부탁받은 시디를 찾아볼 생각이었다. 전철역 밖으로 나와 현란하게 네온이 번쩍이는 영 패션 거리를 지나가는데 경민이 일행들과 찢어져 내 뒤를 뒤따라오고 있었다.

그날 밤 나는 경민과 데이트 아닌 데이트를 했다. 버진에 들러 시디 몇 장 사고 파르코, 소니 타워, 소고, 다이마루 백화점 등을 돌았다. 아케이드와 인조 대리석이 파노라마 모양으로 이어지는 오사카 최고의 쇼핑 거리인 미도스지에 즐비한 유럽풍의 고급 부티크들을 기웃거리며 경민과 하나하나 품평도 해나갔다. 그러다 보니 어느새 도톤보리가와(道屯頁堀川)에 이르렀고, 조금만 가면 만화 도매상이 집중적으로 몰려 있는 난바였다. 도톤보리가와 다리 위에서 네온이 비친 다채로운 강물빛을 내려다보다가 그중 하나의 네온을 따라 가게로 들어갔다. 경민은 거기에서 마이코를 샀다. 마이코를 사 들고 나오자 빗방울이 떨어지기 시작했다. 아쉬웠지만 난바는 다음날로 미루고 경민을 데리고 전철을 탔다. 목적지인 뉴 오사카 호텔쯤에 오자 자주색 비로드로 덮인 긴 의자에 경민과 나 둘뿐이었다. 나는 경민에게 세상에서 제일 긴 벤치 얘기를 해줬다. 그 벤치는 동해로 돌출해 있는 노토 반도 마스호가우라라는 해안에 있었다. 벤치는 무려 460미터나 된다고 했다. 나는 가본 적이 없었으나, 오래전부터 그 벤치를 생각해 왔다. 썰물이 밀려드는 모래사장에 놓인 기나긴 벤치. 나는 잠시 사색에 잠겨 눈을 감았고, 경민이 무릎에 놓았던 마이코를 꼭 끌어안았다.

샤워를 마치고 드라이어로 머리를 말리는데 벨이 울렸다. 문 밖에 경민이 마이코를 들고 와 서 있었다. 뭐지? 내가 문을 조금 열고 무심하게 물었다. 이거 마음에 드신다고 했지요. 응, 그랬지. 그럼 가지세요. 나는 전혀 내 뜻을 오해한 경민을 물끄러미 바라보았다. 마이코를 들고 두 볼이 상기되어서 있는 소년에게 무안하지 않게 거절할 방법을 찾았다. 그런데 잘못하면 오히려 거절이 경민을 더 무안하게 할까 봐 선뜻마이코를 받아들었다. 고마워. 받기는 했지만 사실 마이코가내겐 아무 소용이 없었다. 그것을 줄 사람도 없었고 내 집에가져다 놓을 만한 곳도 없었다. 가서 쉬어야지? 네. 그럼 잘자거라. 네. 경민은 대답은 하면서도 금방 돌아설 것 같지 않았다. 나도 문을 닫지 못하고 엉거주춤 문고리를 잡은 채 서있었다. 경민이 머뭇거리다가 어렵게 입을 열었다. 저, 메일을 보내도 될까요? 물론이지! 나는 내가 생각해도 무척 선선히 대답을 해줬다. 경민의 내면에서는 크게 무엇인가가 소용돌이치고 있었고, 나는 그것을 내 몸에 난 종기인 양 확연히느끼고 있었다. 그럼, 주소는…… 응, 잠깐 기다려봐. 나는 이메일 주소가 박힌 명함과 함께 시디 한 장을 건네주었다. 그날 버진 미디어에서 산 일본의 힙합 그룹 엠-플로의 최근 앨범이었다. 벼르다가 손에 넣은 것이라 사실 주면서도 한편으로 아까운 마음이 없지 않았다. 그러나 나는 곧 그 마음을 털었다. 경민은 어디까지나 내 고객이었다. 나는 나 나름대로 평소 고객의 성의를 무시하지 않으면서 부담을 더는 방법을 터득했다. 그것은 고객이 나에게 무엇을 주면 나도 즉흥적으로 내가 가진 것 중에 그에 합당한 것을 주면서 홀가분해지는 것이었다. 일종의 맞바꾸기인 셈이었다. 이러지 않으셔도 되는데요. 경민은 숨을 아끼며 떨면서 가까스로 말했다. 그 떨림 속에는 기쁨으로 폭발할 것 같은 에너지가 억제되어 있었다. 소년의 뜻밖의 행위가 나를 자극시켰다. 수줍게 눈을 내리까는 모습이 몹시 사랑스러웠다. 고개를 꾸벅하고 돌아서는 경민의 넓은 등을 보자 잠시 묘한 감정이 스쳤다. 나는 후끈 가슴에 밀려드는 열기를 몰아내기 위해 문을 크게 열었다 닫았다.

오사카에서 돌아온 뒤 경민은 나에게 메일을 보내오기 시작했다. 경민은 나보다 엠-플로에 깊이 빠져 있었다. 나는 중학생다운 경민의 메일을 읽으며 여독을 풀기도 하고 어깨를 오므리며 웃기도 하고 가슴이 스산해지는 외로움에 사로잡히기도 했다. 그러다가 나는 언젠가부터 경민의 메일을 읽는 것으로 하루를 마감하고 있는 것을 깨달았다. 그와 동시에 경민의 메일이 문득 덫처럼 여겨졌다. 경민이 언제부턴가 말미에

써보내던 글귀가 그날 따라 예사로이 보이지 않았다. 선생님, 보고 싶어요. 그러고 보니 경민은 그 말을 매일 하루도 빼놓지 않고 한 달 동안 써보내고 있었다. 반복되는 그 말은 나에게 태풍처럼 거세게 소용돌이쳐 왔고, 나는 달아날 곳을 예비하지 못한 나약한 짐승처럼 당혹스러워졌다. 경민이 싫은 것은 아니었다. 차라리 경민을 너무 좋아하게 될까 봐 도망치려는 마음이 내부에서 똬리를 틀고 있었다. 나는 일주일이면 한번 답신으로 음악 파일을 선별해 주던 것을 뚝 끊었다. 경민은 그후로도 답신 없는 메일을 지치지 않고 계속 보내왔다. 나는 컴퓨터 옆에서 경민의 편지를 열어보지 않기 위해 밤새 이리저리 돌아눕다가 새벽녘이 되어서는 그동안의 안간힘을 한순간에 허물고 메일을 열어보았다. 경민은 내가 답을 하든 안하든 혼잣말을 하듯이, 일기를 쓰듯이 메일을 보내왔다. 나는 나에 대해서보다 경민의 상태에 민감해졌고, 경민의 감정을 덮어쓰고 살고 있는 듯했다.

경민을 통해 내가 외면하고 살았던 것들이 하나씩 끄들려 나왔다. 나는 누구에게도 마음을 주면 안 되었다. 섬세해지기 시작하면, 돌아보기 시작하면 그 순간 나란 존재는 물거품이 되어버렸다. 헤어날 수 없는 늪에 빠지고 말았다는 낭패감에 자주 불쾌해졌다. 나는 사랑하는 사람이 내 삶에서 하나씩 떨려나갈 때마다 그 생각을 키워왔다. 처음 나에게서 떨려나간 사람은 미선이었다. 그리고 생부, 어머니, 그리고 고등학교 때 밴드를 함께했던 우진, 사 년간 과커플이었던 형식……

내가 답신을 끊은 지 달포 후 경민의 아버지란 사람이 강릉에
서 전화를 걸어왔다. 경민의 귓불이 잘려나갔다고 했다. 만나
자고 했다. 나는 모른 척했다. 일주일 후 시디 한 장이 우편으
로 전달되었다. 제프 버클리의 「Grace」라는 첫 앨범이었다.
난 그것을 경민에게 준 적이 없었다. 오히려 조만간 그것을
입수할 참이었다. 포장을 뜯으면서 어렴풋이 어느 날 밤 경민
에게 답신을 한 것이 떠올랐다. 답신을 하지 않을 작정으로
한 달을 보냈는데 여행사 동료들과 회식을 하고 새벽에 들어
와 취기로 추천해 준 것이었다. 그날 회식 자리에는 제프 버
클리에 홀딱 빠져서 천재, 요절, 컬트, 미스터리 어쩌구 떠
들어대면서 시종 제프 버클리 이야기만 지겹게 해대는 동료
가 있었고, 나는 야유하듯이 동료를 흉내 내 경민에게 제프
버클리 애기를 썼다. 제프 버클리는 육십년대 미국을 대표하
는 팝 아티스트 팀 버클리의 아들로 서른 살에 옷을 입은 채
바닷속으로 들어가 생을 마감한 기괴한 컨트리 록 스타였다.
난 제프 버클리의 시디를 열어보지 않고 만화책 더미 속에 던
져준 채 손대지 않았다.

　저 달이 머물러 달라고 애원합니다. 나는 구름을 멀리 날려
보내고 싶습니다. 나의 시간이 다가오지만 죽음이 두렵지는
않아요. 나의 사라져가는 목소리를 사랑하지만 그녀는 흘러가
는 시간 앞에 흐느낍니다.
──제프 버클리, 「Grace」

제프 버클리를 추천해 준 다음날부터 경민은 인터넷을 뒤져 알아냈는지 메일에는 제프 버클리에 대한 글로 가득했다. 제프 버클리의 노래를 추천해 주었으면서 정작 나는 어떻게 그렇게 냉정할 수 있냐고 흐느끼기도 했다. 요절자의 사후란 자칫 과장된 기억과 허상을 만드는 법이다. 나는 답신을 한다면 그렇게 하고 싶었다. 그러나 나는 끝내 답신을 하지 않았다. 그리고 두 달이 지났다. 이번엔 경민의 아버지가 직접 여행사 창구로 나를 찾아 왔다. 경민이 하조대 등대 위에서 바다로 떨어졌다고 했다. 등대 계단이 가파르고, 주위의 바위들은 더 가팔라서, 고의는 아니라고 했는데, 표정을 뒤덮고 있는 침울함이 고의의 심각성을 드러내고 있었다. 경민은 해안 경비대에 의해 가까스로 구조되긴 했지만 날카로운 바위틈에 심하게 머리가 부딪쳐 병원에 누워 있다고 했다. 몸도 몸이려니와 넋이 빠져나간 아이처럼 말을 않고 있다고 했다. 나를 찾는다고 했다. 만나줘야겠다고 사정했다. 나는 한 시간 후에 로마행 비행기를 타야 한다고 덤덤하게 말했다. 열흘 후 나는 로마에서 돌아왔고 경민의 편지는 이제 메일 박스에 들어오지 않았다. 나는 매일 밤 어둠 속에 앉아 그동안 경민이 보내온 메일들을 열어보았다. 마지막 메일은 5월 30일 새벽 3시 58분으로 찍혀 있었다.

세상에서 제일 긴 벤치에 앉아 있는 기분이에요. 선생님을 기다리는 하루는 영원처럼 길어요. 세상에서 제일 긴 벤치가 있다고 알려준 건 선생님이시죠. 해변가에 끝도 없이 벤치가

이어져 있다고 했어요…… 여름이면 선생님은 그곳에 가신다
고 했지요. 그 벤치에 가 앉으신다고 했지요. 바다를 바라보신
다고 했지요…… 거기에 마음을 준다고 했지요. 마음을 묻는
다고 했지요. 선생님, 사람이 마음을 준다는 것은 무엇일까
요…… 마이코가 보고 싶어요……

경민이 보내온 제프 버클리의 시디를 들어보려고 케이스를
열었을 때, 안에서 잘 접힌 쪽지가 툭 떨어져 나왔다. 편지는
경민이 손으로 직접 쓴 것이었다. 편지와 함께 백색 분장을
한 소녀가 일본 전통 의상을 입고 벚꽃 아래 부채를 들고 서
있는 사진이 나왔다. 경민의 엄마는 한국에서 열여섯에 경민
을 낳고 교토로 건너가 마이코가 되었다는 것을 나중에 경민
의 아버지로부터 들었다. 나는 미선이 오기까지 마이코를 경
민에게 돌려보낼 방도를 모색하고 있었다.

아침에 눈을 떠보니 가슴에 끼고 잤던 마이코가 없었다. 미
선도 보이지 않았다. 나는 소파에서 재빨리 일어나 현관 문을
열었다. 복도 끝에 되돌아선 미선의 뒷모습이 여전하게 보
였다. 마음이 놓였다. 국철 전철이 뿌우, 하고 경적을 울리
며 다가오고 있었다. 미선의 옆에 가서 섰다. 손에 마이코가
들려 있었다. 소녀는 언제 울었냐는 듯이 눈밑이 말끔했다.
부에노스아이레스는 지금 겨울이었다. 어머니는 이번에도

비행기를 타지 않을 것이었다. 미선은 엉덩이가 찍힌 티셔츠를 입고 엄청나게 큰 가방을 끌고 내린천으로 돌아가려고 했다. 뼈항아리는 비좁은 오피스텔 벽에 그대로 놓여 있었다. 국철 전철역 벤치에 앉아 전철을 기다리며 나는 미선에게 여름이 끝나면 인제에 가겠다고 했다. 미선은 나에게 2인조 래프팅 대회에 참가하자고 했다. 나는 그러자고 했다. 내린천에서 강릉은 그리 멀지 않을 것이었다. 또 헬기가 지나갔다. 전철이 오려면 십 분이나 남았다. 나는 나른하게 팔을 들어올려 미선의 어깨를 감았다. 겨드랑이에 전해지는 미지근한 온기가 나쁘지 않았다. 모처럼 휴일이었다.

《현대문학》 2001년 8월호

소풍 逍風

　계곡에 닿는가 했다. 차가 앞으로 더 이상 갈 수 없으리라는 것을 차에 탄 사람들은 어른애 할 것 없이 분명하게 알고 있었다. 그러나 핸들을 잡은 수완만은 기어이 차를 밀고 들어갔다. 왕소금 같은 땀방울을 턱밑으로 뚝뚝 떨어트리며 수완은 집요하게 액셀러레이터 발판을 밟았다 놓았다 반복했다. 양평 전후로 홍천까지 길게 폭우를 겪었고, 계곡으로 접어들자 곧 길이 막혔다. 차가 다니는 길이 아니었다. 아무도 그만 들어가자는 말을 입에 올리지 않았다. 지난달 동시에 서른셋과 서른아홉 살이 된 영숙과 미선이 창밖으로 고개를 쑥 내밀고 자동차 바퀴를 주시했다. 그녀들이 낳은 사내아이들 셋이 차 안에서 로봇 놀이를 하며 소란을 피웠다. 한시도 가만히 앉아 있지 못하는 아이들 틈에 끼어 앉아서도 수주는 네 시간째 종이를 접었다. 무릎에 동화책을 얹고 고개를 숙인 채 종이 접기에 열중한 나머지 수주의 안색이 벌겋다 못해 창백하게 굳어져 있었다. 그래도 아무도 그런 그녀를 건드리지 않았다. 처음 그녀 손에서 개구리가 한두 마리 살아나오자 아이들이 서로 갖겠다고 생난리를 쳤으나, 윽박지르듯 서슬퍼렇게 날선 수주의 눈길을 받고는 더 갖겠다는 말을 못했다. 거기 모인 사람들은 이틀 후 그녀가 방화동에 있는 방 한 칸짜리 사글세 집에서 강 건너 새도시로 이사할 것이라는 것을 그날 아침에 알았다. 수완은 늘 그렇듯이 그러려니 하는 표정이었는데, 영숙과 미선은 부엌에서 동서끼리 유대해서 〈웬 새도시〉냐며 뒷공론을 폈다. 그렇다고 영숙과 미선의 사이도 그다지 좋은 편은 아니었으나, 오늘처럼 어쩌다 집안일로 모이는 날에는 시누이며 시어머니 흉보기가 아니면 그나마 오갈 말이 없었다. 그것도 그날로 돌아서면 그만이었다. 그들은 그렇다 치고 월아네는 당신에게 단 한 마디 말을 붙이지 않는 수주가 못내 탐탁지 않았지만 이미 왈가왈부할 자리는 없었다. 눈길이라도 한번 던지면 뭐라 흘려보겠는데, 수주는 도무지 월아네에게 고개조차 돌리지 않았다. 월아네는 생인손을 앓듯이 혀를 앙물고 노여워지려는 마음을 겨우 달래곤 했다. 그래, 오늘 이참에 얼굴 내민 것만이라도 용하게 여겨줘야지, 암. 수주 손아귀에서 태어난 개구리는 얼추 서른 마리는 넘어보였다. 바퀴는 자갈흙 밑에서 더 깊숙이 홈을 파며 헛돌 뿐 좀처럼 진전될 기미를 보이지 않았다. 돌부리가 으깨어지면서 타이어 타는 냄새가 차 밑에서 올라왔다. 냄새와 함께 허연 연기가 피어오르자 수완만 남기고 식구들 모두 차에서 내렸다. 식구는 이제 갓 첫돌이 지난 수완의 둘째 딸 민지를 포함해 모두 일곱이었다. 작년 봄 카타르로 떠난 수운이와 그 댁만 빼고 월아네 가족 모두 모였다. 월아네의 75회 생일을 맞아 오랜만에 나선 소풍길이었다.

언제 천둥 번개에 폭우를 맞았나 싶게 칠월 햇빛은 거칠게 우거진 나뭇잎들을 뚫고 대자리 깊숙이 꽂혔다. 열두시 반으로 예정했던 점심 식사가 늦어지고 있었다. 월아네는 끼니때를 놓치면 안 되었다. 밥 한 숟가락 뜨는 일은 일제와 남북 전쟁의 소용돌이 속에서도, 잦은 출산과 수십 번 감행해야 했던 이사의 파란 속에서도 본능처럼 지키려고 노력해 온 철칙이었다. 게다가 오늘은 생일날이었다. 그러니 더 말할 것도 없었다. 휴가철이라 교통 체증을 피하기 위해 수완은 이른 아침 출발을 서둘렀다. 곤히 잠든 아이들을 깨워 월아네 앞에 주욱 세워 절을 시키고 폭죽을 터트리고 케이크를 자르는 데는 채 한 시간이 걸리지 않았다. 월아네는 미역국을 뜨는 둥 마는 둥 곱다시 모시 적삼을 걸쳤다. 봄부터 심각해진 소화 장애로 안면에 병색이 짙었지만 옷 태만은 여전히 고왔다. 생일상을 받을 생각으로 전라도 땅에서 차를 세 번씩이나 갈아 타고 달려오는 것 자체가 팔십을 눈앞에 둔 상노인에게는 근력에 부치는 일이었으나 월아네는 일년 중 자신이 유일하게 주인공인 그 한때의 예식을 위해 한복 꾸러미를 잊지 않았다.

그러나 월아네의 본의를 충족시킬 사이도 없이 예식은 허망하게 금방 끝이 나고 수완이나 그 댁이나 소풍거리를 챙긴다고 북새를 떨었다. 옷매무새가 아무리 고와도 이제 월아네가 할 일은 번거로움 모르고 먼 길을 동행한 모시 한복을 벗어 펼친 대로 얌전히 접어두는 것이었다. 그때가 아침 여덟시였다. 그러니 한시를 넘긴 지금 월아네가 시장기에 시달리고 있을 것은 불을 보듯 뻔했다. 아니나다를까. 결혼 직후 이 년간 월아네 밑에서 시집살이를 산 영숙이 힐끗 곁눈질을 해보니 월아네가 꼬르륵거리는 뱃가죽을 두 무릎으로 움켜쥐듯 받치고 앉아 희끄무레한 눈동자를 꿈벅거리며 두 손을 맞부딪쳐 날파리 같은 것을 잡고 있었다. 허기를 숨기려는 애꿎은 몸짓이었다. 영숙은 조금 불안해졌다. 월아네의 허기증이 도지면 술주정꾼처럼 난폭해지고 비루해지는 것이 보기 민망해서였다. 다섯 살, 여섯 살 고만고만한 어린 것들은 차 바퀴가 빠지거나 말거나 때가 지났거나 말거나 거칠게 우거진 잡풀 숲을 들고나며 숨바꼭질을 했다. 수완은 두 시간째 차에 달라붙어 어떻게든 움쩍달싹 해보려고 안간힘을 썼다. 관자놀이께에 솟아오른 힘줄이 금세라도 터질 듯 팽팽해 보였다. 월아네도 영숙도 미선도 그런 수완의 뒤통수에 대고 불평 한자락 터트릴 수 없었다. 그러나 곧 허기로 눈이 돌아간 월아네의 입에서 무슨 악다구니가 터져나올지 모를 일이었다. 바지런한 영숙이 새벽에 깍뚝 썰기로 플라스틱 통에 재워둔 수박 조각들이 붉은 속살을 내보이며 대자리 밖에 나앉아 짓물러가고 있었다.

수완이 빼내려고 애를 쓰면 쓸수록 구인승 밴은 완전히 진흙 속에 틀어박혔다. 수완은 늘 그렇듯이 이번에도 운이 없었다. 잘하려고 하는 일이 완성에 못 미쳐 탈이 나곤 하는 데는 아무도 못 말렸다. 영숙은 속이야 그렇지 않겠지만 겉으로는 수완이 어떤 난처한 꼴을 자처해 벌이더라도 내버려두고 오히려 되어가는 형세를 즐기는 편이었다. 그녀는 거기 소풍길에 나선 여자들 틈에선 가장 어린 나이였지만 무르익은 태연함에서는 월아네나 미선이 당해 낼 재간이 없었다. 특히나 명색이 맏이인 수운이 댁은 말할 것도 없고 제 속으로 낳은 자식이 내뱉는 말 한 마디에도 심사가 뒤틀려 사나흘 밤도 모자라 일주일 넘게 불면에 시달리는 월아네와도 그릇이 달라도 크게 달랐다. 영숙이 세상 물정에 도통해서가 아니라 차라리 단순하고 무식한 데서 오는 이점을 최대한 누리고 있다고 해야 맞았다. 수완은 그렇게 좋게 체념하고 살았다. 월아네는 수완이 타고난 제 운을 백분의 일도 누리지 못한다고 끌탕을 끓다가도 스스로 생각해도 카탈스럽기 짝이 없는 자신의 밥자리며 잠자리를 군말 않고 시중드는 영숙을 볼라치면 수완이 청년운이 잘못 풀려 집안의 애물단지가 되어 있지만 계집 하나만은 똑부러지게 잘 건졌다고 흐뭇해했다. 그 마음은 아파트 분양금까지 홀랑 날리고 머리털 뽑히게 무더운 사우디 아라비아인지 카타르인지에 가 있는 수운이나 그 댁이나 한 치도 어긋남이 없었다. 수완이 차에서 내려 앞바퀴 뒷바퀴를 가늠하다가 계곡 입구에 버려진 나무 판대기를 주워다 바퀴에 받치는 것을 보고 영숙은 무슨 신호라도 받은 듯 이미 준

비해 둔 바윗돌 사이에 석쇠를 걸쳤다. 고기를 구워야 했다. 조금만 더 지체하다간 상한 고기를 먹고 줄줄이 응급차에 실려갈 판이었다. 그렇잖아도 식구들은 월아네의 가파른 숨소리와 눈동자를 뒤덮은 백태를 어제 하루 겪어 보고 한여름 나들이를 걱정했었다. 정말 노인네 내일을 아무도 모른다 하더니 한 달 전과는 양태가 비교할 수 없이 달랐다. 영숙은 월아네를 위해 나선 길이 설마 황천길로 인도하는 길은 아닌가 애꿇은 망상에 시달렸다. 설마가 사람 잡는다고 절대 그런 일이 있으면 안 되었다. 영숙은 잘못 찾아온 저승사자처럼 순간적으로 달라붙은 괴념을 흠칫 떨궈냈다. 그러나 그것은 월아네와 분간 모르는 어린 것들만 빼고 한번씩 뇌리에 스쳐간 생각이었다. 영숙의 손길이 바빠졌다. 그녀가 석쇠의 균형을 잡는 사이 미선이 그 아래 조각숯을 수북이 쌓았다. 수완이 숯더미에 불을 댕기자 금세 시뻘건 속살이 은근히 비어져나왔다. 월아네는 언제 봐도 그 불빛이 좋았다. 한여름이지만 혀처럼 부드러운 그 열기가 싫지 않았다. 그렇게 아주 소소하게 무언가를 좋아하는 감미로운 기분이 지나가는 바람처럼 월아네의 콧등을 간지럽혔다. 처음 그 기분으로 돌아가자면 육십 년도 더 전의 일이었다. 아득히 오래 잊어버린 감정이었다. 그러나 오래전이란 시간 개념 자체가 월아네에게는 이제 가늠할 수 없는 심연의 진흙가루 같았다. 칠십 평생이란 세월이 칠 초간처럼 두어 번 눈 깜박이는 사이로 여겨지는가 하면 칠백 년처럼 버겁고 더디게 다가오기도 했다. 월아네는 시장기 때문인지, 종잡을 수 없는 생(生)의 단위 때문인지, 배꼽 가운데가

조금씩 쑤셔왔다. 바늘 끝으로 살짝살짝 찌르듯 배꼽을 쑤셔
오던 자극이 더해지더니 이제는 배꼽 줄기를 안으로 사정없
이 잡아당기는 듯 심신이 뒤틀렸다. 월아네는 한순간 혼절하
고 싶은 몽롱한 충동에 사로잡혔다. 거뭇한 나비 같은 것이
눈앞에 어룽대기도 했고, 하얀 잠자리 같은 것이 너울거리기
도 했다. 월아네는 혀밑에 흥건히 괸 침을 꿀꺽 삼키고 젓가
락을 들고 불에 당겨 앉았다. 큼직큼직한 돼지 살코기가 매캐
하고 달짝지근한 연기를 내뿜으며 석쇠에서 익어갔다. 쑥 들
어갔던 월아네의 눈이 뾰족하게 솟아났다. 모두들 선 자리에
서 고깃덩어리가 익기를 기다렸다가 뒤집히기가 무섭게 잽싸
게 집어갔다. 분주하게 부딪치는 젓가락질이 화목한 가정의
한때를 보여주는 듯했다. 코를 찌르고 숨을 막는 연기에 질린
아이들은 고깃살을 질겅질겅 씹다 말고 계곡물에 엄벙첨벙
뛰어들었고, 월아네는, 죽이 되도록 씹으란다, 를 연신 되뇌
이며 재개재개 씹고 또 씹었다. 영숙도 미선도 아이들 입으로
가져다 넣는 틈틈이 불덩어리 같은 고깃조각을 입안에 우겨
넣었다. 둘 다 엉치가 굵고 팔뚝 힘이 센 만큼 식욕 또한 왕성
해서 큼직한 고깃덩어리가 입으로 들어가기 바쁘게 목구멍
저 밑으로 달아나버렸다. 미선이 그렇게라도 고개 숙이고 들
어와 식구들과 섞여 지내는 것이 월아네로서는 여간 고마운
일이 아니었다. 미선이 남편 수왕이가 사 년 전 비행기 사고
로 젊은 목숨이 끊어지지만 않았어도 증권으로 하루 아침에
폭삭 주저앉았다가 도망치듯 열사의 나라로 내뺀 수운이나
도무지 제 갈 길을 못 찾고 딴 데서 헤매고 있는 수완이 몫은

너끈히 채워주고도 남았을 것이었다. 월아네는 튼실하게 살 오른 미선의 등짝을 바라보며 그동안 밤낮없이 찍어낸 눈물을 거둬들였다. 어딘가에서 잠자고 있던 매미떼 소리가 한 차례 소나기처럼 귓속을 훑고 지나갔다. 소주 반 병을 혼자서 너끈히 해치운 뒤 월아네는 대자리에 쓰러져 한숨을 돌렸다. 파란 하늘 아래 한가로히 구름이 흘러갔다. 월아네는 금세라도 바람코를 흘리며 잠이 들 것 같았다. 햇빛에 반사되어 황금 물비늘을 일으키는 계곡 물 위로 고추잠자리떼가 현란하게 너울거렸다. 월아네는 스스르 감기려는 눈을 치켜 뜨고는 더없이 파란 하늘을 올려다보았다. 그렇게 누워 있는 자신의 모습이 마치 전생의 한 장면을 미리 기억하는 듯했다. 은비령 어디쯤이라고 했다. 차만 아니었으면 그날 아무 일도 없었다.

보름 전이었다. 수주는 새도시가 처음이었다. 아니 그녀는 새도시에 닿는가 했다. 내릴 곳이 흰돌이라는 수주의 말에 버스 운전수가 문을 열어준 곳은 팔차선 도로만 네 활개를 펼치고 있을 뿐 행선지 푯대 하나 휑뎅그렁하게 서 있는 황량하기 짝이 없는 벌판이었다. 건물이 들어설 것이 지연되고 있었는지 반듯반듯하게 구획된 땅뙈기마다 잡풀이 제멋대로 웃자라 있었다. 장맛비 사이로 잠깐 비친 햇빛이 정수리를 따갑게 쪼아댔다. 수주는 손부채를 만들어 이마에 이고는 땡볕에 졸아든 눈으로 주변을 살펴보려고 했다. 고층 오피스텔 분양을 유

인하는 플래카드가 빈약한 가지를 거느린 어린 나무 사이에
걸쳐져 빨래처럼 펄럭였다. 그가 일러준 바에 따르면 제일 먼
저 캘리포니아 모텔이 눈에 띌 것이었다. 그러고 보니 분위기
가 어딘지 캘리포니아는 아니더라도 텍사스 근방 어디쯤에
와 있는 것 같았다. 천천히 시계 방향으로 몸을 돌리며 캘리
포니아 모텔을 찾아보려는데, 멀리, 북한산이 스모그에 갇혀
어렴풋하게 모습을 드러냈다. 그쪽은 아예 아닌가 싶어 뒤로
돌아섰다. 오륙백 미터쯤 떨어져 방금 보인 산의 축소된 실루
엣을 보이며 회색 건물들이 우르르 몰려 서 있었다. 그들 중
몇몇 기둥에 흰돌이라는 글자가 박혀 있었다. 아파트 단지였
다. 같은 방향으로 조금 어긋나 마침내 모텔 캘리포니아가 보
였다. 정작 그가 지적한 대로 벽돌색 페인트로 단장한 모텔
과 마주치자 그것이 왜 거기 서 있는 것인지 뜬금없어 보였
다. 수주는 누구에게랄 것도 없이 저 혼자 고개를 끄덕였다.
버스 운전수가 잘못 내려준 것은 아니었다. 그런데 조금 전부
터 이상한 것은 그곳에서는 일이 초면 파악될 것이 십 초 또
는 오 분쯤 소요되는 것 같은 기분이었다. 한 바퀴 돌아보면
간파되는 주변 상황이 거기에서는 개별적으로 작동하며 그
간격만큼 소강 상태를 이루었다. 수주는 몸에 맞지 않는 옷을
걸친 듯 생경한 기분에 휩싸여 사방에서 불어오는 후끈한 바
람에 몸을 내맡겼다. 그리고 이번에는 평소의 감각을 잃지 않
으리라 다짐을 두듯 모텔 캘리포니아를 바라보고 섰다. 그가
그쪽에서 걸어올 것만 같았다. 수요일 낮 열두시 이십분, 약
속 시간이 다 되어가고 있었다.

　　수주의 생각과는 정반대로 그는 북한산 쪽에서 왔다. 정확히는 북한산과 흰돌 단지 사이로 난 대로에서 나타났다. 그의 차가 수주 옆에 멈춰 설 때까지 그녀는 눈을 찌르며 흩날리는 짧은 머리카락만 되풀이해서 뒤로 쓸어넘길 뿐 모텔 캘리포니아 방향에서 한 발짝도 꿈쩍하지 않았다. 장수주 씨? 환각처럼 자신의 이름이 바람결 따라 귓속으로 흘러들어왔다. 네. 수주는 역시 꿈결처럼 자신의 목소리가 제멋대로 조작되는 것을 괴이하게 여기며 돌아섰다. 괴이함은 무엇보다 자신의 귓속에 들어왔다가 줄지어 나가는 연기처럼 소리가 그에게로 쏠려가는 질감에 있었다. 그 느낌은 강렬한 햇빛에 말랑말랑해진 고무줄 같기도 했고, 손바닥에 떨어진 젤 덩어리 같기도 했다. 전혀 상반된 느낌이 동시에 갈마드는 아주 기묘한 현상이 짧게 진행되었다. 네? 수주는 일시적인 환각을 걷어내듯 그를 앞에 세워두고 소리치듯 다시 대답했다. 그도 처음과는 사뭇 달라진 건조한 음성으로 다시 물었다. 장수주 씨 아닙니까? 연두색 슬리브리스 니트 상의에 청바지. 수주는 자신이 입고 있던 옷을 망각하고 있었던 듯 제 몸의 위와 아래를 훑어보았다. 네, 제가 장수주예요. 맞아요. 그가 뭐, 그렇게 내숭 떨게 있느냐는 능치는 미소를 수줍음 대신 흘리며 수주를 자동차로 데리고 갔다. 여기가 거기가 아닌 모양이었다. 수주를 태우고 그는 새 도시를 뒤로 멀찍이 밀어내며 속도를 더했다. 처음이라고 했는데, 저도 마찬가지입니다. 혹 서로 실망하게 되더라도, 잠시 소풍 나왔다고 생각하기로 하죠. 그는 벌어질 어떤 일을 두고 미리 감사하거나 미리 걱정을 예방하는 사람, 자기 관리에 철저한 사람임에 틀림없었다. 말투도 그랬지만 옆에 앉아보니 그의 옆모습이 아주 반듯했다. 이번에는 수주가 입에서 어색함을 걷어내며 그에게 답했다. 그러죠. 소풍, 참 오랜만이네요.

신촌에서 출발할 것이라 하자 그는 그러면 신촌 로터리 에이치 백화점 앞에서 900번 좌석 버스를 타고 삼십 분쯤 와서 흰돌[白石]에서 내리라고 했다. 새도시에 처음이라고 하자 그는 잠시 생각해 보다가 그래도 흰돌이 새도시 입구니까 거기가 좋겠다고 그대로 하라고 했다. 그래서 수주는 캘리포니아도 테사스도 아닌 흰돌 벌판에 서 있었던 것이었다. 그가 데려간 곳은 새도시 못 미쳐 구곡이라는 데였다. 구곡과 새도시 사이, 에스 자로 나 있는 도로변은 허브와 온갖 종류의 동서양 난들을 파는 비닐 하우스가 줄지어 있었고, 그곳을 빠져나가자 붉은 양철 지붕에 백색 십자가가 칼처럼 꽂힌 교회 건물이 눈에 띄었다. 차는 교회를 향해 마을 안으로 들어갔다. 마을은 낮은 동산 아래 교회를 중심으로 열두어 채의 가옥들이 띄엄띄엄 흩어져 있었다. 차는 마을을 에돌아 가장 안쪽에 있는 아담한 붉은 벽돌집에 닿았다. 집은 단층이고 크지 않았으나 벽이 성채처럼 두꺼워 보였고 창문 안쪽이 깊어 보였다. 비교적 실내 시설이 꼼꼼하게 갖추어져 있었고 전체적으로 정갈했으나 문을 열자 오래 묵은 먼지 냄새가 콧속으로 훅 끼치는 것으로 보아 오래 살림을 살지 않은 집인 것만은 분명했다. 마루 벽에 걸린 가족 사진이 정겨웠다. 그와 입매가 닮은 노인의 단아한 한복 차림이 왠지 낯설지 않았다. 창문을 열자 낮은 구릉의 경사진 수풀들이 초록 물고기의 비늘처럼 반짝였다. 거기에서는 새 도시도 교회 첨탑도 보이지 않았다. 가까이에 새도시가 있고, 그와 마찬가지로 그녀가 차를 타고 온 신촌이 멀지 않다는 사실이 낮꿈의 속삭임처럼 비현실적으로 느껴졌다. 현실에서는 좀처럼 일어날 것 같지 않은 상황은 그것만이 아니었다. 그러나 현실을 돌아보면 그런 일들은 비일비재했다. 그러니 어쩌면 비현실이란 없는 것일지도 몰랐다.

수주는 새 도시에서 완전히 멀어져버렸다. 만나자마자 흰 돌을 뜰 것이었으면서 그는 왜 수주를 그곳에 세워둔 것인가? 왜죠? 수주는 그와 사랑을 나눈 후에야 그 이유를 물었다. 창문은 수주가 열어놓은 그대로 열려 있었고, 수주는 그와 나란히 침대에 누워 묻고 있었다. 왜 거기에 세워두었는가. 그가 수주에게 대답할 의무는 없었다. 둘은 어디서든 만날 수 있었고, 잠시 뜻만 맞으면 되었다. 수주 역시 그의 대답을 듣자고 던진 말은 아니었다. 다만 그는 훌륭했다. 방금 끝낸 사랑의 여운을 그런 식으로 연장시키고 싶었을 뿐이었다. 그것 역시 반칙이었다. 아니 그것은 전혀 반칙이 아니었다. 수주에게도 그에게도 그것은 본질에 해당됐다. 그는 대답하지 않았다. 상관없었다. 만약 그가 대답했더라면 이번에는 수주가 곤란해질지도 몰랐다. 그가 수주처럼 간단한 것을, 그러면서 피할 수 없는 핵심적인 어떤 것을 물어올지도 몰랐다. 그는 대답 대신 탁자 위에 놓인 손바닥만한 사각 메모지를 가져다 손끝으로 접고 또 접었다. 손을 이리 줘봐요. 그가 말했다. 수주가 그에게 손을 내밀었다. 내가 종이로 만들 줄 아는 유일한 거예요. 그는 수주의 손바닥에 방금 만든 것을 얌전히 내려놓았다. 하얀 개구리였다. 그러고 보니 그것은 수주가 컴퓨터를 끼고 새벽까지 그와 내통해 온 그의 아이디였다. 개구리, 하얀 개구리. 음, 알겠어요. 수주는 손바닥에 앉은 물건을 눈여겨보고는 마음을 홀린 유감의 미소를 띠었다. 그러자 그가 수주의 손에서 그것을 다시 가져가서는 탁자 위에 얹고는 꼬리 부분을 손끝으로 꾹 눌렀다 놨다. 그러자 살아 펄쩍 뛰는 것처럼 개구리가 수주에게 달려들었다. 수주가 놀라 작게 비명을 질렀다. 그 소리에 그도 수주도 깔깔거렸다. 이상하죠? 하얀 개구리. 아니에요. 예뻐요. 원래는 초록 개구리 보라 개구리, 아니면 파란 개구리 빨간 개구리 짝 지워서 시합시켜요. 서로들 펄쩍펄쩍 멀리 뛰려고 하죠. 볼 만해요, 어떨 땐. 한 마리 만들어볼래요? 수주는 그가 하는 그대로 개구리를 접었다. 그가 벽에 걸린 시계를 보았다. 그녀도 따라 보았다. 이제 그와 함께 있을 수 있는 오 분도 채 남지 않았다. 그는 매사에 정확한 사람 같았다. 만날 때도 그랬지만 헤어지는 순간에도 그는 시간을 맞췄다. 수주를 처음 세워두었던 곳에 다시 데려다놓는 그를 보며 수주는 그가 어쩌면 관공서의 공무원일지도 모른다고 생각했다. 그러나 그가 공무원이든 장사꾼이든 수주에게 중요한 사항은 아니었다. 그와 가진 첫 관계였지만 수주는 제 몸처럼 아주 익숙하면서도 전혀 새로운 몸처럼 편안함과 전율을 동시에 느꼈다. 그는 여자와 사랑할

줄 아는 남자였다. 여자에게 모든 것을 얻어낼 줄 아는 남자
였다. 그가 수주의 젖무덤에 입술을 가져다대자 수주는 그의
남성을 꺼내 거기에 입술 키스를 했다. 복숭아 같았다. 그가
수주 입술에서 살아나는 자신의 물건을 사랑스런 눈길로 내
려다보았다. 살구 같았다. 이어 코끝으로, 뺨으로 번갈아 그
의 물건에 키스를 했다. 그 모든 것은 수주에게 처음이면서도
너무나 성스럽게, 동시에 너무나 자연스럽게 이루어졌다. 그
녀는 그를 알아보았다. 흰돌에서 수주의 어깨를 살짝 두드렸을
때 그녀는 뒤를 돌아보지 않고도 그를 느꼈다. 그런 일은, 아
마, 일생에, 처음이 아닐까, 싶은 생각이 돌아서는 찰나 들
었다. 그 생각은 과연 틀리지 않았다. 첫 소풍, 드물게 운이
좋았다.

해가 은비령을 넘어가고 있었다. 수완이 돌아오기 전에
는, 돌아와 차 바퀴를 건져내기 전에는 아무도 그곳에서 나
가지 못했다. 차는 패잔병처럼 고개를 숙였어도 돼지고기 맛
은 썩 훌륭했다. 수완은 석쇠를 걷어치자마자 탐험가처럼 부
분 지도를 펼쳐 면밀히 검토해 보고는 그곳이 필레 계곡 어름
이라고 단정 지었다. 산세가 높고 계곡이 깊어 핸드폰이 불통
이었다. 할 수 없이 수완이 마을을 찾아 내려갔다. 언제 걸릴
지 모르는 길이었다. 수주 손에서 태어난 개구리들이 계곡 물
에 떼지어 있었다. 허공을 붉게 물들인 고추잠자리떼와 물 위

에 넘실대는 색색 개구리들이 어울려 계곡이 호화로웠다. 아이들은 개구리 경주를 시키다 물장구를 치다 아무데나 쓰러져 잠이 들었다. 수주만 빼고 모두 단잠이 든 것 같았다. 수주는 더 이상 개구리를 접지 않았다. 손톱 밑 살갗이 뭉개져 따갑게 쑤셔오기도 했지만 색종이가 한 장밖에 남지 않았다. 수주는 잠든 식구들 틈에 엎드린 채 물 위에 뜬 개구리들을 하나하나 헤아려보았다. 개구리들은 사방 어디로든 튈 수 있을 것 같았다. 수주는 마지막 남은 초록색 종이를 월아네 머리맡에 놓아두고 죽은 듯이 잠든 노인의 얼굴을 힐끔 훔쳐보았다. 그렇게라도 오랜만에 보는 얼굴이었다. 노인은 흐트러짐 없이 일자로 똑바로 누워 있었다. 그 모습에 흠칫 소름이 돋았다. 살마저 뼈가 되는 나이가 된 것인지, 월아네의 잠든 자태가 석고상의 부드러움과 단단함을 던져주었다. 그것은 살아 있는 세계가 아닌 죽음을 사는 세계였다. 눈으로 온기가 느껴지되 몸으로 온기가 전해지지 않는 세계였다. 수주는 누운 채로 소리나지 않게 월아네 곁으로 움찔움찔 몸을 이동시켰다. 체온 가까이, 조금씩 조금씩. 그러나 더 다가갔다가는 월아네가 흠칫 깨어날지도 몰랐다. 수주는 그대로 등을 멈춰 세우고 월아네가 보았던 하늘을 올려다보았다. 파랬다. 그런데 설악 쪽인지 고개 저쪽이 그늘지듯 어두웠다. 수완이 내려간 길은 아무 기미가 없었다. 수주는 잠든 식구들의 얼굴을 점검하듯 돌아보았다. 식구들 중에 혼자 깨어 있는 자신이 거대한 하늘을 떠받치고 있는 아틀란티스처럼 막중하게 느껴졌다. 아이들의 꼭 감은 눈이, 올케들의 반쯤 열린 입과 눈꺼풀이, 월아네의 성성한 백발이 새삼스러워 보였다. 사랑스러웠다. 사랑, 오래 잃어버린 감정이었다. 전 남편을 생각했다. 강간인지 아닌지 어중간한 상태에서 그와 결혼을 결심한 것은 그때 뱃속에 들어선 아이 때문이었다. 핑계였다. 십년 동안 자신의 전부를 바친 남자와 헤어지고 혹독하게 깊어지는 실연의 늪에서 빠져나오기 위해서는 누군가와 결혼하는 방법밖에 없었다. 사랑 없이 결혼을 했어도 수주는 그 생활에 충실하려고 했다. 그러나 몸이 말을 듣지 않았다. 아니 마음이 조금도 움직이지 않았다. 남편은 수주를 의심하기 시작했다. 수주의 전 남자를 증오했다. 수주는 특별히 부정하지 않았다. 핏덩이 갓난아기를 빼앗기고 월아네로 돌아왔을 때 사랑의 감정은 거세되었다. 젖내 나는 갓난아이를 보고도 사랑을 느낄 수 없는 마음. 사랑할 만한 남자에게 아무것도 느낄 수 없는 몸은 불구였다. 수주는 보름 전 새도시 입구, 바람 부는 흰돌 벌판에 처음 섰을 때의 황량한 기분을 떠올렸다. 그리고 그와 헤어지느라 다시 벌판에 섰을 때의 충만한 기분도 떠올렸다. 그곳을 다시 찾아가지는 않았지만, 머릿속으로 수십번 그 자리에 되돌아가 보았다. 그리고 조만간 새도시로 이사를 갈 것이었다. 아니, 이사를 가기 위해 새도시를 찾아갈 것이었다. 수주는 월아네 머리맡에 놓아둔 초록색 종이를 집었다. 마지막 개구리를 접을 것이었다. 그런데 웬일인지 평소 집에서는 벽 너머 건넌방까지 들려오던 월아네의 콧소리가 들리지 않았다. 숨소리가 느껴지지 않았다. 수주는 자신의 얼굴을 월아네의 그것에 가져다 댔다. 체온이 조금 느껴졌다.

맞댄 볼을 지그시 눌렀다. 월아네는 미동도 하지 않았다. 수주는 숨도 안 쉬고 아주 짧은 순간 생각할 여유를 찾기 위해 허공으로 눈을 들어올렸다. 저 멀리 흔적으로만 보이던 구름이 고개 이쪽으로 검은 손을 들이밀고 있었다. 수완이 내려간 길은 여전히 적요했다. 그리고 그들을 싣고 갈 차는 기우뚱하게 처박혀 있었다. 월아네의 손을 손끝으로 잡았다. 역시 온기가 조금 느껴졌다. 손을 잡고 가만히 기다렸다. 그러나 식어가는 온기였다. 가슴에 손을 얹었다. 움직이지 않았다. 수주는 손을 얹은 채로 그들을 내려다보고 있는 하늘과 마주보았다. 먹구름이 몰려오고 있었다. 식구들을 깨워야 했다. 그러나 수주는 점점 떨려오는 몸을 자제하며 수완이 내려간 길만을 응시했다. 그러면서 마음으로 수없이 어떻게 할 것인가를 되묻고 있었다. 개구리들 천지구나. 수주가 잘못 들었나 뒤돌아보았다. 월아네가 종이 몸처럼 가볍게 상체를 일으켜 앉았다. 무게가 느껴지지 않는 노인의 몸을 보면서 수주는 잠시 넋을 놓았다. 월아네는 계곡에 빼곡한 개구리들을 보며 역시 무게가 느껴지지 않는 웃음을 지었다. 엄마! 수주는 자기도 모르게 월아네를 가슴에 당겨 안았다. 살인지 뼈인지 분간할 수 없는 야릇한 존재감이 수주의 가슴에서 되살아났다. 갸가, 왜 이리 늦는다니? 월아네가 말하기가 무섭게 수완이 숲길에 모습을 드러냈다. 뒤에는 카센터 기사가 따르고 있었다. 먹구름이 빠르게 그들 뒤를 쫓아왔다. 차는 먹구름보다 빠르게 구제되었다. 계곡길을 빠져나오기도 전에 폭우가 쏟아졌다. 내리쏟는 빗줄기를 바라보며 월아네는 긴 하품을 했다.

눈물이 피하지 못한 빗물처럼 월아네의 눈가를 조금 적셨다. 개구리들은 모두 계곡에 남았다. 개구리를 접던 수주의 손이 월아네에게 가 있었다. 뼈만 앙상하게 남은 손으로 수주를 그러안고 월아네는 다 들으라고 힘을 내어 말했다. 차가 그랬어도 오늘 소풍은 그만이었어야. 정말 그것이 월아네의 마지막 소리라는 것을 아무도 믿지 않았다. 아무리 번개가 내리치고 폭우가 쏟아져도 차만 아니었으면 그날 아무 일도 없었다. 모두 그렇게 생각할 뿐이었다.

《세계의 문학》 2001년 가을호

운명이 되려다 만 것들에 대하여
——함정임의 소설을 위한 몇 개의 주석

우연은 삶에다
눈에 띄지 않는 틈을 내놓는다.
——모리스 블랑쇼

운명을 상실한 인물들은
운명을 자기 자신에 대한 치명적인 실험으로 대체한다.
——페터 슬로터다이크

1 잠재된 미결정성으로 충만한 세계

함정임의 소설은 세계를 합리적으로 이해할 수 있는 것으로 제시하려는 노력을 중지한 지점에 놓여 있다. 작가는 단지 세계의 합리성과 이해 가능성을 증명하려는 시도를 중지했을 따름인데, 세계는 더 이상 스스로를 합리적인 모습으로 드러내지 않는다. 물론 작가가 세계의 정당성의 근거를 의심하거나 부정하는 것은 결코 아니다. 다만 세계의 정당성의 근거를 밝히려는 노력을 중지했을 따름이다.

작가의 작품 곳곳에서 배어나는 우수 어린 표정들은 세계를 정당화할 수 있는 초월적인 또는 선험적인 근거의 공백 상태와 맞물려 있는 것이다. 하지만 그렇다고 해서 세계를 정당화할 수 있는 근원적인 원리나 궁극적인 목적을 찾아 나서지는 않는다. 이유는 간단하다. 달리 찾아야 할 이유도 목적도 없기 때문이다. 함정임의 소설들은 특유의 조용한 목소리로 말한다: 세계가 정당성을 확인할 수 있는 근거를 가지고 있지 못하다고 해서, 반드시 세계의 정당성의 근거를 찾아 나서야 할까. 반드시 세계를 실체로서 경험하고 실천(목적 합리성의 행위)을 통해서 세계와 만나야 하는 것일까. 없으니까 찾아야 하고 불확실하니까 확실하게 해야 한다는 관습화된 인과론적 사고를 고집한다면, 작가의 소설은 처음부터 끝까지 해괴망측한 것일 수밖에 없으리라. 작가의 작품은 인과 관계에 대한 우리의 기대 지평을 이미 처음부터 비켜서 있기 때문이다.

그런 의미에서 함정임 소설은 히스테레시스hysteresis적이다. 형태와 발음은 유사하지만 히스테레시스와 히스테리hystery 사이에는 어떠한 의미론적인 연관도 없다. 일반적으로 히스테레시스란 인과 관계가 좀처럼 진행되지 않는 상태를 말한다. 예를 들자면 어떤 물체의 표면에 손가락을 대고 꾹 눌렀는데 약간 튀어나오다가는 더 이상 튀어나오지 않는 경우와 흡사하다. 원인이 제공되었는데도 결과가 현실화되지 않고 잠재적인 상태에 머물러 있는 것. 따라서 원인과 결과, 기원과 목적 모두가 잠재성의 영역 내에서 미결정의 상태에 머물러 있는 것을 의미한다.

따라서 함정임의 소설에서 삶은 특정한 목적에 의해서 인도되지 않는다. 또한 삶 속에는 과거의 상처를 봉합해 줄 수 있는 초월성도 존재하지 않는다. 그렇다면 삶이란 무엇인가. 삶은 허공을 걷는 헛걸음질과도 같은 것이며 허공에 흩날리는 벚꽃과도 같은 것이다. 삶은 지극히 중성적인 무위(無爲)의 지대이다. 적어도 작가에게는 그렇다.

작품 「그의 즐겨찾기」를 살펴보자. 박사학위를 가진 고등백수의 일상을 그리고 있는 이 작품은 참으로 허망하다. 세계의 의미 없음을 재현하고 있기 때문이다. 작품의 대강은 이렇다. 주인공 남자는 인터넷에서 서평을 마치고 유치원에 아이를 데리러 간다. 육교 근처에서 집 짓는 풍경을 구경하고, 전철역 주변에서는 애완견 가게와 미용실을 들여다본다. 아이를 데리고 와서는 핌프 록으로 무장한 서태지의 컴백쇼를 텔레비전에서 본다. 울트라맨 스타일로 깎다가 아이의 머리를 엉망으로 만들어놓고, 공원에 가서는 발광(發光) 장치를 부착하고 달리는 퀵보드들을 멍하니 바라본다. 공원 근처에서는 드라마 촬영이 한창이고, 친구를 만나서는 쓸데없는 대화를 나눈다. 아내에게 이메일을 보내려다 포기하고 아내의 화장대에서 매니큐어를 가지고 논다. 그러고는 들어오지 않는 아내를 기다리며 자신의 혀에 색색의 매니큐어를 바른다.

소제목을 달고 있는 조각 글들로 구성되어 있는 작품의 형식에서 알 수 있듯이, 세계는 통일적인 실체로서 다가오지 않는다. 주인공이 보여주는 단속(斷續)적인 경험은 세계의 파편성과 무의미를 보여준다. 하지만 세계가 무의미해지고 주체성이 혼란에 빠진 이유와 그 결과는 여전히 막연하다. 다만 마비증세를 겪고 있는 그의 혓바닥에 칠하여진 매니큐어manicure 속에 적어도 치유cure의 무의식이 잠재되어 있을 것이라고 짐작해 볼 따름이다.

2 전도된 가족 로망스 : 백지와도 같은 운명에 대한 욕망

함정임 소설의 등장인물들은 거의 대부분 일그러진 가족의 초상을 반영하고 있다. 아버지가 등장하지 않는 작품들이 대부분이며, 아버지가 있는 경우에는 어머니가 없다. 아버지, 어머니, 자녀들이 함께하는 일부일처제의 가족 형태는 등장하지 않는다. 「버스, 지나가다」를 보면, 아버지의 기일(忌日)에 여주인공 송연과 함께 모였던 사람은 완전한 남이라 할 수 있는 계모, 그리고 반(半)은 남이라 할 수 있는 이복 여동생이었다. 「그녀는 노래 부른다」의 시골 아낙 한이는 아버지가 다른 두 남매를 낳았다. 「휴일」의 경우, 아버지는 재혼해서 강원도에서 살았고 어머니는 양부(養父)와 아르헨티나로 이민을 갔다. 세계에 대한 경험이 단속적이듯이, 가족은 분열인 동시에 연결이다. 세계와의 운명적인 만남이 가족이라고 한다면, 가족은 첫번째 운명의 고리이면서 동시에 첫 번째 운명의 사라짐이다. 작가의 작품에서 가족은 회복 불가능한 과거이며 하나의 단순한 사실이다. 가족은 생물학적으로는 대체 불가능하지만, 사회적으로 얼마든지 대체 가능한 인간 관계에 지나지 않는다. 가족도 타인과 같은 인간 관계에 불과하다는 것. 가족 관계에 드리워져 있는 생물학적인 그림자는 다만 지울 수 없는 흔적을 가진 삶의 밑그림일 따름이다.

따라서 작가의 작품들에서 개인 또는 소설적 인물의 탄생은 가족이라는 테두리 내부로부터 소외되는 지점에서 이루어진다. 프로이트가 말했고, 김윤식이 함정임 소설에 적용한 바 있는 가족 로망스가 중요한 의미를 갖는 이유도 여기에 있다. 가족 로망스란 무엇인가. 자식이 성장하자 이제는 부모를 낮게 평가함으로써 부모로부터 자유로워지고, 대체적으로 더 높은 사회적 지위를 지닌 다른 사람들로 부모를 대체하고자 하는 환상을 말한다. 자기 부모들이 실제로는 부모가 아니며 진짜 부모는 왕이나 귀족이라고 상상함으로써 부모에게 복수한다는 것이다. 가족 로망스는 사회 질서 속에서 자신에게 주어지는(/주어질) 어떤 위치에 대해 환상을 갖는 방식이다. 따라서 가족 로망스란 가족의 이야기를 사회적인 차원에 역투사함으로써 만들어지는, 일종의 상상적 보상물인 셈이다. 하지만 작가의 작품에 가족 로망스를 적용하기 위해서는 미세한 차이점들이 고려되어야 한다. 가족의 이야기와 가족과 관련된 무의식이 작용한다는 점에서는 가족 로망스이다. 하지만 우울함과 비극적 표정이 압도적으로 제시되고 있어서 상상적인 보상이라고 규정하기는 조금 곤란하다. 오히려 가족은 일종의 운명적인 징벌에 가까운 모습으로 제시되어 있기 때문이다. 이를 두고 가족 로망스의 전도된 형태라고 할 수는 없을까.

그렇다면 전도된 가족 로망스 속에서 가족의 의미는 무엇인가. 유화(油畵)에 비유하자면 가족은 캔버스에 그려져 있는

그림이다. 달리 말하자면, 전도된 또는 뒤틀어진 가족 로망
스란 한 인간의 운명은 태어날 때부터 백지(白紙) 상태가 아
니었다는 사실에 대한 자각인 셈이다. 가족 로망스의 전도된
형태 속에는 운명의 제로 베이스, 또는 운명의 백지 상태에
대한 욕망이 투사되어 있다. 따라서 가족으로부터 독립한 이
후의 삶은 이미 존재하는 그림(가족)에다가 덧칠을 하는 일과
같을 것이다. 캔버스를 모두 흰색으로 덧칠하려고 해도 처음
그림(가족)의 흔적들은 가려지는 동시에 드러나게 될 것이다.
「조용한 날들의 계단」의 주인공은 아버지와 애인 관계에 있는
여자의 아이에게서 화산(火山)을 느낀다. 그에게 화산, 특히
베수비오 화산은 가족의 마지막 여행지였다.「꽃구경」의 미요
는, 벚나무를 배경으로 사진을 찍어달라는 관광객의 요청을
받게 되자, 사람은 빼고 벚나무만 카메라 앵글에 담는다. 그
녀의 아버지는 벚나무 앞에 엄마를 세워두고서는 정작 벚나
무만 찍었던 적이 있다. 가족은 무의식 속에 침전되어 있는
운명이다.

3 가족 바깥에 놓여진, 개체의 논리로서의 성(性)

함정임 소설에서 성(性)은 사회적·생물학적인 의미를 지
니지 않는다. 모든 성적인 관계는 사회적인 관계를 이미 언제
나 내포하고 있다. 묻지마관광처럼 일회적인 유흥만을 목적
으로 삼는다고 하더라도 성적인 관계는 사회적인 규약을 불

러들인다. 상대방의 사회적 조건들이나 정체에 대한 물음을 금지한다는 약속(규약)이 그것. 성은 생물학적인 것이지만, 그와 동시에 사회적 계약의 층위로 치솟아 오른다는 것. 가족 역시 사회적으로 규정된 생물학적인 관계라 할 것이다.

작가의 소설에서 성은 가족의 형성으로 수렴되지 않는다. 성은 가족과 절연되는 지점, 가족 속의 구성원이 아닌 단독자로서의 개인이 정립되는 지점에서 의미를 갖는다. 「버스, 지나가다」에서 주인공 송연이 자신의 방을 갖는 시점에 성적 경험이 놓여져 있었다. 또한 「소풍」의 여주인공 수주의 성 역시 가족과는 철저하게 무관한 것이었다. 「소풍」은 두 가지의 스토리 라인을 갖고 있다. 하나는 수주의 어머니 월아네의 생일을 맞아 가족 모두가 고기 구워 먹으러 나들이를 갔던 이야기. 다른 하나는 수주가 신도시 외곽에서 채팅으로 만난 남자와 서로에 대한 아무런 정보도 없는 상태에서 번개팅을 한 이야기. 이 작품에서 가족 이야기와 성에 대한 이야기는 서로 아무런 관련 없이 병치되어 있다. 성은 한 사람의 개인이 가족과 무관함을 보여주는 가장 중요한 지표이다. 이것은 가족 내에서의 성에도 여전하게 적용된다. 「조용한 날들의 계단」에서 아버지의 성(性) 또는 사랑은 기존의 가족 관계와는 무관하다. 그리고 「꽃구경」에서는 엄마가 다른 남자와 만났을 가능성을 오히려 부풀리기까지 한다. 가족이란 생물학적인 성(性) 경험이 사회적인 관계 속에서 형체를 부여받은 것을 말한다. 하지만 함정임의 작품에서 성은 사회적인 차원이나 생물학적인 차원을 벗어나 있는 그 어떤 지점에 설정된다. 그것은 가족과는 무관한 개인의 표지이다. 가족 구성원에서 개인으로 완전히 환원된 지점에, 개인과 개인이 만나는 지점에 성이 우연이자 운명의 모습을 하고 자리하고 있다.

「그녀는 노래 부른다」의 한이를 보자. 자식으로 남자애와 여자애를 가졌다. 남매의 터울은 20살 가량 되고, 아버지는 각각 다르다. 그렇다면 한이는 헤픈 여자였을까. 결코 그렇지 않다. 헤프지도 않은 여자가 아버지 다른 남매를 두었다고 한다면, 그녀에게 있어서 성이란 무엇인가. 그것은 가족과는 무관한, 순정하게 개인적인 선택이자 운명과도 같은 것이다. 성에 의한 결과로서 가족이 생겨난다. 철이와 부남이 그리고 한이는 어떻든 가족의 모습을 하고 있지 않은가. 하지만 한이에게 있어서 성은 가족이라는 사회적인 결과로 수렴되는 것이 결코 아니었다. 철새 조사원을 받아들일 때 한이는 다만 한 사람의 여자였을 따름이다. 그녀의 자궁 속에는 아무것도 없었지만, 모든 가능성으로 충만해 있었다. 니체적 의미에서 주사위를 쥔 따뜻한 손이 한이의 자궁으로 전이되어 있었을 따름이다. 부남의 잉태와 출산은 그녀의 자궁 속에 충만해 있던 가능성 가운데 하나가 현실화된 것일 따름이다.

따라서 〈호수가 원래 호수가 아니었던 것처럼 부남이는 원래 한이의 자식이 아니었다. 한이는 열 달 동안 제 뱃속에 품어 낳았으면서도 아직도 부남이를 그렇게 여기고 있다. 부남이는 한이에게 자식이 아니라 손님으로 온 것이다〉라는 대목이나 〈삼십 년 전 철이 놈을 낳던 때나 팔 년 전 부남이를 낳던 때나 한이는 애비 없이 애를 낳아 손님처럼 길렀다〉는 대목은 육아와 관련된 관습적인 의미망과는 아무런 관계가 없다. 철이와 부남이가 자식이 아니라 손님이었다는 것은 무슨 의미일까. 한이에게 철이와 부남은 가족이기 이전에 손님처럼 찾아온 운명이었다. 성은 가족 바깥에 놓여진, 개체성의 논리였고 운명은 그녀의 자궁 속으로 찾아들었다. 그리고 손님과도 같은 운명을 자식처럼 가졌던 것. 따라서 이렇게도 말할 수도 있을 것이다. 함정임의 소설에서 성은 운명을 받아들이는 방식이며 동시에 운명을 잉태하는 방식이라고. 작가가 제시하는 가족 관계나 성적 묘사들이 일상적인 도덕 관념에서 많이 이탈해 있음에도 불구하고 불륜의 그림자를 드리우지 않는 것도 그 때문일 것이다. 개체성의 원리인 성은 운명을 만나고 받아들이고 자신의 것으로 만드는 가능성이다. 적어도 작가의 작품에 의하면, 그러하다.

4 비(非)인칭의 운명과 존재의 수동성

함정임 소설들의 인물들은 운명과 맞서거나 대결하지 않는다. 이것은 비겁함이나 소심함의 표현이 아니라 자기 방기에 가까운 수동성의 차원과 관련되는 것이다. 운명과 비기고자 하는 자의 표정이 그것. 운명과 맞서지 않고, 단지 비스듬히 서서 한편으로는 운명을 맞으면서 또 다른 한편으로는 운명을 비껴 간다. 거울에 자신의 얼굴이 반 정도만 비치게 하는 놀이와도 같다고나 할까. 그의 소설은 그 어떤 운명적인 겪허

함, 또는 존재의 운명적인 수동성을 보여준다. 그의 인물들
은 중성적인 무용함으로 소설 속의 인생을 채색하고 있으
며, 때로는 방기에 가까운 부주의함으로 인생을 기획한다.

「사랑처럼」을 보자. 두 여자의 처녀성 상실기, 정확하게는
처녀성 주어버리기가 제시된 작품. 주인공은 영신과 재인, 학
교 선후배 사이이다.

　「그가 왔어」
　「그……, 누구?」
　영신은 무심결에 되묻기는 했는데, 말을 뱉고 나서는 혹시
그가 아닐까 생각했다. 아니, 아닐 것이었다. 그를 입에 올리
지 않은 지는 아주 오래, 십년도 넘었다. 그러나 그 이외에 그
들이 그라고 부르는 사람은 없었다. 그동안 둘은 공범끼리 발
설해서는 안 되는 암호처럼 그라는 단어를 피해 왔다.

대학 시절에 영신은 프랑스 여자 에브에게 처녀성을 주었
고, 재인은 시위 도중에 올라탔던 트럭 운전수에게 주었던
것. 인용문의 〈그〉는 직접적으로는 트럭 운전수를 지칭하지만
동시에 영신의 사랑 아닌 사랑이었던 에브를 가리키기도 한
다. 트럭 운전수의 만나자는 연락에 대해서 재인 대신에 영신
이 나갔다가 튤립나무만 보다가 돌아온다는 것이 작품의 전
체적인 대강이다. 민감한 독자라면 벌써 느꼈겠지만, 단편
「사랑처럼」에는 아무런 사건도 일어나지 않는다. 다만 시간만
흐를 뿐이다. 처녀성 상실기는 무척이나 돌발적이고 예외적

232

인 사건이지만 십년도 넘은 일이고, 그밖에는 어떠한 사건도 없다고 해도 무방할 정도이다.

아무런 사건도 일어나지 않는 이야기로서의 소설.「사랑처럼」은 사건과 인물의 전체성을 다루는 것이 아니라, 사건 이전이나 이후 또는 사건의 주변만을 다루고 있다. 공백으로서의 사건. 작품의 한가운데에 자리하고 있는, 그것도 함몰된 채로 자리하고 있는 사건의 결핍이 놀랍게도 소설을 구성한다. 다르게 말하자면 소설에 등장한 모든 언어들은 사건의 부재를 둘러싸고 있으며 그 어두운 구멍 속에서는 낮고 내밀한 노래가 흘러나온다. 노래 속에는 현재와 과거 그리고 미래가 침전되어 있는데, 우리는 다만 그 침전물의 사소하면서도 치명적인 탈(脫)침전화 과정을 순간적으로 엿들을 수 있을 따름이다.

그렇다면 물어야 할 것이다. 〈그〉의 되돌아옴이 의미하는 것은 무엇이며, 사건의 부재란 무엇을 위한 것일까. 〈그〉란 이름 붙일 수 없는 운명의 명칭일 것이다. 3인칭 또는 비(非)인칭으로서의 운명. 말할 수도 없고 들을 수도 없고, 언어에 의해 지시 대상이 되지도 않는 것을 두고 비인칭이라고 할 수는 없겠는가. 소통과 지시가 멈춘 지점에서의 운명. 이러한 비인칭의 운명을 기다리는 존재는 수동성의 존재이다. 여기서 수동성은 능동성과 의미론적으로 대립되는 말이 아니라, 〈긍정하는 존재〉의 특징을 기술하는 말이다.

그렇다면 소설이 사건의 부재를 형상화하는(/해야 했던) 이유도 수동성 내지는 비인칭의 운명과 무관하지 않을 것이다.

운명 없이 살면서 운명이 (되)돌아올 자리를 마련하고 사는 삶이 소설에서 사건의 부재를 요청한 것은 아니었을까. 작가 함정임에게 있어서 소설이란 자유 의지의 표현일 수 없다. 소설은 세계와 주체 사이에 잠재되어 있는 우연성의 영역을 운명의 형식으로 받아들이고 긍정하는 방식이다. 이 지점을 인정하지 않는다면, 어쩌면 작가의 작품에 한 발자국도 다가갈 수 없을는지도 모른다.

5 운명 없이 사는 삶

「버스, 지나가다」는 운명에 대한 이야기이다. 주인공은 송연, 우체국 직원으로 근무하고 있다. 여자에게 남자란 운명의 표정으로 다가오는 법. 두 번의 운명-남자가 있었다. 첫번째는 아버지이고 두번째는 그녀에게 방을 제공해 준 첫 남자. 묘하게도 아버지가 죽은 날 그녀는 방을 가졌고 남자와 관계를 가졌다. 이제 남자는 죽었다. 아버지가 운명이라면 남자역시 운명이었고, 이들은 모두 죽어버린 운명들이었다. 운명은 운명한다는 이야기.

그리고 십년간 남자는 없었다. 운명 없는 삶을 살았던 것. 그리고 한 남자를 발견했다. 그러나 그 남자는 버스가 지나가 듯이 그녀의 곁을 스쳐가 버렸다. 그렇다면 어떻게 그녀는 남자에게 관심을 가지게 되었을까. 남자와 송연은 모두 고아나 다름없는 처지. 남자의 할머니는 「홍콩 아가씨」를 노래 불렀고, 여자는 북경반점 이층에 살았다. 남자는 컴퓨터 바둑 사이트에서 접속했던 사람을 만나러 나갔다가 설치 미술 작품 「몽고인의 텐트」를 보았고, 여자는 방을 제공해 준 중년 남자 만수가 죽었을 때 몽고의 환영을 보았다. 남자가 몽고에 보내는 편지를 가져왔을 때 그녀는 몽고에 대한 환상에 젖어 있었다. 그리고는 아무 일도 없었다.

그렇다면 주인공은 왜 만수가 죽었을 때 몽고를 떠올리게 되었을까. 몽고에는 가본 적도 없고 친지도 없는데 말이다. 운명이 운명하자, 북경반점 위층에 사는 여자가 몽고를 떠올렸다? 어찌된 일일까. 반점(飯店)에서 반점(斑點)으로 기호의 보이지 않는 움직임이 일어났던 것은 아닐까. 그러자 북경은 몽고로 전이될 수밖에 없었을 터. 몽고반점(蒙古斑點). 남자가 죽었을 때 여자는 어떤 상태였던가. 두 팔로 무릎을 감싼 채로 몽고의 초원을 꿈꾸었다는 것. 하지만 몽고에 대한 환상은 통속적인 슬픔과는 무관한 것이다. 몽고반점의 의미를 찾는 일이 핵심이 될 것이다.

사람들의 입에서 그의 죽음이 흘러나왔다. 여자는 죽은 남자를 찾아가지 않았다. 남자의 죽은 몸이 이 지상에 남아 있는 사흘 동안 여자는 두 팔로 두 무릎을 감싸 최대한으로 몸을 작게 해서 남자가 얻어준 방구석에 틀어박혀 꼼짝하지 않았다. 남자가 여자를 끌어안아 주었던 것처럼 여자는 누구도 아닌 자신이 자신을 부둥켜안고 있었다. 남자는 어디인지 모를 낯선 대륙의 낯선 부족의 일원으로 돌아간 것으로 여겨졌다. (……) 허기와 빈혈 속에 여자의 의식은 하염없이 몽고의 초원으로 내달리고 있었다. 그는 몽고로부터 와서 몽고로 돌아간 것 같았다. 바람 불고 풀들 자잘하게 흔들리는 초원 위를 말을 타고 힘차게 달려갔을 것 같았다. 처음 비롯된 곳으로 돌아간 것 같았다.

두 팔로 무릎을 감싸 최대한으로 몸을 작게 한 채로 사흘 동안 방안에 있었다는 대목이 참으로 의미심장하다. 왜 그랬을까. 어쩌면 그 시간에 그녀는 신생아로 되돌아가 있었던 것은 아닐까. 엉덩이에 새파란 몽고반점을 지니고 막 자궁을 벗어나 양수를 토하며 울어대는 어린아이. 태어나 숨을 쉬며 살아간다는 사실을 제외하고는 어떠한 자명한 사실에도 얽매이지 않은 존재. 어떠한 운명도 가지지 않은 존재. 따라서 아버지의 기일(忌日)은 가족으로 대변되는 첫번째 운명이 운명한 날이며, 새로운 운명(만수라는 이름의 중년남자)을 만난 날이다. 그리고 두번째 운명이 운명하자, 이제 그녀에게 운명 없는 삶이 마치 운명처럼 찾아왔던 것이리라. 운명(남자)이 운명에 이르자, 그녀는 시간 속에서 살아간다는 것을 제외하고는 어떠한 운명도 가지지 않은 상태에 이르렀던 것. 운명의 백지 상태 또는 운명의 영도(零度)가 그것.

함정임 소설이 보여주는 진경(眞景) 가운데 하나가 바로 〈운명 없이 사는 삶〉이다. 운명이 운명하자 운명 없는 삶이 운명처럼 펼쳐진다. 운명은 이제 정언명령의 형태가 아니라 무척이나 불명료한 모습으로 다가온다. 앞에서 우리는 작가가 그리는 세계가 불명료한 모습일 뿐만 아니라 전체성을 가진 실체로 파악되지 않는다는 사실을 확인한 바 있다. 세계의 파편성과 불명료함이란 운명 없는 삶과 비스듬하게 서로를 조응하고 있었던 셈이다. 그렇다면, 이후로 우리가 작품에다 물어야 할 질문은 무엇일까. 앞으로 어떤 운명이 주어질 것인가. 아니다. 운명의 내용과 관련된 물음이어서는 안 될 것이다. 운명 없이 사는 삶 속에 과연 운명은 다시 도래할 것인가 또는 운명이 다가왔을 때 운명인지 어떻게 알 수 있을까라는 물음이 보다 작품 세계에 근접한 물음이 될 것이다. 「사랑처럼」 또는 「사랑인가」 등의 작품과 같이 운명이 비유법과 의문법의 대상이 되는 이유도 여기에서 찾을 수 있을 것이다. 운명 없는 삶 속에서는 운명에 대한 기대와 회의가 엇갈리고 실재와 비유가 비스듬하게 놓여진 시공간이 펼쳐져 있을 것이다.

6 운명과 비(非)운명의 변주

운명 없이 사는 삶에서 운명은 불확실하거나 비유적인 그 무엇으로 찾아든다. 하지만 운명 없이 살 수 없다고 한다면, 운명을 확인하는 일이 필요하다. 그 과정은 마치 존재론적인 내기의 양상으로 나타난다. 「사랑처럼」에 제시된 처녀성 버리기와 유사한 방식일 것이다. 반항하거나 거부할 수도 있는 상황이었는데도 왜 영신은 가만히 있었는가. 그리고 재인은 왜 그토록 무의미하게 처녀성을 버렸을까. 두 장면 모두 운명이란 주체의 자유의지를 넘어선 지점에 있다는 사실을 긍정하는 방식에 해당한다. 그리고 자신의 운명을 불러들이고 운명인지의 여부를 확인하는 제의적인 몸짓에 가깝다. 이를 두고 처녀성과 운명을 교환하는 책략이라고도 할 수 있을 텐데, 최소한 그들은 운명의 계기를 만들고 있었던 것이다.

운명이 비유적인 차원에서 이야기되는 「사랑인가」를 살펴보도록 하자. 주인공 남자에게 있어서 먼지 냄새는 그의 무의식을 불러 올리는 표지이다. 왜 먼지 냄새인가. 먼지 냄새는 어머니의 뱃속에 존재했지만 태어나지 못했던 동생을 환기한다. 태아로서만 존재하는 동생이란, 운명이 될 뻔했다가 운명이 되지 못했던 것에 다름 아니다. 한 어머니의 자궁에서 차례를 달리해서 태어난다는 사실처럼 운명적인 것이 또 있을까. 그는 동생을 가지지 못할 운명이었다. 그렇다면, 운명이 되지 못했던 것에 대한 섬세한 감수성의 연원은 무엇인가. 그 역시 운명 없는 삶을 살고 있기 때문이다. 혹시 그는 마치 게임이나 내기처럼 자신의 운명을 확인하기 위한 절차를 거쳤는가. 당연하다. 쫄딱 망하기는 했지만, 그는 열정적으로 주식투자를 하며 살아 있음을 실감했다. 주식투자는 경제 활동의 하나이거나 공인된 도박이거나 재태크의 방법이다. 하지만 이 작품에서 주식이란 운명을 확인하는 일종의 내기이다. 또는 운명인지 아닌지 확인하며 사는 삶에 대한 메타포이다.

주인공 남자는 포항에서 실내 인테리어를 하는 매형 집에 얹혀 살면서 피아노학원을 온통 푸른색으로 칠해 주었다. 그리고 말이 없는 여자를 만났다. 그 여자 역시 운명을 운명에 이르게 한 여자였다. 성악이 운명이었던 여자였는데, 갑자기 목소리를 잃었다. 운명이 될 뻔했던 존재(태내에서 죽은 동생)에 대한 무의식을 가지고 운명 없는 삶을 내기하듯이 살아가는 남자와, 성악가라는 운명을 잃어버리고 운명 없는 삶을 사는 여자가 만났다. 눈여겨 봐두어야 할 것은 작가가 이 작품에서 제기하고 있는 물음이다. 새로운 운명은 어떻게 주어지는가라는 물음이 그것. 작품이 들려주는 대답은, 뜻밖에도 베네치아이다.

베네치아로 가겠다는 생각은 태어나 처음이었다. 퇴근 후면 날밤을 새면서 인터넷으로 나스닥 분석까지 다 훑다가 잠깐잠깐 여행 상품에 들어가 베네치아라는 데를 본 것이었다. 의식 저편에서는 비상구를 찾고 있었던가 보았다. 그렇다고 그렇게 눈빛을 내쏘며 베네치아에 가겠다고 공표할 정도는 아니었다.

남자는 인터넷 서핑 중에 우연히 베네치아라는 기호를 보았을 따름이다. 베네치아에 갈 심리적인 진정성이나 상징적인 필연성이 있었던 것은 결코 아니다. 따라서 베네치아는 그에게 있어서도 조금은 막연한 기호일 수밖에 없었다. 다만 그가 여자와의 관계를 정리하기 위해서 베네치아를 말했을 때 조금은 의미있는 기호가 되었다. 〈난 베네치아로 갈 거야. 기다리지 마. 나는 좀 매정하다 싶을 만큼 목소리에 힘을 주었다.〉 하지만 놀랍게도 그의 말 한 마디가 운명 없는 삶을 살아가는 여주인공 미정의 욕망을 불러 일으켰고 그녀가 욕망하는 운명의 기호가 되었다. 〈소리는 없었지만. 어쩌다 베네치아라고. 베네치아에 갈 거라고 했어요. 한사코 막다가 문득 깨달았어요. 그애에게 꿈이 생겼다는 것이 얼마나 큰 희망인가를.〉 운명은 마치 베네치아처럼 무의미하면서도 우연하게 만들어진다.

소리를 잃어버린 여주인공 미정에게 베네치아란 무엇이었던가. 운명 없이 사는 삶 속에서 주어진 새로운 운명에 대한 희망에 다름 아닐 것이다. 이 지점에서 작가가 던지는 물음은 이런 것이 아닐까. 하나의 삶에 하나의 운명이 대응되어야 하는가. 운명이란 반드시 필연성의 표정으로 삶을 구성하는 것일까. 하나의 삶에 여러 개의 상이한 운명이 있을 수는 없는 것일까. 함정임 소설은 이러한 물음과 마주해 있다. 그렇다면 베네치아란 여러 개의 운명이 놓여져 있는 삶, 그리고 운명과 비(非)운명의 변주되는 삶을 표현하는 수없이 많은 기호들 가운데 우연히 주어진 하나의 기호일 것이다.

7 욕망의 우연성

욕망에 기원이 있는가. 욕망에 궁극 목적이 있는가. 욕망의 기원과 궁극은, 극과 극이 닿아 있는 방식으로, 서로의 영역을 이미 언제나 공유하고 있는가. 알 수 없는 일이다. 인간의 욕망이 갖는 운동성을 사후(事後)적으로 설명할 수 있다고 해서, 과연 그 설명 모델이 욕망의 기원 그 자체라고 할 수 있을까. 욕망이 설명될 수 있는 것은, 그 기원을 결코 드러내는 법이 없기 때문이 아닐까. 이 글은 이러한 어려운 문제에 대답할 수 없다. 하지만 욕망이 설명될 수 있다고 해서 모든 욕망에 필연성이 개재해 있다고는 생각할 필요가 없을 듯하다.

함정임 소설에서 욕망은 텍스트를 추동하는 근원적인 힘이다. 하지만 그 힘은 인과 관계를 따라서 움직이지 않는다. 욕망의 움직임은 우연성이라는 수로를 따라서 흐른다. 욕망이 결핍에서 연원하든 또는 결핍을 모르는 욕망이든 간에, 그의 소설에서 욕망은 세계 속에 잠재되어 있는 우연과 만나도록 위치지워져 있다. 그리고 욕망은 주체의 내면이나 유년기로 환원되지도 않을 뿐만 아니라 외부 세계로 귀속되지도 않는나. 따라서 욕망의 저변에는 어떤 운명적인 표정을 위한, 운명이 깃들 수 있는 공간을 위한 자리들이 마련되어 있다. 함정임의 소설에서 욕망은 욕망을 들여다보고자 하는 욕망 또는 메타화된 욕망의 모습을 나타난다. 이유는 소박하다. 욕망과 운명은 우연의 수로(水路)를 따라 흘러들기 때문이다.

욕망의 우연성을 가장 잘 보여주는 작품은 「소풍(逍風)」이다. 소풍이란 무엇인가. 바람을 맞아 노니는 것이라 할 것이다. 그렇다면 바람이란 무엇인가. 바람은 기압의 고저에 따른 공기의 물리적인 이동 현상〔風〕이면서 동시에 어떤 대상을 지향하는 욕망의 운동성〔願〕이다. 「소풍」은 가족들과 함께 바람 쐬러 간 이야기와 낯선 남자와 바람을 피운 이야기가 병치되어 있다. 이 작품에서 욕망을 표현하고 있는 메타포는 종이 개구리이다.

그는 대답 대신 탁자 위에 놓인 손바닥 만한 사각 메모지를
가져다 손끝으로 접고 또 접었다. 손을 이리 줘봐요. 그가 말했
다. 수주가 그에게 손을 내밀었다. 내가 종이로 만들 줄 아는
유일한 거예요. 그는 수주의 손바닥에 방금 만든 것을 얌전히
내려놓았다. 하얀 개구리였다. (……) 그가 수주의 손에서 그
것을 다시 가져가서는 탁자 위에 얹고는 꼬리 부분을 손 끝으
로 꾹 눌렀다 놨다. 그러자 살아 펄쩍 뛰는 것처럼 개구리가 수
주에게 달려들었다. 수주가 놀라 작게 비명을 질렀다. 그 소리
에 그도 수주도 깔깔거렸다. (……) 한 마리 만들어볼래요? 수
주는 그가 하는 그대로 개구리를 접었다.

남자가 종이로 개구리를 접어서 그녀를 즐겁게 했고, 그
유치한 장난이 그녀의 욕망에 가 닿았다. 남자를 만난 이후로
수주는 개구리 종이접기를 한다. 종이 개구리는 어디로 튈지
모른다. 그리고 누군가 꼬리 부분을 눌렀다가 놓아야만 튀어
오른다. 함정임 소설에서 욕망은 종이 개구리와 같은 방식으
로 존재한다. 욕망을 종이 개구리처럼 튀어 오르게 할 손이
누구의 것일지, 언제 다가올지는 알 수 없다. 또한 욕망은 종
이 개구리처럼 어디로 튈지 모른다. 원인(타인의 손)과 결과
(방향)가 종이 개구리 속에 우연성의 모습으로 잠재되어 있
다. 욕망은 존재의 자리에 우연처럼 그리고 운명처럼 찾아온
다. 따라서 욕망은 기원을 갖지 않는다. 욕망은 운명의 수사
학이지 결코 결핍의 계보학이 아니다. 다만 욕망에 대한 운명
적인 상기(想起)가 있을 따름이다.

8 매개항을 욕망하는 욕망

단편 「꽃구경」은 참으로 묘(妙)한 작품이다. 여주인공의 이름은 미호. 거짓말만 하는 남자를 애인으로 두었는데, 알면서도 속아넘어가 준다. 이미 오사카에는 벚꽃이 다 져버렸을 시간인데도 그는 꽃구경을 가자고 한다. 그의 거짓말 때문에 전주와 군산 사이를 달리기까지 했었다. 그런데도 여자는 오히려 그의 거짓말에서 희망을 발견하기까지 한다. 뭐 이런 작품이 다 있는가 하는 생각이 절로 드는, 괴상망칙한 작품.

능수벗 꽃이 처음 피었을 때 아버지는 엄마를 꽃핀 가지 아래 세워두고 사진을 찍었다. 미호는 능수벗 아래 서 있는 엄마와 열 발짝 정도 떨어져 사진을 찍는 아버지의 모습을 역시 엄마와 아버지로부터 열 발짝 정도 떨어진 왕벚나무 아래서 바라보았다. 엄마는 능수벗꽃보다 아름다웠고 그런 엄마를 아버지는 카메라 렌즈를 통해 오래 들여다보았다. 엄마는 아버지의 행복만큼 오래 웃고 있어야 했고 아버지는 시간을 끌었다.

미호의 아버지는 벚꽃나무 농원을 했다. 엄마는 능수벗을 좋아했고, 아버지는 능수벗을 주로 생산했다. 이후에 밝혀진 일이지만, 위의 인용문에서 사진을 찍던 아버지는 엄마를 프레임에 담지 않았다. 그는 다만 벚꽃만을 찍었을 따름이다. 하지만 엄마가 지리산에 꽃구경 갔다가 죽은 후로 아버지는 더 이상 벚꽃을 찍지 않았다. 그리고 벚꽃이 피지 않는 서울의 중랑천으로 이사를 했다. 벚꽃에 미친 아버지, 남편의 무관심에 짜증이 난 엄마, 부부 사이의 갈등이 가져온 일탈과 파탄, 뭐 이런 식의 신파적 구도가 이 작품의 핵심일까. 그렇지 않다. 이 작품에서 핵심은 매개항이다.

아버지의 욕망은 어머니를 매개해서 벚꽃나무에 닿아 있다. 카메라는 욕망의 대상을 확정하는 기제이다. 따라서 아버지가 욕망하는 대상은 벚꽃인 것으로 보인다. 그렇다면 어머니가 죽은 뒤에는 왜 벚꽃을 찍지 못했을까. 이유는 소박한 곳에 있을지도 모른다. 미호의 어머니, 달리 말하면 벚꽃을 욕망하게 한 매개항을 잃어버렸기 때문이 아닐까. 아버지는 벚꽃(대상)에 이를 수 있는 매개항(엄마)을 잃어버렸던 것이다. 아버지의 욕망은 다음과 같은 사실을 보여준다: 욕망에 있어서 매개항은 대상(목적)보다 본질적이다.

모든 욕망은 매개항을 갖는다 또는 모든 욕망은 매개된 욕망이다, 라는 지라르의 설명은 함정임 소설에 이르면 변형된다. 아버지의 욕망을 모방하고 있는 미호의 욕망은, 매개항을 배치하는 욕망으로 나타난다. 미호의 이상한 연애가 그러한 사실을 증명하지 않겠는가. 미호에게 남자는 욕망의 대상이 아니다. 남자 친구의 거짓말은, 미호의 억압된 욕망(엄마의 죽음으로 억압되고 금기시된 꽃구경이라는 욕망)을 해소할 수 있는 매개항이다. 욕망의 궁극적인 목적이 대상에 있는 것이 아니라면 그녀는 무엇을 하려는 것인가. 매개항에 잠재되어 있는 가능성을 수용하고 긍정하는 일이 그것이다. 미호의 욕망에서 매개항은 대상으로부터 연역되지 않는다. 욕망의 궁극적 대상과의 관련성 속에서만 자리를 부여받는 매개항이 아니다. 그녀는 매개항(남자친구의 거짓말)이 가져다 줄 수 없이 많은 그리고 예측하기 어려운 가능성들을 수용하고 긍정하고 있는 것이다.

수의 거짓말에 미호가 숨이 차올라 마른 침을 꿀깍 삼킨다. 벚꽃 하얗게 휘날리는 전군가도를 달리게 한 수가 이번엔 미호를 어디에 세워둘 것인가. (……) 거짓이라는 것을 미호는 너무나 잘 안다. (……) 미호는 어쩌면 오늘 오후나 내일 수의 거짓말을 따라 꽃구경 하러 오사카행 비행기를 타게 될지 모른다고 생각한다. 미호는 칼로 무 베듯 단번에 수와 헤어질 방법을 궁리하면서도 여전히 수의 말을 믿는 자신을 믿는다.

남자친구가 하는 말들은 모두 거짓말이다. 그의 거짓말은 참과 거짓, 현실과 비현실 사이를 요동친다. 달리 말하면 매개항으로서의 거짓말에는 참과 거짓, 현실과 비현실이라는 가능성이 동시에 잠재되어 있는 것이다. 현실에서는 오사카에 꽃이 있을 수 없다. 하지만 수의 거짓말을 매개항으로 승인하는 순간, 오사카에서 꽃구경을 할 수도 있다는 욕망의 가능성이 생긴다. 따라서 거짓말을 믿는 자신을 믿는다는 말은 삶의 가능성에 대한 신뢰를 표현하고 있는 것이다. 삶의 가능성들이 잠재되어 있는 매개항에 대한 욕망. 그녀는 대상이 아닌 매개항을 욕망하고 있으며, 그녀의 욕망은 매개항을 배치하는 욕망이다.

　단편 「꽃구경」은 욕망에 대한 사후적인 설명이 아니라, 매개항이 욕망의 대상이나 궁극 목적과 관련되기 이전에 단지 매개항으로서만 존재하고 기능하던 지점에 대한 소설화이다. 매개항은 욕망의 목적이나 대상에 의해서 규정되는 것이 아니라, 매개항은 그 자체로 삶을 변화시킬 수 있는 가능성이다. 그렇다면 삶의 가능성이 잠재되어 있는 매개항을 가진 후로 미호에게는 어떤 일이 생겼는가. 몸이 바뀌었다. 거짓말을 해도 딸꾹질이 나지 않으며 엄마가 죽은 봄인데도 몸살을 앓지 않는다. 몸이 욕망의 기원이었다면, 매개항 때문에 기원이 흐려진 셈이다. 함정임의 소설에서 욕망은 기원을 갖지 않는다. 또한 궁극적인 목적도 갖지 않는다. 다만 매개항에 잠재되어 있는 삶의 가능성으로서 충만하고자 할 따름이다. 작가의 무의식이 대상이 아니라 매개항에 있음을 보여주는 또 다른 작품은 「휴식」이다. 여주인공은 여행사 가이드. 일본 역사 탐방팀 여행객이었던 경민이라는 소년이 팀을 이탈해서 그녀를 따라왔다. 경민은 마이코(일본의 소녀 기생) 인형을 선물했고, 그녀는 일본의 힙합밴드 엠 플로 시디를 선물함으로써 부담을 덜고자 했다. 이후로 소년이 여주인공에게 감정적으로 몰입했음은 충분히 예상 가능한 일일 터. 하지만 우리를 당혹스럽게 하는 것은 여주인공의 매몰찬 태도이다. 경민이 심리적 혼란을 이기지 못해 끝내 자살을 시도하고 겨우 목숨을 건져 그녀만을 찾는 상황에서도 그녀는 경민을 찾아가 주지 않는다. 왜 그랬을까. 욕망의 대상이 되는 것을 거부했기 때문이 아닐까. 그녀가 승인하는 것은 욕망의 대상이 아니라 매개항이 되는 수준이었기 때문이다. 이 작품에서 눈여겨보아야 할 것은 인형의 행방이다. 나중에 알려진 일이지만, 소년의 엄마는 그를 낳고는 마이코가 되었다. 그리고 소년은 마이코 인형을 그녀에게 주었다. 그리고 그 인형을 여동생이 허락도 받지 않고 가져갔다. 작품의 제목으로 제시된 〈휴식〉은 바로 그 지점에서 주어진다. 욕망의 기원도 아니고 대상도 아닌, 단지 매개항에 머무르는 것.

9 운명이 도래할 자리를 마련하는 욕망

한번도 제대로 품어보지 못한 여자를 잃고 그리워만 하는, 얼빵한 남자의 바보 같은 순애보를 그리고 있는 「치사(致死)」를 보자. 주인공 봉수의 사랑은 다방 종업원 미스 유. 그녀는 욕망이 없는, 또는 욕망의 대상을 모르던 여자였다.

욕조를 갖고 싶어요. 봉수가 무엇이 갖고 싶냐고 묻자 미스 유는 번번이, 갖고 싶은 것이 아무것도 없어요, 라고 대답했다. 그래도 봉수는 무엇인가를 미스 유에게 안겨주고 싶어 미칠 지경이었다. 미스 유는 자신이 뭘 갖고 싶은지, 곰곰이 생각하다가, 정말 아무것도 갖고 싶은 것이 없어요, 라고 대답해서 봉수의 다리 힘을 주욱 빼곤 했다. 미스 유는 진심으로 하는 말이었다. 아무것도 어리지 않은 미스 유의 정갈한 눈동자가 그것을 말해 주고 있었다. 그러다 어느 날 미스 유는 석류가 붉은 속살에 밀려 벙그러지듯이 무심히 입을 열었다. 욕조를 갖고 싶다는 거였다. 동백 다방 담벼락 너머로 라일락꽃 향기가 암내를 풍기듯 뭉텅 쏟아지던 화창한 봄날 대낮이었다.

골똘히 그리고 심각하게 생각해도 자기가 뭘 갖고 싶은지를 모르던 여자가, 〈무심히 입을 열었다〉. 그때 나온 말이 욕조였다. 목욕물을 담는 욕조(浴槽)였을까. 그랬을 수도 있지만 그녀의 욕망을 대변하는 말인 욕조가, 과연 목욕물 담는 그릇이라는 대상과의 일치를 염두에 둔 말이었을까. 욕망이 생긴다 또는 욕망이 형체를 부여받는다는 의미에서의 욕조(慾造) 내지는 욕조(慾彫)의 무의식에 그녀 자신도 모르게 가 닿아 있었던 것은 아닐까. 이 지점에서 두 가지의 욕망이 서로 교차한다. 미스 유는 봉수 때문에 욕조를 욕망하고, 봉수는 미스 유가 욕망하는 욕조를 욕망한다.
　미스 유라는 작중인물의 이름이 가지고 있는 상징성이 힘을 발휘한 때문일까. 〈아주 가지는 않는다〉던 미스 유가 돌아오지 않는 상황이 벌어진다. 봉수는 미스 유를 잃어버리고 miss you 애타게 그리워만 하며 miss you 늙어간다. 왜 봉수는 미스 유를 찾아 나서지 않았던가.

　미스 유를 찾아와야 했다. 그러나 그와 동시에 다른 한 생각이 봉수의 목덜미를 잡았다. 봉수가 미스 유를 찾아 나서는 순간 미스 유는 돌아오지 않을 것이란 사실을 인정하는 것이었다. 그것은 깨닫고 싶지 않은 진실 같은 것이었다.

왜 봉수가 찾아 나서는 일이 그녀는 돌아오지 않을 것이라는 사실을 인정하는 일이 되는가. 이 지점이 「치사」의 순금부분이다. 찾아 나서는 순간 미스 유는 욕망의 대상이 되기 때문은 아닐까. 찾아 나서지 않고 기다리고 있는 동안 미스 유는 봉수의 인생에 있어서 잠재되어 있는 삶의 가능성(매개항)이었다. 미스 유는 돌아올 수도 있고 돌아오지 않을 수도 있는 가능성이었다. 하지만 봉수가 찾아 나서게 되면 미스 유가 돌아오더라도 돌아온 것이 되지 않는다. 찾아 나서는 순간 미스 유가 돌아올 수 있는 가능성과 돌아오지 않을 가능성은 모두 차단된다. 봉수는 대상으로서의 미스 유가 아니라 삶의 가능성들을 보존하고 있는 매개항으로서의 미스 유를 욕망했던 것. 또한 봉수가 그녀를 찾으러 갈 수 없었던 이유는 그의 욕망 속에 이미 미스 유가 만들어 놓았고 봉수가 승인한 그녀만의 〈자리〉가 마련되어 있었기 때문이다. 욕조가 바로 그것이다. 욕조란 무엇이었던가. 그것은 텅 빈 가능성이었다. 욕조는 미스 유의 상징적인 대리물(정화의 상징과 자궁의 상징)이며, 운명이 되지 못한 삶의 상징이며, 운명을 기다리는 자의 표정이다. 운명이 도래할 자리를 마련해 놓고 있는 삶이 욕조 속에 있다. 운명을 기다리는 일상이 영원회귀의 이미지로 다가온다.

밤이 되어 자전거를 만지지 않을 때는 마치 욕조가 미스 유라도 되는 듯이 욕조 곁을 떠나지 않았다. (……) 어둠 속에서 봉수의 손등은 가끔 흰빛을 띠었다. 봉수는 어둠과 그 속에 언뜻 비치는 흰빛 속에 기다림의 속성을 익혔다. 기다린다는 것은 살아가는 한 방편이기도 했지만 거꾸로 죽어가는 한 모습이기도 했다. 봉수는 달빛을 받아 더욱 희게 돋보이는 욕조를 끌어안고 미스 유우! 하고 불러보았다. 봉수의 부름에 어둠만이 힘없이 메아리칠 뿐 봉수는 주인 없는 응대 속에 결국 미스 유가 떠난 지 이십 년하고 서른사흘이 되는 날을 내일처럼 보고 있었다. 봉수는 붙잡을 수 없는 시간을 타넘듯이 욕조 속으로 들어가 늙은 몸을 눕혔다. 그리고 저절로 감기는 눈을 내리 닫으며 생각했다. 그리 나쁘지 않은 하루였다.

10 운명과 일상, 그리고 환각

작가에게 있어서 소설은 운명적인 사건과 일상적인 사건의 변주이다. 「그녀는 노래 부른다」의 한이를 보자. 그녀의 운명은 무엇이었던가. 그것은 아이를 낳는 것이었다. 그녀는 아버지가 다른 남매를 낳았다. 두 번의 다른 운명이 있었던 것이다. 그렇다면 그녀의 일상은 무엇인가. 수퍼에서 딸기 요플레를 팔고, 주문 들어온 물건 배달하고, 웅덩이에 가서 소리를 쳐보는 것. 하지만 부남이를 잉태하던 운명의 날도 그녀의 전형적인 일상과 다르지 않았다. 그 남자가 왔을 때도 딸기 요플레를 팔았었고 단골손님에게 하듯이 말을 주고받고 했었으니까. 운명은 일상 속에 몰래 숨어서 그녀의 몸속으로 들어왔던 것. 돌이켜 보니 운명이었지 그때는 일상이었을 따름이다.

그렇다면 일상을 타고 들어오는 운명을 어떻게 알아볼 것인
가. 이 대목이 핵심이다. 일상은 영원회귀처럼 반복되는 삶인
동시에 운명의 도래를 매순간 가늠하는 시간이다.

　함정임의 소설에는 운명을 숨기고 있는 일상과, 운명으로
판정이 난 일상이 있을 뿐이다. 이들을 넘어서는 초월적이고
선험적인 층위는 설정되어 있지 않다. 작가의 여러 작품들에
의하면, 운명이란 수정구슬이 비출 만한 아주 특별한 사건에
서 생겨나는 것이 아니다. 운명은 영원회귀처럼 반복되는 일
상의 리듬 속에서 매순간 자신의 몸을 열었다 닫았다 한다.
함정임의 소설에서 일상과 운명의 관계는, 발터 벤야민이
말한 바 있는 〈모든 순간은 메시아가 들어올 수 있는 작은
문〉(「역사철학적 테제」 18)의 이미지와 아주 유사하다. 하지만
분명한 차이가 존재하는데, 구원의 가능성과 초월의 지평이
함정임의 소설에는 설정되어 있지 않는다는 점이다. 운명이
도래하는 지점들은 언제나 영원회귀와도 같은 일상의 지평
속에 놓여져 있다. 따라서 일상은 운명 부재의 상황이며, 삶
의 원초적인 가능성으로 충만한 시간이며, 동시에 운명의 미
시(微示) 상황이다. 따라서 일상 속에서 운명의 존재를 입증
하기 위한, 처절한 그리고 때로는 터무니없는 몸짓들이 피어
오른다. 과문한 필자는 우리 소설사에서, 운명을 초월이나
구원으로 환원시키지 않고, 운명과 일상의 변증법을 이처럼
잔혹한 지점까지 추구한 작품들을 알지 못한다.

　입만 벌리면 뻥만 치는 애인의 이야기에 일부러 속아넘어
가는 여자, 누가 더 허망하게 처녀성을 버리는가를 내기하는

듯한 두 여대생, 아내의 매니큐어를 혓바닥에 바르는 남자, 나이 많은 남자가 죽었을 때 몽고의 초원을 꿈꾸는 여자, 아무런 심리적 필연성도 없이 베네치아를 동경하는 남녀, 한번도 제대로 안아보지도 못한 여자를 기다리며 욕조를 부둥켜안고 늙어간 남자 등등. 일상 속에서 그들은 자신의 운명을 시험했던 것이다. 운명 없는 삶을 살아가는 자신을 위해서 〈이것이 너/나의 운명인가〉라고 물었을 것이다. 그 과정에서 언젠가는 일상의 리듬 속에서 회귀하게 될 운명의 매듭 하나를 만들어서 시간의 흐름 속에 놓아보낸 것인지도 모른다. 함정임 소설에 등장하는 인물들은 참으로 어리석다. 하지만 작가는 어리석음이 증대하는 가운데서도 희망의 어떤 형태들을 응시하고 있는 듯하다.

운명이 되지 못한 것들, 운명이 되려다 만 것들이 되돌아오는 지점들은 어떠한 모습일까. 운명은 한 세기나 두 세기에 한번 피는 꽃과 같은 것. 그렇다면 일상 속에서 운명이 되지 못하고 사라졌던 비(非)인칭의 운명들은 화석이나 고목의 이미지에 가깝지 않겠는가. 운명과 일상의 변증법은 아름다움의 환각으로 수렴된다. 무엇이 환각이었던가. 환각은 백년 만에 핀 꽃이 아니라 고목이다. 운명이 되지 못한 일상이야말로 고목이자 환각이었던 것. 운명과 일상과 욕망이 만나는 지점에 피어난 고목의 환각, 그리고 입 속에서 웅웅거리는 언어들. 그 어딘가에 문학이 있을 것이다.

미요! 나는 입에서 소리가 빠져나가지 않고 있는 것도 느끼지 못한 채 계속 미요를 불렀습니다. 대답처럼 언덕 끝에서 손짓을 하는 것이 있었읍니다. 올라갈 때는 보이지 않던 키작은 고목이 검은 가지를 날개처럼 벌리고 서 있는 것이었습니다. 고목의 수령은 몇백 년은 되어 보였습니다. 고목에 비하면 꽃이 피고 지는 것은 한순간이라고 누군가 옆에서 속삭이는 것 같았습니다. 그래요. 고목에 꽃이 찾아오려면 한 세기가 필요할지도 몰랐습니다. 그것을 깨닫는 순간 고목의 존재야말로 나에게는 환각처럼 보였습니다. 나는 다시 돌아설 수도 위로 올라갈 수도 없이 찰나의 환각을 붙잡고 있었습니다. 저 아래 나를 기다리고 있는 것은 세상이었을 것입니다. 앞으로도 뒤로도 한 발짝도 움직일 수 없는 지점에서 나는 무엇인가 덧없는 봄날의 흰 꽃잎처럼 귓불을 간질이며 지나가는 것을 보았습니다. 어디로든 발을 떼어야 했습니다. 한 발을 들어올리며 나는 입속에서 웅웅거리는 말을 가만히 내려 놓았습니다. 꽃을 본 적이 있다.

11 주석 바깥에 놓여진 에필로그

함정임 소설의 인물들은 노래를 한다. 그들의 노래는 아직 완성되지 않았고 현재의 또는 현재진행의 노래가 아니라 미래의 미정형의 노래이다. 그들은 노래가 완성되지 않았기에 노래를 부른다. 그들은 아주 나지막한 소리로 노래를 부르면서 서서히 추락하거나 침몰하거나 침전하고 있다. 내밀하지만 지극히 평범한 노래. 미니멀 아트의 작품들처럼 단순하면서도 반복되면서 자기 안에다가 환각의 지점들을 만드는 노래. 그 노래를 들으며 우리는 존재의 심연으로 이끌리게 된다. 그의 소설을 읽으며, 소설(문학)은 결코 제도화된 제도일 수 없다는 것을 배운다. 문학은 삶 속의 죽음이라는 균열 속으로 자신의 몸을 던지는 상징적·상상적 행위이며, 궁극 목적이나 인과론적인 결정의 문제가 아니라 매개적 과정의 문제라는 것을 자각하게 된다. 문학은 이미 정해진 목적이 아니라 매개 과정의 온전한 가능성이어야 할 것 같다. 그것이 아니라면 문학의 존재 이유를 다른 어디에서 발견할 수 있을까.

이 보잘것없는 글을 그럴듯하게라도 마감할 수 있는 방법은 없을까. 작가가 작품의 제목으로 삼은 바 있는, 드래곤 애쉬Dragon Ash의 「조용한 날들의 계단」의 가사를 음미해 보는 일이 가장 적당할 듯.

초목은 푸르고, 꽃은 화려한 빛깔, 사계절은 다시 돌아와 화창한 봄 날씨

아무 소용도 없는데 헛되이 가로수 지나며 나 지금 홀로 생각하네.

휴식 시간이라고는 없이 지나가는 일상, 나도 무엇인가 여기서 어떻게든

이리저리 이유를 둘러대네. 때로는 겉모습 따위는 상관 말고 사는 거야.

맞이하는 아침은 변함없이 계속되고 태양은 다시 떠올라 반
복되네
　창 밖은 남풍, 말끔히 씻어가네, 이 가슴의 아픔까지,
　지나가 버린 날의 눈물, 시간이 이윽고 무의식 속에 함께
사라져 가면
　소중한 것은 빛뿐, 앞으로 좀더 여기에 있고 싶을 뿐
　We go every day 나아가자 웃으며 (……)
　바람이 그친 하늘 바로 밑, 스스로의 손으로 붙잡는 내일
　조용한 날들의 계단을……

—— 김동식(문학평론가)

꽃 속에 늙음을 두고 본다.

늙음 속에 관능을 놓고 본다.

파란 하늘에 구름이 흘러간다.

파란 하늘에 고압선이 흐른다.

알아듣지 못하는 언어들 세계에 출몰하면서,

소통하려는 의지를 북돋지 않으면서,

소통되는 것들에 가만 기울어지면서,

한 시절 살았다.

이 책은 그런 내 마음의 산물이다.

(침묵과 소리, 봉수와 미스 유, 버스와 우편 취급소, 홍콩
과 오사카, 한이와 철이, 꽃과 계단…… 이 책에 묶인 열한

편의 미니멀 소설들은 2000년 여름부터 2001년 겨울까지의 내 사랑의 현실을 보여준다. 내게 사랑은 과거이고 현재이고 삶이고 죽음이다. 그리고 역사적 미래이다. 사랑이 현실일 때 나는 그것을 타는 불 속에 던지고 싶었고, 사랑이 과거일 때 나는 그것을 흐르는 물 속에 풀어버리고 싶었다. 사랑이란 무엇인가, 아니 사람이란 무엇인가를 새삼 돌아보도록 이끌어 준 그에게 이 책을 바친다.)

((부르면 언제라도 꽃이 되는 이름들이 있다. 보이지 않는 곳에서도 가만히 굽어살펴 보아주시는 K선생님, 언제나 제 길을 못 찾고 황무지 벌판을 떠도는 글편들을 엮어 작은 꽃밭을 일구어준 박상순 선배님, 그에 더없는 우정으로 미려한 문필(文筆)을 선사해 준 김동식 형, 그리고 그와 함께 언제나 역동적인 삶의 일면을 추동시켜 준 스타일리스트 Uh, 죽을 때까지 연인이고 싶은 S와 나의 어린 아들 태형에게 세월의 이름으로 고마움을 전한다.))

2002년 여름

함정임

함정임 소설
버스, 지나가다

1판 1쇄 찍음 2002년 7월 8일
1판 1쇄 펴냄 2002년 7월 12일

지은이 함정임
펴낸이 박맹호
펴낸곳 **(주) 민음사**

출판등록 1966. 5. 19. 제16-490호
서울시 강남구 신사동 506번지 강남출판문화센터 5층 (우)135-887
대표전화 515-2000 / 팩시밀리 515-2007
www.minumsa.com

© 함정임, 2002. Printed in Seoul, Korea

ISBN 89-374-0396-X 03810